LK 40

TABLEAUX

HISTORIQUES, POLITIQUES

ET

PITTORESQUES.

IMPRIMERIE DU MAURICIEN.

A

MES COMPATRIOTES.

TABLEAUX

HISTORIQUES, POLITIQUES

&

PITTORESQUES

DE L'ILE DE FRANCE,

Aujourd'hui Maurice,

DEPUIS SA DÉCOUVERTE JUSQU'A NOS JOURS,

PAR

FERDINAND MAGON DE SAINT - ELIER.

Te spectem, suprema mihi cùm venerit hora.
TIB. ELEG. 1, LIV. 1.

I

PORT-LOUIS.

1839.

MOTIF ET PLAN

DE L'OUVRAGE.

Peu de personnes, je pense, pourront se défendre du sentiment de curiosité que doit naturellement exciter un ouvrage qui manque entièrement au public. Depuis plus d'un siècle que les événements se succèdent en cette île avec des circonstances dignes de fixer la pensée de ses habitants et des étrangers, aucun écrivain n'a mis au jour cette longue série de scènes variées qui se sont développées sur le petit théâtre de l'Ile de France. Cependant une entreprise de ce genre aurait été, ce me semble, d'autant plus intéressante et nécessaire, qu'elle aurait rétabli dans leur véritable situation et présenté sous l'aspect qui leur est propre, des objets défigurés par des relations inexactes, faites par quelques étrangers qui ne les avaient pas examinés d'assez près pour en découvrir toutes les faces, ou qui étaient animés de sentiments de prévention qui écartent toujours du sentier qui conduit à la vérité. Cette disette de publications historiques sur la Colonie m'a toujours occupé. Dès mon enfance je désirais de trouver un livre qui m'apprît quelque chose de ce qui s'y était passé pendant cette longue suite d'années qui nous séparent de sa fondation. Ce livre ne s'étant pas trouvé, il me fallut questionner quelques vieillards éclairés qui voulurent bien satisfaire ma curiosité, et les notes que j'ai prises dès ce temps-là ne m'ont pas été inutiles pour l'ouvrage que je donne aujourd'hui. Des recherches aussi nombreuses que pénibles dans les papiers qui subsistent encore, malgré l'outrage qu'ils ont reçu du temps, m'ont fourni assez de documents pour me permettre de donner aux diverses parties de mon travail un degré de liaison et d'ensemble qui m'a paru suffisant pour m'autoriser à en faire la publication.

L'ouvrage est divisé en six parties principales. La première contient le récit des circonstances qui ont précédé et accompagné la découverte de l'Ile, des événements qui l'ont fait passer sous la domination des différentes puissances qui l'ont tour-à-tour possédée. L'établissement des Hollandais, les causes de sa décadence, la description de la constitution physique du pays, de ses productions, et beaucoup d'autres détails sont également renfermés dans les prolégomènes de l'ouvrage.

La seconde partie contient le Gouvernement de la Compagnie des Indes; la troisième, le Gouvernement Royal; la quatrième, celui des Assemblées Coloniales; la cinquième, celui du général Decaen; la sixième, le Gouvernement Anglais. Chacune de ces époques est divisée en plusieurs chapitres. L'ouvrage est semé d'épisodes dans toute son étendue.

PREMIÈRE PÉRIODE.

1505 — 1715.

CHAPITRE I.

INTRODUCTION.

L'un des sentiments les plus précieux que la nature ait gravés dans nos cœurs, celui dont les douces émotions répandent le plus de charmes sur les souffrances de la vie, est sans doute l'amour des lieux témoins de nos premiers plaisirs, du ciel dont l'éclat a frappé nos yeux s'ouvrant pour la première fois à la lumière. Terre natale, forêts antiques, nature majestueuse et éloquente, retraite auguste, séjour d'innocence et de liberté, quels sont ces liens magiques que ne peuvent jamais briser vos enfants? Quelle est cette puissance enchanteresse, cette attraction invincible qui les retient près de vous, qui leur fait trouver tant de douceur dans cette captivité, tant d'amertume et de douleur dans le moindre effort pour s'y soustraire? En vain les arrache-t-on d'un climat âpre et rigoureux pour les transporter sous un ciel pur et serein dont les douces influences entretiennent un printemps perpétuel, ils languissent et soupirent après la fin de leur exil, après cette heure trop lente qui doit les reporter à leur berceau: comme ces plantes rares et salutaires qui croissent parmi les rochers, dans les lits des torrents, et qui, au milieu des plus riants jardins, entre les mains des plus habiles botanistes, se dessèchent et périssent par les soins mêmes qui leur sont prodigués.

Le vainqueur de Carthage et de Numance, rendu à la reconnaissance de ses concitoyens, *s'envolait*, nous dit Cicéron, à la campagne, où son bonheur était de retrouver les jours de son enfance, de ramasser encore des coquilles sur le bord de la mer. Le barde calédonien, séparé du reste de l'univers, sous un ciel nébuleux, au milieu de ses rochers retentissant de la furie des flots et du sifflement des vents, chantait les bienfaits de la nature. Heureux donc celui qui, sacrifiant l'ambition à des sentiments plus doux, peut, loin du bruit, se livrer à la contemplation de la nature, en étudier les tableaux toujours si riches et si variés, cultiver ses champs et les arts, semer de fleurs son jardin et sa vie, préférer au plaisir d'indiquer le bien le bonheur de le faire, et ne quitter jamais son épouse et ses fils !

Sans doute, ô mes compatriotes, ces images charmantes vous enchantent comme moi; sans doute, vous saurez quelque gré à celui qui entreprend de peindre les beaux jours de vos ancêtres, de retracer les lieux qu'ils ont habités, que leurs mains ont embellis pour votre jouissance, et où dorment maintenant leurs cendres. Mânes des paisibles habitants de la naissante Ile de France, inspirez-moi cette simplicité qui a fait vos vertus et votre félicité; vous pour qui chaque instant de la vie fut un instant de bonheur, dites-moi comment cette contrée fortunée, dont l'origine pure et respectable semblait ne lui promettre que des jours de prospérité et de gloire, est devenue le théâtre de tant de calamités qui en ont troublé le repos et déchiré les entrailles. Consolez ma vue et ma pensée par la touchante image de cette vie tranquille où vos yeux ne rencontraient de toutes parts que des objets susceptibles de vous conserver ou d'accroître la paix qui régnait dans votre âme. Une longue suite d'années ont effacé graduellement le souvenir de ces premiers temps; la confusion des événements a obscurci jusqu'aux parties les plus lumineuses de notre tableau colonial. C'est ce voile que chaque jour épaissit davantage, que je vais essayer de soulever, afin de montrer à tous les yeux des beautés frappantes, beautés qui nous sont d'autant plus chères, qu'elles nous appartiennent, qu'elles ont orné et adouci les jours de nos aïeux. Quelle multitude d'objets s'offrent à l'esprit de ceux qui savent réfléchir ! Quelle variété d'aspects, quelles nuances dans les phases que présentent et les hommes et les choses ! Quelle éclatante lumière on voit jaillir en déroulant les replis ténébreux de tant d'années accumulées ! Que d'événements sur cet étroit théâtre ! Quel espace dans un point !

Ames généreuses, cœurs sensibles, c'est pour vous que j'écris; c'est à vous de m'indemniser par un accueil indulgent, des difficultés de mon entreprise, des veilles nombreuses qu'elle m'a coûtées. Je défriche des terres nouvelles, je porte la première lueur dans les ombres qui nous couvrent de tous côtés; on ne doit donc pas exiger qu'un pareil travail ne laisse rien à désirer ; il serait cruel de le soumettre à une critique sévère. Ah ! sans doute, il inspirera d'autres sentiments aux cœurs créoles, à qui je le destine principalement. Ils aimeront une faiblesse qui ne se révèle que par les efforts que je fais pour vaincre les difficultés qu'offre l'esquisse d'un monument dont la vue doit être pour les colons le plus beau, le plus ravissant de tous les spectacles.

Un auteur célèbre, en publiant son principal ouvrage, eut soin, pour fixer l'attention des lecteurs, de faire observer que son livre était le produit de trente années de voyages et de méditations. Dépourvu de ces avantages, je me recommande à l'indulgence du public par des motifs directement opposés : loin d'avoir parcouru la terre et étudié les hommes dans de vastes sociétés, je n'ai jamais quitté le recoin du globe où j'ai pris naissance; loin d'avoir acquis les droits que peuvent donner trente années de travail je n'en compte pas autant d'existence. Voilà des circonstances qui expliqueront et peut-être feront oublier l'imperfection de mon ouvrage, que j'ai composé d'ailleurs au milieu des occupations journalières qui absorbent tout mon temps; et le désir de donner promptement au public une histoire qui paraît être attendue avec quelque impatience, m'a décidé à m'écarter du sage précepte d'Horace qui recommandait à son jeune ami, s'il devenait un jour écrivain, de garder son ouvrage soigneusement serré pendant neuf ans pour le voir avec d'autres yeux.

Ô vous que l'amour des sciences anime, vous que la nature chérit assez pour vous rendre dépositaires de ses secrets, venez de toutes parts, venez contempler ces forêts antiques et mystérieuses, ces images primitives, cette nature vierge dont le sein fécond n'a pas cessé de produire, dont la main de l'homme n'a pas encore altéré l'aspect imposant et magnifique. Hâtez-vous; déjà le progrès de l'industrie pénètre jusqu'au cœur de ce majestueux empire; chaque jour voit rétrécir ce sublime domaine; chaque jour ses productions s'altèrent, se modifient; encore quelques instants et ce grand spectacle est à jamais effacé !.....

CHAPITRE II.

Vasco de Gama fait le périple de l'Afrique. — Dom Pedro Mascarenhas découvre notre île. — Les Portugais y donnent un nom. — Elle passe sous la domination des Espagnols, puis sous celle des Hollandais.

——————

L'auteur des choses, en accordant à l'homme la prééminence sur tous les êtres, en éclairant sa substance grossière d'un rayon de vérité, en joignant à son âme une parcelle de l'essence divine, établit d'une part des barrières qu'il ne doit jamais franchir, et fixa de l'autre la marche de son esprit, le développement progressif de ses lumières et de son industrie, et assujettit la grandeur de ses conceptions et de ses découvertes à celle de ses besoins croissants. C'est ainsi que l'homme s'est élevé divers trophées de gloire dans les différents siècles, dont la succession a graduellement montré l'étendue et la variété de son génie.

Le quinzième siècle est remarquable par la découverte et la conquête d'un nouveau monde. Le domaine de l'homme se trouva tout d'un coup doublé par l'acquisition des vastes régions de l'Amérique, dont les entrailles recelaient d'immenses richesses. Ce ne fut pas seulement de ce côté-là qu'on dompta les éléments et força la nature d'ouvrir son sein; l'océan, traversé d'un pôle à l'autre, sillonné dans toutes les directions, opposa vainement ses glaces et ses orages aux courses des navigateurs. Cette nouvelle phase de la terre fixa l'attention de l'Europe et fit une trève salutaire aux divisions théologiques qui la troublaient, à cet esprit de parti que des lévites imprudents avaient introduit jusque dans la chaire évangélique.

Christophe Colomb venait de découvrir l'Amérique; Vasco de Gama suivait les côtes de l'Afrique, et affrontant le promontoire des tempêtes, qu'il nomma le premier le *Cap de Bonne Espérance*, nom qui ne fut point trompeur, il pénétrait dans les mers de l'Asie et traçait une route nouvelle pour arriver aux Indes orientales. Ce voyage de Gama changea la face du commerce du monde et en rendit maîtres les Portugais par l'océan Éthiopique et par la mer Atlantique. Il paraît cependant que le périple de l'Afrique avait été fait avant Vasco de Gama, et que cette route était fréquentée par les Anciens. Cælius Antipater assure avoir connu un marchand espagnol qui allait par mer trafiquer jusqu'en Éthiopie. Pline rapporte qu'Hannon, général carthaginois, chargé par sa république de faire le tour de l'Afrique vers l'an 308 avant l'ère chrétienne, entra dans l'Océan par le détroit de Gades (Gibraltar), découvrit plusieurs pays et parvint jusqu'à l'extrémité de l'Arabie; et il indique à ceux qui voudraient s'en assurer, les mémoires qu'Hannon lui-même a donnés et qui furent copiés par les Grecs et par les Romains. Cornelius Nepos dit avoir vu un capitaine de navire qui, pour se soustraire à la colère du roi Lathyrus, se rendit de la mer rouge en Espagne. Hérodote raconte que Néchao II, roi d'Egypte, équipa plusieurs flottes qu'il envoya reconnaître la mer rouge et la mer méditerranée; que ses vaisseaux parcoururent la mer australe et réussirent à faire le tour de l'Afrique, et qu'ayant poussé jusqu'aux colonnes d'Hercule, ils entrèrent dans la méditerranée et revinrent en Egypte trois ans après leur départ. J'ai lu encore que Sataspes, seigneur persan, condamné à une mort cruelle par Xerxès, eut sa peine commuée en celle d'un voyage autour de l'Afrique. Pline, liv. V de son histoire naturelle, nous apprend que Scipion Emilien faisant la guerre en Afrique, confia à Polybe l'historien une flotte pour côtoyer l'Afrique à l'occident. Strabon rapporte que Ptolémée équipa une flotte qu'Eudoxe, natif de Cyzique, conduisit dans l'Inde; que Cléopâtre fit aussi exécuter un pareil voyage de circumnavigation. Parmi les Modernes, les Portugais sont, sans contredit, ceux qui firent le plus de tentatives et d'efforts pour la navigation autour de l'Afrique. En 1415 Henri III expédia plusieurs vaisseaux pour côtoyer l'Afrique; ils ne s'avancèrent que jusqu'au cap Bojador. En 1418 il fit partir Jean Gonzalès Zarco et Tristan Vas Taxeira pour découvrir l'Afrique jusqu'à l'équateur. Ils débarquèrent à Puerto-Santo. Les mêmes navigateurs découvrirent l'année suivante l'île de Madère. Gilles Anès doubla en 1432 le cap Bojador. On parvint ainsi successivement jusqu'au Cap de Bonne-Espérance, qui devait immortaliser Gama et inspirer la Lusiade au Virgile des Portugais.

La route du Cap étant connue, notre île ne dut pas tarder à l'être; elle fut découverte, ainsi que l'Ile Bourbon, par Dom Pedro Mascarenhas, en 1505, la première année du gouvernement d'Alméida, gouverneur-général des possessions portugaises dans l'Inde. Les Portugais se bornèrent à en déterminer la position et à y donner un nom. Ils l'empruntèrent de l'objet qui les avait le plus vivement frappés, et l'appelèrent *Itha do*

Cirnos, *Ile des Cygnes*, à cause des grands oiseaux qui s'étaient offerts à leurs yeux. Cette espèce singulière, dont les individus sont généralement connus sous le nom de *Drontes*, paraît avoir été reléguée dans ce petit canton détourné du globe, puisqu'on n'en a trouvé aucune trace ailleurs. Ces oiseaux étaient aussi grands que des cygnes, avaient la tête grosse et surmontée d'une peau qui était comme un capuchon, ce qui les a fait appeler aussi *cygnes encapuchonnés*. Ils étaient couverts de petites plumes grises, n'avaient point d'ailes, mais seulement des ailerons formés de trois ou quatre plumes noires, et, au lieu de queue, ils avaient quatre ou cinq petites plumes grisâtres et frisées. Ils avaient les pates grandes et épaisses, le bec et les yeux fort laids, et ordinairement dans l'estomac une pierre aussi grosse que le poing. Ils ne furent pas long-temps t moins de la présence de l'homme en cette île; leur familiarité, qui aurait dû servir à leur conservation en les introduisant dans les lieux habités, en les amenant à la domesticité, fut précisément la cause qui en accéléra la destruction. Etrange fatalité, qui atteste le penchant de l'homme pour l'anéantissement des productions de la nature. La seule chose qui nous en rappelle l'existence, le seul souvenir qui nous en reste pour nous reporter à ces temps primitifs dont l'image nous inspire tant d'intérêt, est un lieu appelé *la mare aux flammans* dans les forêts du Grand-Port. S'il est des cas où la destruction laisse dans le cœur un sentiment plus profond de peine et de regret, c'est sans doute lorsqu'elle met pour toujours entre les espèces des solutions de continuité, c'est lorsque la nature attaquée, épuisée dans sa faculté générative, ne peut plus se reproduire et voit disparaître sans retour les êtres qui sont sortis de son sein.

Les Portugais possédèrent l'île pendant soixante-quinze ans, mais ils n'y firent aucun établissement à cause des découvertes nombreuses et des conquêtes importantes qu'ils avaient faites et qui sollicitaient toute leur attention. Le Portugal jouissait par ses trésors de la plus grande influence en Europe, lorsqu'il changea de maître. Le roi Sébastien, petit-fils de Jean III, son prédécesseur, fut tué l'an 1578, dans une bataille qu'il livra aux Maures, et où expirèrent aussi Mohamet et Moluc, chefs des deux partis. Ce jeune monarque ne laissa point de postérité. Le cardinal Henri, cinquième fils d'Emmanuel-le-Fortuné et frère de Jean III, succéda à Sébastien, mais il mourut l'année suivante. Son frère Louis, duc de Béja, avait été déclaré incapable de succéder à la couronne. Ce Louis avait un fils nommé Antoine, qui, s'imaginant pouvoir soutenir les droits de son père, prit la qualité de roi en 1580, après la mort de Henri, son oncle. Tandis qu'on disputait en Portugal sur ses droits, Philippe II, roi d'Espagne, qui croyait en avoir de plus réels par Isabelle de Portugal, sa mère, décida la question, dit Vertot, par la force des armes. Il envoya le duc d'Albe à la tête d'une puissante armée et s'empara du Portugal. Toutes les possessions qu'avait cette puissance dans les mers des Indes, au nombre desquelles se trouvaient notre île et celle de Bourbon, alors appelée *Mascareigne,* passèrent ainsi sous la domination espagnole. Philippe, au milieu de sa puissance, voyait se multiplier autour de lui des difficultés et des embarras proportionnés à sa grandeur, et contre lesquels toutes ses forces luttaient avec peine et même avec infériorité. Il avait séparé les moyens de leur fin; il s'était affaibli en s'agrandissant si rapidement, comme ces arbres dont la force diminue à proportion de la multiplicité de leurs branches. Ses conquêtes dans l'Amérique méridionale, ses possessions aux Indes orientales divisaient ses ressources, que les efforts toujours croissants des Provinces-Unies achevaient d'absorber. Ces circonstances ne lui permettaient point de faire de nouveaux établissemens dans des îles lointaines dont la conservation aurait été onéreuse et très-difficile. La *Cirné* ou *Cerné* des Portugais ne s'aperçut donc en aucune manière de son changement de souverain. Enfin, en 1598, l'Espagne perdit les provinces des Pays-Bas et fut obligée d'abandonner aux Hollandais tout le commerce des Indes orientales.

CHAPITRE III.

DESCRIPTION

Géographique et Physique de l'Ile.

——————

L'Ile est située dans la région des tropiques, à trois degrés
de celui du Capricorne, à trente-cinq lieues environ au N.-E.
de l'Ile de Bourbon, où il existe encore un volcan brûlant, et
dont les montagnes sont plus élevées que les nôtres : la plus

haute de nos montagnes, située à l'embouchure de la Rivière-Noire, n'a pas plus de 424 toises, et l'élévation des Salases de l'Île de Bourbon est évaluée à 1,600 toises environ. On y cultive la terre à 900 toises. L'habitation de M. Lanux, sur laquelle l'abbé Rochon admira la fertilité du sol, est à peu près à cette hauteur.

D'après le calcul de M. l'abbé de la Caille, le contour de notre île est de 90,668 toises. Il a été déterminé par la somme des côtés d'un polygone circonscrit à cette île, de façon que le terrain qui se trouvait hors de ce polygone fût à très-peu de chose près compensé par l'étendue des petites baies ou anses qui rentraient en dedans de ce même polygone. Le plus grand diamètre est à peu près, nord et sud, de 31,890 toises, et la plus grande largeur, prise à peu près est et ouest, est de 22,124 toises. La figure de l'île est irrégulièrement ovale ; le sommet du nord est plus allongé, et celui du sud plus aplati. La surface est de 432,680 arpens, à 100 perches de 20 pieds de longueur : c'est l'aire du polygone dont je viens de parler.

La température n'a pas à beaucoup près le degré d'élévation qu'on serait porté à supposer d'après la latitude de l'île. Plusieurs raisons se réunissent pour expliquer cet écart des lois ordinaires de la nature : l'île n'est pas d'une grande étendue ; elle est isolée au milieu des mers, montagneuse, couverte sur une grande partie de sa surface d'épaisses forêts, traversée dans tous les sens par un grand nombre de rivières et de torrents qui sont nourris par les pluies abondantes dont le sol est fréquemment arrosé, et qui ne pénètrent pas profondément dans la terre, dont la nature basaltique rend l'infiltration des eaux difficile. Si l'on joint à ces causes la nature des vents dominants de l'E.-S.-E, du S.-E. et du S.-S.-E., on se rendra facilement raison de cette salutaire fraîcheur qu'elles concourent à entretenir dans les couches inférieures de l'atmosphère, et qui préserve l'île de ces funestes fièvres qui rendent si dangereux le séjour de Batavia, des Philippines, des Moluques, de Madagascar et de la plupart des pays équatoriaux. Quelques navigateurs qui avaient parcouru les régions australes, se sont reposés avec délices dans cette île et celle de Bourbon, qu'ils appelaient des paradis terrestres; mais malgré cette salubrité du climat, il existe assez généralement dans la population certaines affections que quelques médecins voyageurs ont même voulu regarder comme endémiques, et qui paraissent provenir de la qualité des eaux, qui, d'après les analyses chimiques, contiennent une très-forte proportion de *carbonate calcaire*.

Les pluies sont très-fréquentes: les jours pluvieux au Port-Louis s'élèvent annuellement de 105 à 140; au quartier de Moka on en compte plus de 200; dans le dernier tableau des observations météorologiques faites à Flacq par M. Julien Desjardins, on trouve 226 jours de pluie. Le tonnerre se fait entendre pendant les mois les plus chauds de l'année; on a pour terme moyen quinze jours de tonnerre par an. A l'égard de la température, elle ne s'élève guère au Port-Louis au-delà de 29° du thermomètre centigrade. La grêle n'est pas inconnue dans l'île; mais ce phénomène est extrêmement rare : il en tomba dans les plaines de Moka en l'année 1799. Les météores lumineux se montrent de temps à autre; particulièrement au Port-Louis, où l'atmosphère, concentrée par l'encaissement de ce vallon et la disposition des hautes montagnes qui l'entourent, engendre plus facilement qu'ailleurs ces feux aériens, ces exhalaisons enflammées qui la traversent.

On n'a eu qu'une seule fois un faible tremblement de terre : le 4 Août 1786, à 6 heures 35 minutes du matin, un calme profond succéda à une forte brise de l'est et de l'est-sud-est qui régnait depuis 4 jours. Un murmure souterrain, qui se termina par une détonation semblable à un coup de canon, se fit entendre au quartier du sud-est, et l'on sentit au même instant deux secousses, la première dans la direction verticale, et la seconde dans la direction horizontale ; elles ne causèrent toutefois aucun dommage. Dans le même temps le volcan de l'Ile Bourbon vomit une quantité de lave beaucoup plus considérable que les jours précédents. Ce phénomène porte à présumer que les matières combustibles qui s'étaient embrasées à l'Ile de France, ayant éprouvé au moment de l'explosion une trop grande résistance pour s'ouvrir un passage, se seront glissées par quelque galerie souterraine jusqu'à l'Ile Bourbon, et auront exhalé leurs vapeurs par le cratère du volcan. Plusieurs physiciens pensent qu'il existe une correspondance entre les différents volcans qu'on voit sur notre globe; on sait que le Vésuve et l'Etna, par exemple, ont souvent exercé leurs ravages dans le même temps. D'ailleurs, un grand nombre de faits semblent prouver que les embrasements de la terre se propagent par des canaux souterrains à des distances prodigieuses. A l'égard des Iles de France et de Bourbon, on croit généralement qu'elles étaient jadis réunies, et qu'une grande convulsion de la nature a creusé entre elles le canal qui les sépare aujourd'hui; il ne serait donc pas étonnant qu'elles eussent conservé vers leurs bases leur antique réunion, et qu'elles fussent maintenant comme les extrémités d'une chaîne dont la courbure serait ensevelie dans les profondeurs de l'abîme.

Le sol de l'île est volcanique; mais tout annonce que les feux en sont éteints depuis bien des siècles; l'action de l'atmosphère a arrondi les pitons des montagnes, a émoussé les angles saillants des rochers que la pesanteur a enfoncés en grande partie dans la terre. L'aspect des montagnes me porte à penser, comme le minéralogiste Bailly, que toute l'île n'était qu'une masse brûlante qui se consuma par ses fréquentes éruptions; on les voit en effet rangées autour de l'île, affectant une pente égale vers le rivage de la mer, tandis que vers l'intérieur elles présentent des coupes abruptes, des excavations profondes, des rochers taillés à pic et inaccessibles. Ces remarques, jointes à des observations géologiques sur la correspondance des couches successives dont elles sont formées, sur les nuances suivies qu'offre la substance de ces couches, conduisent naturellement à cette conjecture, que l'énorme montagne qui formait l'île ayant été détruite dans ses fondements par les flammes qui la dévoraient depuis tant de siècles, croula et engloutit ses débris dans l'abîme que les feux souterrains avaient creusé, et que les montagnes actuelles ne sont que des fragments épars de la base qui soutenait cet immense cône de feu. Il y en a dans l'intérieur de l'île quelques-unes qui ont dans leur constitution physique des indices d'une formation postérieure à l'éboulement du cratère. Il est à présumer que l'existence en est due aux derniers efforts des feux volcaniques, et que ces pitons, notamment celui du *centre*, ont été les derniers soupiraux par où se sont exhalées les vapeurs souterraines.

L'île est environnée de plusieurs îlots que quelques naturalistes regardent comme des fragments qui en ont été séparés par l'effort des feux souterrains. Voici ce qu'en dit M. Bory de Saint-Vincent (*): " *L'*Ile Ronde, *dont nous nous approchâmes, est un cône élevé d'environ 30 toises au-dessus du niveau de la mer ; elle paraît aride et presque inabordable ; toutes ses rives, sur lesquelles écument les vagues, sont âpres ou escarpées. L'*Ile aux Serpens, *bien plus petite, est un rocher éloigné de la grande terre de près de 5 lieues; on prétend qu'on y trouve de petites couleuvres, tandis qu'il n'en existe ni sur les rochers voisins, ni sur l'Ile de France* (**). *Pour l'*Ile Plate, *elle est bien moins élevée que les autres; une plage calcaire la rend remarquable de loin et paraît d'une blancheur éblouissante ; le reste de ses rocs est rougeâtre ou noir. Le citoyen Lislet, officier du génie à l'Ile de France, qui a visité cet écueil, m'a dit y avoir trouvé les débris d'un ancien cratère de volcan. Au reste, toutes les îles dont il est question, ont été formées par l'effort des feux souterrains. Le* Colombier, *rocher nu et peu éloigné de l'*Ile Plate, *n'est qu'un énorme prisme de laves basaltiques ; il s'élève à peu près comme un phare au milieu des flots ; sa couleur est un mélange de cendré et de rouille.*

De tous ces rochers épars, le Coin de Mire *est le plus digne de fixer l'attention du géologiste; vu par le côté qui regarde*

(*) Voyage dans les quatre principales îles des mers d'Afrique, T. 1, P. 152.

(**) Il en existe au *Coin de Mire* et à l'*Ile Plate.*

l'est , il a la forme d'un monticule ordinaire ; mais lorsqu'on le double et qu'on l'aperçoit par le nord ou par le sud, il présente un bien autre aspect. Coupé à pic du côté occidental, on distingue dans sa cassure qu'il est formé de laves superposées et qui ont coulé les unes sur les autres successivement ; ces couches sont très-inclinées de l'ouest à l'est, de sorte qu'on ne peut attribuer la formation du Coin de Mire *qu'aux réjections d'un cratère qui existait autrefois au lieu même où nos vaisseaux fendaient les vagues. Ainsi, dès notre arrivée, la nature nous présenta des faits importants à recueillir sur des rochers dont aucun voyageur n'a dit un mot et que beaucoup ont vus. Des graminées et quelques lataniers croissent à regret sur les pentes du* Coin de Mire, *alternativement brûlées par un soleil ardent, ou battues par les vents les plus impétueux.*

Des voyageurs ont pensé que l'Ile de France et l'Ile Bourbon sont des parties détachées d'un continent qui les aurait jointes autrefois avec la grande île de Madagascar et la côte orientale de l'Afrique ; mais bien des objections s'élèvent contre cette supposition : les habitants de l'île de Madagascar ne descendent d'aucune race d'Africains, ni d'Indiens; ils sont évidemment indigènes ; comment serait-il donc arrivé qu'au moment où une grande révolution aurait changé l'état de ce continent antique et opéré cette scission, les îles de France et de Bourbon, qui présentent des surfaces assez considérables et qui sont à plus de 30 lieues l'une de l'autre, n'eussent pas conservé quelques habitants natifs? Les forêts de Madagascar sont remplies de serpents qui ne peuvent conserver la vie dans notre île, et les rivières y sont peuplées de crocodiles, espèce de reptiles absolument inconnue chez nous.

Dans le règne *minéral*, les pierres, les sables sont d'une nature entièrement distincte; les plus beaux cristaux du monde sortent des cavernes de Sainte-Marie. On trouve à Foulpointe des pierres fines : améthystes, hyacinthes, aigues-marines, agates, émeraudes, saphirs, dont les rivières, les

ravines et les ruisseaux fournissent une quantité considérable;
on y trouverait probablement des diamants, si l'on s'attachait
à les découvrir. Il y existe aussi des minerais de cuivre, d'étain
et d'autres métaux qu'on ne rencontre point chez nous, où
d'ailleurs l'argile et les pierres ne sont pas d'une origine ancienne; les concrétions sont à peine formées.

Le règne *végétal* offre aussi des productions tout-à-fait différentes; l'île de Madagascar en a qui lui sont particulières,
même sous la latitude où se trouvent placées les îles de France
et Bourbon, telles que le *Rafia*, arbre immense, aussi majestueux qu'élégant, dont les feuilles servent à faire des pagnes
et toutes sortes d'étoffes végétales, palmier précieux qui donne
un sagou délicat et corroborant; le *Raventsara*, dont la feuille
et le fruit fournissent une épice agréable et d'un prix très-
modique, et beaucoup d'autres plantes qu'on n'a point trouvées
dans ces deux îles. Ces considérations, qu'il serait facile d'étendre et de développer davantage, me semblent de nature à faire
écarter cette idée de jonction primitive que je trouve aussi
dépourvue de vraisemblance que l'existence de l'Atlantide.

Tout le monde connaît la dispute célèbre qui a existé long-
temps sur l'existence et la situation de l'Atlantide, dispute
qui n'est pas encore tout-à-fait éteinte, malgré les volumes de
dissertations, d'hypothèses, de citations et de compilations
qui ont été publiés sur cette matière par les savants de tous
les pays. On sait aussi que c'est sur la relation de plusieurs
écrivains de l'antiquité et particulièrement sur le témoignage
de Platon, qui rapporte au sujet de cette île des choses fort
extraordinaires, que l'on s'est occupé dans les derniers siècles
de cette importante question de géographie physique. Quelques écrivains prétendent que l'Amérique était l'Atlantide, et
concluent de là que le nouveau monde était connu des Anciens;
mais d'après la tradition de Platon, cette hypothèse ne peut
se soutenir; il semblerait que l'Amérique fût plutôt ce vaste
continent qui était par-delà l'île Atlantique et d'autres îles,
puisque Platon dit dans son *Tymée* et dans son *Cricias*, que

l'île Atlantique était une grande île dans l'océan occidental, vis-à-vis du détroit de Gades. De cette île on pouvait aisément en gagner d'autres qui étaient près d'un grand continent plus vaste que l'Europe et l'Asie.

Rudbeck, professeur en l'université d'Upsal, soutient que l'Atlantide de Platon était la Suède et la Norwège, et attribue à ce pays tout ce que les Anciens ont dit de leur Atlantide; mais après le passage que je viens de citer de Platon, on sera sans doute fort surpris que Rudbeck ait pu prendre la Suède pour l'île Atlantique. Enfin le savant Kircher, et Becman, dans son *Histoire des Iles*, avancent une opinion qui a été plus généralement adoptée, quoique diverses considérations, puisées dans la constitution physique des lieux dont ils s'occupaient, l'exposent à plusieurs objections. L'Atlantide, selon ces auteurs, était une grande île qui s'étendait depuis les Canaries jusqu'aux Açores, et ces îles en sont les restes qui n'ont pas été engloutis sous les eaux. D'autres auteurs enfin ont pensé que cette terre n'a pas occupé moins d'étendue que l'espace compris entre l'Afrique et l'Amérique, et qu'elle aurait même fait partie de ces deux continents en les réunissant. Cette question a été, après toutes ces hypothèses diverses, discutée enfin par un savant minéralogiste, qui, après un examen détaillé et réfléchi de la constitution physique actuelle des pays dont il s'agissait de fixer les rapports anciens, conclut que la différence absolue et générale qui existe entre la constitution des îles Atlantiques et celles des continents voisins, doit exclure toute idée d'origine commune ou même d'antique réunion. De ces mêmes considérations il conclut aussi que l'hypothèse dans laquelle on s'obstine à considérer les îles Atlantiques comme les débris d'un ancien continent, n'est pas soutenable; car toutes ces îles étant exclusivement volcaniques, il faudrait ou supposer que l'Atlantide était entièrement volcanique, ou bien que les seules parties volcaniques de ce continent ont été respectées par la catastrophe qui l'engloutit; or l'une ou l'autre supposition est entièrement dénuée de vraisemblance.

Revenons à notre Ile de France. Les roches dont le sol est composé appartiennent généralement, d'après l'examen qu'en a fait M. Bailly, à la classe que Dolomieu nomme *argilo-fer-rugineuses*; elles sont presque toujours porphyritiques avec des cristaux de péridot de différentes nuances, quelquefois irisées, de pyroxène, de feld-spath, souvent altérés. L'action réunie du temps, de la chaleur, de l'humidité, de la végétation, décompose ces roches dont les débris, charriés par les eaux de pluie dans les parties basses de l'île, y forment des couches d'une sorte d'argile rougeâtre, propre à la fabrication des pots à terrer le sucre, des *gargoulettes* ou vases à rafraîchir l'eau. Dans les pores et les cavités de quelques laves on trouve de la chaux carbonatée cristallisée de diverses formes, de la chabasie primitive, de la zéolithe, de la chaux phosphatée, du fer phosphaté. Dans quelques lieux bas et marécageux on rencontre du fer oxidé-hématite, en grains de la grosseur d'une noisette; la cherté de la main d'œuvre n'a pas permis qu'on tirât long-temps parti de cette substance qui fut jadis l'objet d'une exploitation assez considérable. Le fer de cette île paraît être d'une excellente qualité. M. Legentil, membre de l'Académie des Sciences, rapporte une expérience concluante à cet égard: on avait employé à l'Ile de France, pour réparer les mâts de quel-ques bâtiments français pendant la guerre, un bois élastique que l'on comprimait par des cercles de fer. La dilatation du bois rompit tous les cercles qu'on avait fabriqués avec du fer d'Europe, tandis que ceux qui avaient été faits avec le fer du pays demeurèrent inébranlables.

Le voyageur Bartoloméo pense que l'île a été couverte par les flots, et c'est au moyen de cette hypothèse qu'il explique la prétendue existence de certaines dépouilles de la mer dans l'intérieur de l'île. On lit dans la traduction anglaise de son ouvrage: " *On various mountains of the island which lie at a distance from the sea there are found a great many calcareous substances and different kinds of petrified muscles and shellfish which have nearly their natural form, so that they can be clearly distinguished from each other. Their present situation can be no otherwise accounted for, than by supposing that they were either deposited at the time when these mountains were covered by the flood, or that they were carried thither by the united efforts of water and volcanic fire.* " Voilà bien des conjectures pour expliquer une chimère; car on ne trouve point dans l'intérieur de l'île et sur les points élevés, de coraux ni de débris de ces coquillages dont les côtes sont si abondamment pourvues ; on n'y rencontre que des coquilles terrestres et fluviatiles ; il n'existe donc aucun indice d'immersion.

L'île est entourée de madrépores qui croissent chaque jour et tendent par conséquent à l'agrandir. On a vu des navires échoués, environnés peu de temps après de madrépores, au point d'être liés avec les pierres sur lesquelles ils étaient couchés, ce qui prouve la rapidité de l'accroissement des zoophytes. L'*Ile aux Tonneliers*, longue et basse, située à l'entrée du Port-Louis, est entièrement formée de corps marins et de débris de coquilles ou de madrépores. M. de Tromelin, officier de la marine, dont j'aurai occasion de parler dans le cours de cet ouvrage, a réuni cet îlot à la terre par une belle chaussée de plus de huit cents pas de longueur. C'est là que M. Bory de Saint-Vincent trouva, après d'assez longues recherches faites sur des indications qu'on lui avait données, trois morceaux de pierre qui paraissaient avoir été primitivement réunis en une seule masse, et qu'il reconnut être de même nature que les pierres atmosphériques tombées en divers lieux. Un phénomène récent contribuait à accréditer cette opinion : un soir qu'un grand nombre de personnes, invitées à la promenade par un ciel serein et un beau clair de lune, parcouraient les environs du port, les yeux tournés vers la mer dont les flots semblaient revêtus jusqu'à l'horizon d'un vaste réseau d'argent, on vit paraître du côté de l'ouest un nuage lumineux qui se dirigeait vers la terre et qui, parvenu à la distance d'une demi-lieue du rivage, s'ouvrit tout-à-coup en faisant entendre une forte détonation, et aussitôt on vit briller un beau globe de feu d'un pied de diamètre, qui continua à s'approcher de la terre en

décrivant une courbe qui s'abaissait toujours jusqu'au momei
où il disparut vers l'*Ile aux Tonneliers.*

Il y a dans quelques parties de l'île des cavernes asse¡
curieuses, dont les deux plus remarquables sont au quartie
de la Rivière-Noire. L'une, située à une lieue et demie de l
ville, a 343 toises de longueur. Quelques personnes pensen
que cette caverne est un soupirail de volcan, et qu'elle com
munique avec la petite montagne qui se trouve à peu de distanc
dans la plaine, et qui a la forme d'un mamelon. L'entonno
qui existe au sommet du monticule, et qui annonce qu'il
éprouvé des éruptions volcaniques, la direction de la cavern
et d'autres particularités rendent cette opinion vraisemblabl
D'autres personnes croient que c'est l'ancien lit d'une riviè:
souterraine. Voici les dimensions des différentes voûtes, d'aprè
le marquis d'Albergati qui paraît être de tous les curieux qu
ont visité cette caverne, celui qui y a pénétré le plus avant :

Première voûte	{	hauteur......	3	toises	2	pieds.
	{	largeur......	5	.....	,,	,,
	{	longueur.....	22	.....	,,	,,
Deuxième voûte	{	hauteur......	2	.....	5	,,
	{	largeur......	4	.....	,,	,,
	{	longueur.....	68	.....	2	,,
Troisième voûte	{	hauteur......	1	.....	5	,,
	{	largeur......	2	.....	2	,,
	{	longueur.....	48	.....	2	,,
Quatrième voûte	{	hauteur......	3	.....	,,	,,
	{	largeur......	4	.....	3	,,
	{	longueur.....	58	.....	2	,,
Cinquième voûte	{	hauteur......	1	.....	2	,,
	{	largeur......	3	.....	,,	,,
	{	longueur.....	38	.....	2	,,

		hauteur	1 toises	4 pieds.
Sixième voûte		largeur	3	3 „
		longueur	15	„ „

		hauteur	1	3 „
Septième voûte		largeur	2	4 „
		longueur	16	4 „

		hauteur	1	5 „
Huitième voûte		largeur	3	„ „
		longueur	25	„ „

		hauteur	1	1 „
Neuvième voûte		largeur	3	„ „
		longueur	28	2 „

		hauteur	2	„ „
Dixième voûte		largeur	3	„ „
		longueur	16	4 „

		hauteur	„	2 „
Onzième voûte		largeur	1	4 „
		longueur	6	„ „

L'autre caverne est située à quatre lieues environ de la ville. C'est une belle grotte traversée par un petit ruisseau limpide et au milieu de laquelle se trouve le tombeau d'un médecin, M. Ducasse, l'un des anciens propriétaires de la campagne à laquelle appartient la grotte. Ce souterrain était le lieu où il aimait à recevoir ses amis; plus d'une fois cette voûte silencieuse et tapissée de stalactites fut témoin de banquets splendides et retentit des accents d'une gaîté sincère. M. Ducasse voulut avoir pour dernier asile le lieu où il avait passé les plus doux moments de sa vie : ses restes reposent depuis plusieurs années dans ce séjour obscur et isolé où règne un calme profond, un silence religieux qu'interrompt seulement le murmure du ruisseau qui serpente autour de la tombe.

A trois lieues du Port Souillac, entre les *Quatre-Bornes* des Plaines-Wilhems et la Savane, au milieu des forêts et des montagnes, on voit un magnifique réservoir appelé le *Grand-Bassin*. Ce lac a excité la curiosité de beaucoup de personnes, par sa grande élévation au-dessus du niveau de la mer ; il faut toujours monter pour y arriver ; mais en jetant les yeux autour de ce bassin, on en explique facilement l'existence : il est environné de montagnes qui le dominent, et dont les forêts attirent des pluies continuelles ; ces eaux s'écoulent naturellement vers le lac par des canaux souterrains, et l'on découvre même vers les bases de ces montagnes une infinité de filets d'eau qui s'échappent à travers les pores des laves. Vers le milieu du bassin, est un rocher sur lequel croissent des arbrisseaux qui s'inclinent vers les bords de cet îlot qui ressemble à une corbeille flottante. Le *Grand-Bassin* a environ un quart de lieue de circuit. Quant à sa profondeur, elle varie en divers endroits, et l'on assure qu'en quelques-uns on n'a pu trouver le fond à cent brasses. Tout porte à penser que c'est un ancien cratère ; le terrain d'alentour est formé de laves. Les eaux intarissables de ce réservoir, en s'échappant dans différentes directions, forment ces rivières bienfaisantes qui sont comme autant de rayons d'un cercle dont ils fertilisent la surface en la traversant. Presque toutes coulent avec bruit dans des lits étroits et profonds ; elles tombent de rochers en rochers, en faisant retentir les bois des vallons du fracas de leurs chûtes successives, et changent enfin leurs flots argentés et tumultueux en ondes azurées et paisibles, qui vont inonder et réjouir les campagnes par de longs détours. Le changement des saisons n'altère pas sensiblement l'agréable température de leurs eaux, qui font éprouver des sensations délicieuses au voyageur fatigué qui s'y plonge pour réparer ses forces. Les bords qu'elles baignent offrent çà et là des forêts de joncs et de roseaux, dont quelques espèces ont une chevelure flexible dans laquelle les douces haleines des zéphirs, soufflant la fraîcheur, se jouent avec un mélancolique murmure. Dans les intervalles de ces bosquets flottants, s'élèvent diverses plantes aquatiques, des touffes de *songes*, espèce de nénuphar dont les feuilles, larges et triangulaires, ne conservent aucune trace d'humidité : l'eau qui s'y répand se divise et roule sur leur surface, comme de petites sphères de cristal,

avec une extrême rapidité. A travers leurs tiges violettes, qui
descendent en se croisant jusqu'au fond d'un bassin azuré, on
voit une multitude de petits poissons qui présentent les couleurs les plus vives, les nuances les plus variées ; les uns joignent
à l'éclat de l'écarlate, des bandes aussi noires que le jais ;
d'autres étincellent de paillettes d'or et d'argent. Non loin de
ces rives fortunées, commencent des forêts qui s'élèvent en
amphithéâtre, de manière à former une perspective agréable
qui fuit graduellement, et dont le couronnement lointain semble s'évanouir dans l'azur du ciel. On y voit des feuillages de
toutes les formes, des fleurs de toutes les couleurs, et des fruits
divers qui cachent sous une rude écorce une pulpe salutaire.
Des arbres antiques, que le temps n'a pas encore frappés de sa
tranchante faux, poussent des jets vigoureux ; d'autres, ayant
cessé de vivre, demeurent cependant debout, et sont soutenus
par de fortes lianes qui, après avoir fait mille circonvolutions
autour de leur énorme tronc, les lient solidement aux arbres
environnants. Ainsi se forment des rideaux de feuillages dont
le soleil ne saurait percer la sombre verdure, des arcades de
fleurs qui décorent et parfument ces retraites profondes, asile
de la fraîcheur et de la paix, où l'amour et la philosophie attirent également les âmes rêveuses et mélancoliques qui ont
besoin d'émousser au sein de la nature, dans le calme sans
bornes de la solitude, les traits des passions turbulentes. C'est
le palais de la méditation, le séjour ou le poète sent le souffle
inspirateur. C'est là, qu'au doux murmure d'un clair ruisseau
dont le cristal fluide s'échappe à gros bouillons des cavités obs-
cures et profondes d'un rocher couvert de fougères, se joint
l'harmonieux concert des brillants oiseaux qui s'assemblent,
pour célébrer leurs amours, sous l'ombrage épais qui se projette
sur l'onde azurée de la rivière. Si quelque grand rocher s'élève
au milieu de ces verdoyantes parures, ce n'est point pour dire
un adieu à la végétation : la main de la nature s'est fait un jeu
de dessiner de légères prairies sur les bases de ces masses énormes, et de rapprocher ainsi ses charmes de sa puissance. De
leurs intervalles s'échappent des arbustes odoriférants, qui, au
lever de l'aurore, inclinent avec grâce leurs têtes, baignées

d'une fraîche rosée dont les perles innombrables, colorées par les rayons naissants du jour, présentent tous les reflets pétillants des pierreries, toutes les nuances de l'humide écharpe d'Iris. Partout des fleurs saxatiles, des bouquets de graminées, des plantes grimpantes qui s'accrochent aux parties saillantes de ces rochers dont elles embrassent le contour, et s'élèvent en spirale jusqu'à leur sommet, où des chèvres sauvages vont les brouter, en se tenant suspendues à des pointes inaccessibles. Ces contrastes imprévus, cette aridité des rochers escarpés, au milieu même des sites que la nature a parés de ses plus beaux dons, produisent les effets les plus pittoresques. Telle est la pompe de la vie végétative, telle est la profusion riante de la nature prodigue, dans l'heureux climat que nous habitons.

CHAPITRE IV.

Arrivée d'une escadre hollandaise au Port Sud-Est. — Exploration de l'Ile, qui reçoit le nom de *Maurice.* — Etablissement des Hollandais. — Episodes.

Le 1ᵉʳ Mai 1598, une escadre de huit vaisseaux, sous les ordres de l'amiral Cornelius Van Neck et du vice-amiral Wybrand Van Warwick, partit du Texel pour l'établissement du commerce hollandais à Bantam. Ces huit bâtiments, qui avaient toujours navigué de compagnie jusqu'à la hauteur du Cap de Bonne-Espérance, furent séparés par une violente tempête, le 8 Août. Le *Maurice*, la *Hollande* et l'*Over-Yssel* relâchèrent à l'île Sainte-Marie, et delà continuèrent leur route vers Bantam. Les cinq autres vaisseaux, l'*Amsterdam*, la *Zélande*, la *Gueldres*, l'*Utrecht* et la *Frise*, sous le commandement de Wybrand Van Warwick, découvrirent, le 17 Septembre, l'île appelée par les Portugais *Cerné*, et entrèrent au Port Sud-Est. L'amiral hollandais, ne sachant pas si l'île était habitée, envoya des bateaux explorer les côtes, où l'on ne découvrit aucune trace de la présence de l'homme. On trouva seulement sur le rivage environ trois cents livres de cire marquée de caractères grecs, un pont volant de vaisseau, une barre de cabestan et une grande vergue, débris de quelque navire qui avait fait naufrage près de l'île.

Les oiseaux ne fuyaient point à l'approche des hommes; n'ayant jamais rencontré d'ennemis, ils n'avaient pas l'instinct du danger; ils venaient se reposer sur la main qui devait les étouffer : image touchante de cette douceur qui abonde dans les œuvres du Créateur, et que tant de choses ont altérée! Il y avait alors dans l'île une si grande multitude de tourterelles, que les matelots en prirent jusqu'à cent cinquante en quelques instants, et s'ils avaient pu en emporter davantage, ils en auraient pris avec la main autant qu'ils auraient voulu. Cet oiseau charmant, symbole d'une heureuse union, n'a pas, comme le *Dronte*, disparu de nos campagnes; la tourterelle fait encore aujourd'hui le charme de nos forêts, dont le silence est fréquemment interrompu par sa voix gémissante.

Le 20 Septembre, presque tous les équipages descendirent à terre, où l'aumônier du vaisseau amiral fit un sermon, puis une prière en action de grâces pour l'heureuse arrivée de l'escadre dans un port tel qu'on pouvait le souhaiter. Les malades, logés dans des cabanes qui furent construites sur la plage, y recouvrèrent promptement la santé : premier bienfait de nos côtes hospitalières et de la salubrité de notre climat. Les Hollandais passèrent quinze jours dans l'île, à laquelle ils donnèrent le nom de *Maurice* en l'honneur du Stathouder, et fixèrent à un arbre une planche portant les armes des Provinces-Unies, avec ces mots en langue portugaise : *Christianos reformandos* (chrétiens réformés).

Ils semèrent des graines potagères , plantèrent des fruits et laissèrent aussi dans l'île des volailles, afin que les vaisseaux qui y relâcheraient trouvassent diverses sortes de rafraîchisse-ments.

Depuis cette époque, l'île reçut dans ses ports les navires des diverses nations qui fréquentaient les mers des Indes et qui profitaient de ce point de relâche et d'approvisionnements. Le 12 Août 1601, l'amiral hollandais Hermansen eut besoin de faire de l'eau et des provisions à Maurice, et expédia pour cet objet un yacht appelé *le Jeune Pigeon*. Ce petit navire, à son retour, apporta un Français trouvé en cette île, où une suite de malheurs l'avaient conduit. Suivant sa relation, il était parti d'Angleterre quelques années auparavant, sur un vaisseau qui faisait voile de conserve avec deux autres pour les Indes Orientales. L'un de ces vaisseaux se perdit à la hauteur du Cap de Bonne-Espérance, et les équipages des deux autres étaient tellement réduits, qu'on jugea convenable de brûler l'un des navires et de réunir les deux équipages à bord de l'autre. Cependant, toujours en proie à la maladie, qui faisait de grands ravages, le nombre des marins diminua au point que bientôt il n'y en eut pas assez pour faire les manœuvres, et le navire fut jeté sur l'île de Pulo-Timon, près de la côte de Malacca, où tout l'équipage périt, excepté le Français, quatre Anglais et deux nègres. Ces malheureux, abandonnés à eux-mêmes dans une île peuplée de brigands, parvinrent à se procurer une jonque et conçurent le singulier projet de retourner en Angleterre. Leur na-vigation fut d'abord heureuse ; mais les nègres, alarmés de se voir transporter si loin de leur pays, formèrent le complot de s'emparer du navire. Leur dessein ayant été découvert, ils se jetèrent à la mer, de désespoir ou de crainte du châtiment dont ils étaient menacés. Après avoir essuyé plusieurs tourmentes, les cinq voyageurs furent enfin jetés sur l'île Maurice. Alors ils ne s'accordèrent pas sur le parti qu'il convenait de prendre: le Français fut d'avis de rester dans l'île et d'y attendre quelque secours ; les Anglais voulurent continuer le voyage ; ils mirent donc à la voile et laissèrent leur compagnon dans cette solitude profonde, où il avait passé près de deux ans lorsqu'il fut recueilli par les gens de l'amiral. Sa force physique égalait celle des marins hollandais ; mais ses facultés intellectuelles paraissaient avoir éprouvé quelque atteinte de l'isolement absolu où il avait vécu.

En 1613, le capitaine anglais Castleton visita l'île Maurice et la trouva encore inhabitée.

Ce fut à Maurice que mourut, le 22 Janvier 1617, en arrivant de Batavia, le célèbre navigateur Jacques Le Maire, parti du Texel ainsi que Guillaume Schouten, le 14 Juin 1615, avec les vaisseaux la *Concorde* et le *Horn,* pour ce voyage de circumnavigation auquel on doit la découverte du détroit qui porte le nom de *Le Maire,* et d'un grand nombre d'îles dans la mer du Sud.

Vers l'an 1638, les Hollandais s'établirent au port Sud-Est. Ils préférèrent Maurice à Mascareigne, à cause du peu de sûreté que cette dernière offre aux navires. Un faible détachement militaire, quelques familles et un petit nombre d'esclaves tirés de Madagascar, formèrent toute la population. L'île était couverte de vastes forêts, mais leur sombre profondeur n'avait rien qui pût inspirer des sentiments de crainte et de défiance; elles ne servaient point de repaire à ces animaux féroces dont les cris et les fureurs troublent le séjour de l'homme en d'autres contrées ; elles ne recelaient que des troupeaux sauvages qui ne connaissaient ni maître, ni bergerie ; elles ne couvraient de leur ombre immense et ne nourrissaient de leurs fruits salutaires que des êtres dont la douceur et la timidité ajoutaient aux charmes de ces régions inhabitées, de cette vaste solitude qu'animaient des légions d'oiseaux dont le plumage éclatant emprunte la vivacité de ses couleurs, de la beauté du ciel sous lequel ils vivent. Il fut sans doute frappé d'un sentiment religieux, celui dont la hache fit la première blessure à ces arbres magnifiques, inconnus aux siècles précédents, et qui, portant au-dessus des nuages leurs têtes vierges et majestueuses, voilaient le jour en plein midi.

Le commandant hollandais, M. Lamocius, curieux de con-naître l'intérieur de l'île, pénétra un jour, avec quelques person-nes qui l'accompagnaient, dans l'épaisseur du bois, où il s'en-fonça insensiblement plus qu'il ne comptait le faire. Il s'aper-çut bientôt de son imprudence et voulut retourner sur ses pas; mais il s'égara dans ce vaste labyrinthe ; quatre fois le soleil passa sur sa tête sans qu'il le vît et pendant qu'il faisait de vains efforts pour sortir de ce dédale inextricable. Il avait con-sommé le peu de provisions qu'il avait fait porter, et il se voyait périr d'inanition dans le désert, lorsque, par un grand bonheur, il trouva enfin une issue qu'il avait inutilement cherchée pen-dant plusieurs jours.

La partie septentrionale de l'île était peuplée de cerfs, dont l'espèce n'est probablement pas indigène, mais dont l'introduc-tion dans l'île n'est pas connue. On ignore également à quelle époque y furent transportés les taureaux et les vaches sauvages qu'on y trouva lors de sa découverte, et qui étaient bien dis-tincts des animaux de même espèce que les Hollandais y im-portèrent de Madagascar. Leguat, dans la relation de son sé-jour à l'île Maurice, dit qu'il y avait alors dans les bois beau-coup de chevaux sauvages, qu'on tuait quelquefois pour nourrir les chiens. Il y existait aussi une très-grande quantité de boucs et de chèvres, dont on faisait un grand usage pendant le temps où la chair du cerf n'est pas mangeable. Les porcs sauvages n'étaient pas moins nombreux : on en tua plus de quinze cents dans une chasse que firent plusieurs habitants réunis. Ils re-marquèrent que dans la partie méridionale il s'en trouvait un beaucoup plus grand nombre que sur tout autre point de l'île.

Le singe de notre île est d'une espèce particulière : il ne ressemble point à celui de Madagascar appelé *Maki*, ni au *Bavian* du Cap de Bonne-Espérance ; il n'appartient donc à aucune des côtes voisines, ce qui rend invraisemblable l'opinion de M. l'abbé de La Caille, qui dit que le singe n'est pas un animal naturel à ce pays, et qu'il y a été porté par les Portugais. D'ailleurs, dans quelle vue aurait-on introduit en cette île, le singe, qui n'est point recherché comme gibier et qui est extrêmement destructeur. Les oies, les canards, les poules, dispersés dans les bois, y acquéraient, sans les soins domestiques, une multiplication prodigieuse. Leguat parle d'un oiseau fort curieux qu'on appelait *Géant* à cause de sa haute stature, sa tête s'élevant à la hauteur d'environ six pieds.

" *Ils sont*, dit-il, *extrêmement haut montés et ont le cou fort long. Le corps n'est pas plus gros que celui d'une oie ; ils sont tout blancs, excepté un endroit sous l'aile qui est un peu rouge ; ils ont un bec d'oie, mais un peu plus pointu, et les doigts des pieds séparés et fort longs ; ils paissent dans les lieux marécageux et les chiens les surprennent souvent, à cause qu'il leur faut beaucoup de tems pour s'élever de terre. Nous en vîmes un jour un à Rodrigue et nous le prîmes à la main, tant il était gras. C'est le seul que nous y ayons remarqué, ce qui me fait croire qu'il y avait été poussé par quelque vent, à la force duquel il n'avait pu résister. Ce gibier est assez bon.*"

Cet oiseau a subi le même sort que le *Dronte :* il n'en reste aucune trace dans l'île. D'après la description qu'en donne Leguat, on voit qu'il avait beaucoup de rapport avec le *Flammant*, ce qui me porte à croire que le marais appelé *la Mare aux Flammans*, dont j'ai parlé, a pris son nom de cet oiseau et non du *Dronte*, comme la plupart des personnes le pensent, faute de connaître le *Géant* de Leguat.

Des tortues de terre et de mer offraient aux premiers habitants une nourriture salubre et abondante, qu'ils se procuraient sans peine et sans recherche. Les Hollandais, dans les relations de leurs voyages et de leurs relâches à Maurice, parlent de la grosseur extraordinaire des tortues de cette île et de leur prodigieuse fécondité. L'une de ces espèces a été épuisée, victime de cette passion qui porte l'homme à détruire plus qu'il ne consomme ; l'autre a fui nos rivages et est allée confier à la nature le soin de sa conservation, sur des côtes lointaines et désertes. Les lamentins et d'autres animaux de mer se sont aussi éloignés depuis qu'on a commencé à leur tendre des pièges.

On trouvait alors sur le rivage cette production rare, cette matière précieuse connue sous le nom d'*ambre gris*, ce qui a sans doute fait donner le nom d'île d'Ambre à l'un des îlots qui avoisinent la côte. On est aussi incertain sur la nature de l'ambre gris que sur celle de l'ambre jaune. Dans quel règne faut-il placer cette substance ? D'où tire-t-elle son origine ? Quelques naturalistes l'ont regardée comme une production animale, mais ils ne sont point entre eux de la même opinion sur l'espèce de l'individu qui la donne : les oiseaux, le crocodile, le veau marin, la baleine, ont tour à tour servi aux conjectures. D'autres ont pensé que l'ambre gris est une substance végétale qui naît des racines d'un arbre qui s'étend dans la mer ; d'autres ont soutenu que ce n'est autre chose que des rayons de cire et de miel digérés et cuits par le soleil et le sel marin. Plusieurs auteurs enfin, entre autres M. Geoffroy, se sont accordés à croire que l'ambre gris est un bitume qui sort du fond de la mer ou qui coule du sein de la terre dans les eaux de la mer, comme la naphte ou le pétrole sort de la terre ; qu'il s'épaissit ensuite, se durcit et qu'alors la mer l'entraîne et le jette sur le rivage. Pourquoi donc, s'il en est ainsi, le flot qui l'apportait sur nos côtes ne l'y dépose-t-il plus, ou pourquoi l'agent qui le produisait a-t-il cessé son action ? Quel changement physique est donc survenu pour occasionner cette singularité ? La seule révolution à laquelle on puisse attribuer ce phénomène, est l'impression qu'a causée la présence de l'homme à tous les êtres animés qui l'entouraient, ce qui me porterait à croire que cette substance est plutôt une émanation de quelque cétacée, qui aurait aussi fui nos côtes depuis que l'homme est venu s'y établir. Telles étaient les res-

sources que a nature offrait aux premiers habitants de ce pays;
mais il leur fallut bientôt déployer toute leur activité pour pré-
server leurs plantations, qu'une effrayante multitude de rats
menaçaient continuellement d'une entière destruction. Tous
les moyens étaient mis en usage sans qu'on pût arrêter la funeste propagation de ces animaux dévastateurs, qui dévoraient
les semences et les fruits et faisaient le tourment des cultivateurs. Cependant les Hollandais avaient réussi à faire à *Flacq*
un beau jardin, qui contenait toutes les plantes d'Europe qu'on
peut cultiver avec succès dans notre climat. C'est de là qu'on
tirait tous les légumes et les fruits dont on avait besoin pour le
chef-lieu au Port Sud-Est. C'est aux Hollandais qu'est due
l'introduction de la canne à sucre qu'ils portèrent de Batavia,
et dont la culture est devenue depuis long-temps la principale
branche des revenus de la colonie et la base de son commerce
avec l'Europe. Le suc qu'on tirait de ce roseau par la pression
n'était alors soumis à aucune préparation avant d'être employé
à l'usage de la vie ; après une légère fermentation on s'en servait pour tenir lieu des liqueurs spiritueuses dont la colonie
était privée, et cette boisson rafraîchissante était, pour ces premiers habitants, préférable à tous les jus frénétiques de Bac-
chus.

Les ouragans, plus fréquents à cette époque qu'ils ne le sont
de nos jours, revenaient tous les ans mettre à de nouvelles
épreuves la résignation et la constance de l'agriculteur, et je-
taient quelquefois sur la plage les navigateurs qu'ils surpre-
naient dans le voisinage de l'île. Un voyageur célèbre, Tavernier, devenu le jouet des éléments confondus et menaçants, dut
son salut à nos côtes hospitalières. Son vaisseau est battu par
la tempête près de l'île ; ses manœuvres et ses efforts ne peuvent résister aux fureurs des flots et des vents; poussé sur les
récifs, le navire s'entr'ouvre, boit la vague, s'enfonce, et le sombre abîme de la mer engloutit bientôt ses débris épars. La
mort plane de tous côtés ; elle montre son front aride et son
étique figure sur les pointes des rochers ; elle éclate dans la nue
embrasée, elle siffle sur l'aile des vents, elle mugit dans les pro-

fondeurs de l'abîme, et le voile ténébreux qui enveloppe cette scène de destruction n'est déchiré par les coups redoublés de la foudre que pour laisser voir à la lueur sombre de ce flambeau électrique l'immense horreur du chaos. Tout s'anéantit, les derniers cris de désespoir des victimes sont éteints; la seule voix de la tempête retentit encore sur les flots bouillonnants. Par un de ces prodiges que la nature sait faire, mais que l'homme ne saurait expliquer, Tavernier se trouve, de lui-même étonné, sur le rivage du Port Nord-Ouest, entouré de trois matelots.

Cependant le doigt de l'Eternel impose silence aux éléments; il rétablit l'équilibre dans les airs, fait rentrer l'océan dans ses gouffres ; les nuages chassés vers l'horizon découvrent la voûte azurée des cieux ; la mer, qui follement irritée soulevait ses vagues écumeuses à la hauteur des montagnes, traîne à peine ses flots tranquilles sur le rivage ; l'astre du jour, environné d'une flamme ardente, monte sur son char éblouissant, il étend ses fiers regards sur l'immensité de l'univers, et inondant de sa lumière la vaste solitude des airs, il s'efforce de consoler la nature accablée. Mais que va devenir Tavernier sur ces plages désertes ? Il sait qu'un seul point de l'île est habité, et il en est séparé par un diamètre de plus de dix lieues entrecoupé de montagnes, de précipices, de torrents et d'épaisses forêts. Accoutumé à combattre la nature, Tavernier s'enfonce dans l'ombre des bois et se dirige vers le Sud-Est. L'imagination effrayée refuse de le suivre dans ces courses dangereuses qui ne peuvent ébranler sa fermeté et sa résignation. Il traverse avec ses trois compagnons d'infortune des rivières dont l'orage avait enflé les eaux, il marche sur le bord des précipices, grimpe sur les flancs des montagnes, où il ne trouve d'autres sentiers que des sillons creusés par les torrents, dont les lits humides encore sont encombrés de quartiers de rochers, de troncs d'arbres brisés, de branches couvertes de lianes qui embarrassent et ralentissent sa marche. Il erre, il s'égare au milieu des bois, dont l'épaisseur et l'obscurité lui dérobent la vue du soleil qui doit guider ses pas. La faim joint ses horreurs à toutes celles qui environnent ces malheureux. La nature dépouillée ne leur offre aucune subsistance ; son sein nu et déchiré ne présente que l'image de la douleur et de la stérilité. Des racines, des fruits flétris qu'ils ramassent çà et là sont les seuls aliments qui soutiennent leur vie languissante. Douze jours s'écoulent dans ces angoisses mortelles ; ils sont parvenus près des lieux habités, mais l'extinction de leurs forces ne leur permet point de faire un pas de plus ; la mort les environne de ses barrières. Une dernière ressource se présente à leur esprit, celle de se faire entendre de quelque créature humaine qui pourrait se trouver aux environs ; ils poussent simultanément des cris que les rochers et la forêt répètent à grand bruit. Quelques chasseurs hollandais entendent ces voix lamentables qu'ils prennent pour des hurlements de bêtes sauvages. Attirés par la curiosité, retenus par la crainte, ils s'approchent cependant assez pour découvrir le groupe moribond. Le corps demi-nu et décharné de ces malheureux, leurs cheveux épars, leur voix rauque et sépulcrale, leur langage étranger, les couleurs de la mort dont leurs visages portent l'empreinte, tout concourt à persuader aux chasseurs, hommes ignorants et superstitieux, que les individus qu'ils ont sous les yeux sont des fantômes, des spectres, des êtres qui appartiennent à une autre vie. Ils fuient précipitamment dans leur camp, où ils s'empressent de raconter leur singulière vision avec l'accent de la vive émotion qu'elle leur fait encore éprouver. Le commandant de la petite garnison hollandaise était un homme éclairé qui n'avait pas coutume d'expliquer les choses par des suppositions fantastiques et merveilleuses. Il voulut être conduit sur les lieux, où il n'éprouva bientôt d'autre sentiment que celui de la plus touchante compassion. Tavernier et ses matelots reçurent tous les secours qu'exigeaient leurs malheurs et leurs souffrances. Ainsi furent sauvés les jours de ces hommes qui avaient traversé les tempêtes et les écueils, qui avaient été submergés et revomis par les eaux, à qui la terre avait refusé ses fruits, et que leurs semblables mêmes avaient déjà classés parmi les habitants de l'autre monde.

Si Tavernier goûta dans cette île toutes les douceurs d'une hospitalité généreuse, l'infortuné Leguat et ses compagnons

n'y trouvèrent que les chaînes de l'esclavage et toutes les horreurs d'un exil plus cruel que la mort. L'île n'était plus, il est
vrai, sous la direction du même chef ; le farouche Rodolphe
Diodati avait remplacé le commandant Lamocius.

Quelques détails sur les longues infortunes de Leguat inspi-
reront sans doute de l'intérêt au lecteur.

La révocation de l'Édit de Nantes obligea François Leguat,
gentilhomme bressan, à quitter la France. Il passa en Hollande,
où il apprit que le marquis Du Quesne, avec la protection des
Etats-Généraux et des Directeurs de la Compagnie des Indes
Orientales, faisait des préparatifs pour un établissement dans
l'île de *Mascareigne*. La facilité avec laquelle on était admis à
faire partie de cette colonie, et la description séduisante qui parut alors du lieu où elle devait s'établir, décidèrent Leguat à y
entrer. Une circonstance imprévue obligea le marquis Du
Quesne à désarmer les deux gros vaisseaux qu'il avait équipés
pour l'exécution de ses projets. Il se borna à expédier une petite frégate, l'*Hirondelle*, dont le pavillon avait pour devise
celle du sage pape Adrien VI : *Libertas sine Licentiâ*. Leguat
s'embarqua sur ce navire avec neuf compagnons d'infortune, et
après une navigation orageuse ils découvrirent l'île d'*Eden*, ou
Mascareigne, le 3 Avril 1691. L'aspect pittoresque de cette île,
la fraîcheur du paysage, qui offrait un riant mélange de plaines
verdoyantes, de ruisseaux limpides et de côteaux fleuris ; la
suave odeur qu'exhalaient les citronniers et les orangers, et qui
parfumait l'atmosphère ; tout se réunissait pour charmer les
malheureux exilés, qui désiraient ardemment de s'établir dans
ce séjour tranquille et d'y oublier, dans le calme de la solitude, leurs persécuteurs et leurs infortunes ; mais le commandant de l'*Hirondelle*, par des motifs particuliers, ne voulut
point les mettre dans cette île, et au mépris des instructions
qu'il avait reçues, il les trasnporta à Rodrigue, où ils arrivèrent à
la fin d'Avril. Après y avoir passé quinze jours, le capitaine
partit et laissa Leguat avec sept autres dans cette île, après
leur avoir remis des armes, des outils, des instruments aratoires

et diverses provisions. Ces infortunés passèrent deux ans dans ce désert, où la pureté du ciel, la fertilité de la terre et la beauté des sites adoucirent un peu le sentiment de leurs maux; mais parmi eux se trouvaient quelques jeunes gens qui avaient laissé en Europe les objets de leurs plus tendres affections ; le glaive de la persécution les avait obligés à s'expatrier, mais en fuyant ils n'avaient que délié et non rompu les doux liens de l'amour. Ces souvenirs et ces images se présentaient sans cesse à leurs pensées et remplissaient leurs cœurs d'amertume et de douleur. Assis sur la pointe d'un rocher solitaire, ils mêlaient leurs soupirs au murmure des vents qui agitaient les palmiers d'alentour, et au tumulte des flots qui venaient se briser à leurs pieds, tandis que leurs regards se perdaient sur l'immensité de l'océan, pour découvrir à l'horizon quelque voile qui pût les tirer de leur exil. Désespérés d'attendre en vain, ils prirent la résolution de construire une barque pour se rendre à l'île Maurice, d'où ils comptaient partir sur l'un des vaisseaux qui y venaient tous les ans du Cap de Bonne-Espérance. Le sage Leguat, dont cinquante-cinq hivers avaient refroidi l'imagination et dissipé les illusions, s'efforça vainement de faire entendre à ses jeunes compagnons le langage de la prudence et de la raison. Le bateau fut bientôt achevé, et le jour fixé pour le départ étant venu, ils s'embarquèrent.

L'esquif fendit l'onde avec légèreté, traversa rapidement l'espace entre l'île et les récifs, mais il toucha sur cette ceinture de rochers, et une large voie d'eau se déclara bientôt. Quelle lutte, que d'efforts pour échapper à la mort ! Ils regagnèrent enfin la terre. L'un d'eux, exténué de fatigue, se jeta sur le sable humide et échauffé par les rayons brûlants du soleil des tropiques ; bientôt une fièvre ardente le dévora, sa tête s'embarrassa et s'appesantit, le transport se fit au cerveau, il tomba dans le délire et expira au bout de quelques jours à l'âge de 27 ans. Sa dépouille mortelle fut déposée dans le sein d'une terre vierge, à l'ombre d'un massif de palmiers. Le burin du sculpteur ne lui grava point en lettres d'or une pompeuse épitaphe sur un marbre de Paros, mais le couteau rustique de Leguat, conduit par la main de l'amitié, traça sur l'écorce d'un arbre le nom, les vertus et la cause de la mort de l'infortuné Isaac Boyer. Ni le mauvais succès de leur entreprise, ni la mort déplorable de leur ami ne purent déterminer ces voyageurs téméraires à renoncer à l'exécution de leur dessein. Ils réparèrent leur petite chaloupe et se rembarquèrent le 21 Mai 1693, furent battus par la tempête, coururent les plus grands dangers, perdirent leur route et furent enfin heureusement poussés sur l'île Maurice, du côté de la *Rivière Noire* où ils abordèrent après neuf jours de navigation. Ils furent bien accueillis par quelques familles hollandaises alors établies dans cette partie de l'île. Le commandant, Rodolphe Diodati, leur témoigna aussi de la bienveillance ; mais une circonstance imprévue devait bientôt troubler la joie que leur causait leur arrivée dans un pays habité, et leur attirer cette longue série de douleurs et de traitements cruels dont le détail fatiguerait mon cœur et ma plume. Jean de La Haie, l'un des exilés de Rodrigue, vendit à un orfèvre hollandais, qu'il rencontra au Port Nord-Ouest, divers outils lourds et incommodes en voyage, et lui fit voir en même temps un gros morceau d'ambre gris de six livres, en lui demandant ce que c'était. Le déloyal orfèvre, qui reconnut parfaitement cette substance précieuse, dit que c'était une résine fort commune et sans valeur dont on se servait quelquefois à défaut de goudron. Là dessus, le confiant La Haie le lui abandonna avec les outils et n'en garda que quelques petits fragments par curiosité. Le lendemain quelqu'un lui dit que c'était de l'ambre gris. Une chaude contestation s'éleva alors entre La Haie et l'orfèvre hollandais, qui prévint les réclamations de son adversaire auprès du sieur Diodati, à qui il porta le morceau d'ambre. Ce commandant tint alors la conduite la plus odieuse, et craignant que Leguat et ses compagnons n'en fissent connaître les détails à Batavia, il s'attacha à leur ôter tous les moyens de quitter l'île ; il fit donc brûler leur barque. Indignés de cette perfidie, les sieurs La Caze et Testard résolurent de s'emparer d'une chaloupe de la Compagnie et de se sauver à l'île Mascareigne ; mais leur projet fut révélé au commandant par un soldat hollandais mécontent qui avait d'abord embrassé leur parti, et à qui ils avaient eu l'imprudence de tout confier. Dès ce moment ils furent tous arrêtés. En vain La Caze et Testard déclarèrent, ainsi que le soldat accusateur lui-même, que Leguat et ses autres compagnons étaient étrangers à ce complot; ils furent tous chargés de chaînes et relégués sur un rocher affreux, de deux cents pas de longueur sur cent de largeur, situé à deux lieues du rivage du port Sud-Est. Plusieurs mois s'étaient écoulés depuis leur cruelle captivité, lorsqu'ils virent un vaisseau hollandais entrer dans la rade. Ils firent aussitôt un radeau avec des herbes de mer et deux barriques qu'ils avaient sur leur rocher ; Leguat et les deux autres prisonniers qui n'avaient point partagé le dessein de s'emparer de la chaloupe, se rendirent à terre et se présentèrent chez le commandant au moment où les officiers du navire étaient en conférence avec lui. Ils leur exposèrent leur détention arbitraire, et leur firent la peinture de leur horrible situation; elle parut toucher vivement les généreux marins, qui n'avaient pas malheureusement le pouvoir de briser de suite les fers de ces infortunés ; mais ils adoucirent autant qu'ils le purent leur captivité : ils allèrent quelques jours après les visiter sur leur triste rocher, leur donnèrent diverses provisions et se chargèrent de leur requête aux Directeurs-Généraux. Les exilés attendirent long-temps le résultat de leurs plaintes et de leurs réclamations, et ne purent jamais obtenir du cruel commandant de quitter, même momentanément, leur affreux îlot, malgré le déplorable état de leur santé. L'un d'eux, tourmenté par une maladie cruelle et se voyant dépérir chaque jour, résolut de faire tous ses efforts pour gagner la côte sur un radeau, afin d'aller dans les bois rétablir sa santé délabrée. Ses compagnons n'eurent jamais de ses nouvelles depuis le moment de leur séparation, et n'aperçurent même aucun des signaux qu'il avait promis de faire. Un autre fit la même entreprise, arriva heureusement à terre, mais fut arrêté et conduit au commandant, qui, craignant alors de voir tous les prisonniers lui échapper successivement, prit le parti de les faire venir à terre. Dans le même temps un vaisseau hollandais arriva, portant des ordres pour le renvoi des prisonniers, qui quittèrent enfin Maurice après 3 ans de captivité et de persécution.

Cependant l'établissement des Hollandais ne faisait aucun progrès, n'acquérait aucune sorte d'accroissement. La période séculaire de sa fondation touchait aux trois quarts de sa révolution, et leur petite ville n'était encore qu'un amas de chaumières irrégulièrement disposées, à l'exception du nouveau fort, seul bâtiment construit en pierres et avec assez de solidité pour durer long-temps. Cette petite citadelle était armée de 20 canons et gardée par 50 soldats ; on en voyait encore les fondements et une partie des murailles en 1753 ; mais on les démolit à cette époque pour y élever un beau bâtiment destiné à loger le commandant du port avec la garnison, et à contenir les magasins nécessaires. L'ancien fort avait été brûlé par des esclaves. Leguat, qui se trouvait alors en cette île, dit que le commandant Diodati ayant menacé un de ses domestiques de lui faire infliger une punition, celui-ci s'enfuit et forma avec un de ses camarades et deux négresses, le projet de mettre le feu au fort, projet qu'ils exécutèrent au milieu de la nuit. L'édifice fut entièrement consumé, et peu s'en fallut que M. Diodati ne pérît dans les flammes. Les coupables ayant été arrêtés, les deux hommes furent roués vifs et les deux femmes pendues. On rapporte que l'un des condamnés, qui avait toujours eu une passion excessive pour le jeu de dés, étant au lieu du supplice, demanda avec grande instance que quelque assistant voulût bien lui faire la charité de jouer encore quelques coups de rafle avec lui, protestant qu'après cela il mourrait sans regret.

Quelques familles hollandaises étaient dispersées sur différents points de l'île : au port Nord-Ouest, à Flacq, à la Rivière-Noire et aux Plaines *Wilhems*, qui reçurent ce nom de deux frères qui s'y étaient les premiers établis. La détresse régnait dans tous ces hameaux. L'état de langueur de cette colonie naissante était la conséquence naturelle des vices inhérents à son administration : les Etats ne donnaient aucun encouragement à ces hommes expatriés, relégués sur des rivages lointains et déserts, où ils avaient à conquérir le domaine de la nature pour y substituer celui de l'art, pour l'assujettir aux progrès de l'industrie. De tels efforts exigeaient chez ceux de qui on les attendait, le jeu de certains ressorts qu'on ne sut pas mettre en mouvement. C'était en effet agir d'une manière bien peu éclairée que de soumettre ces colons, qui avaient besoin de secours, de protection, d'émulation, de récompenses, d'exemption de toute charge, à cette forme de gouvernement qu'une population nombreuse et une civilisation avancée peuvent seules rendre nécessaire. Il ne leur était pas même permis de s'approprier ce que la nature leur offrait pour soulager leur misère : il leur était enjoint de remettre à leur chef, pour un prix modique que leur payait la Compagnie, toute la quantité d'ambre gris qu'ils trouvaient sur le rivage. Le moindre écart de cette obligation était une contravention punissable : règlement aussi absurde que cruel, et qui n'avait d'autre résultat que de favoriser la fraude que faisait le commandant à la Compagnie et aux malheureux habitants. Une pareille administration ne pouvait offrir que les symptômes d'une fin prochaine. L'émigration fut ordonnée et les restes de cette colonie se partagèrent entre le Cap et la ville de Batavia.

CHAPITRE V.

Voyages et Etablissements des Français dans la mer des Indes. — Episode du vice-roi de Goa.

———

Les Français apprécièrent dès le principe l'importance du commerce de l'Inde. A peine la route du Cap fut-elle connue, que leurs navires sillonnèrent l'océan indien dans toutes les directions. Aucun vaisseau chrétien n'avait abordé aux terres australes avant celui de Gonneville, parti de Honfleur en 1503. Ils furent les premiers qui s'établirent à l'île Madagascar, voisine du royaume de Monomotapa, riche en or et en ivoire, et qui, par son heureuse position, est elle-même un entrepôt extrêmement avantageux pour le commerce avec l'Inde et les voyages aux terres australes. Cette île a porté plusieurs noms : elle est appelée par Ptolémée, *Ménuthias ;* par Pline, *Cerné ;* par les Perses et les Arabes, *Sarandib ;* par les Portugais, *Saint-Laurent*, parce qu'ils la découvrirent le jour de la fête de ce Saint. Les Français, sous le règne de Henri IV, la nommèrent île *Dauphine ;* mais le nom sous lequel elle est aujourd'hui universellement connue est *Madagascar*, qui diffère peu de celui de *Madécasse* donné par les naturels. Marc-Paul, célèbre vayageur vénitien du 13ᵉ siècle, la décrit sous son nom actuel ; il tenait ses renseignements des Arabes.

L'établissement des Français en cette île fut détruit par la faute des gouverneurs à qui il fut confié : le sieur Pronis s'attira la haine et le mépris des insulaires par sa cupidité et sa perfidie. Ce fut lui qui vendit en 1647, à Vander Mester, gouverneur de l'île Maurice, les infortunés Malgaches attachés au service de l'établissement. La Compagnie, informée de la conduite de Pronis, lui ôta son commandement et lui donna pour successeur le sieur de Flacourt, qui arriva au fort Dauphin à la fin de Décembre 1648. Ce nouveau gouverneur, sur lequel on comptait pour rétablir la réputation du nom français, fut loin de remplir sa mission et de répondre aux espérances qu'on fondait sur son administration. Sa conduite envers les naturels les souleva contre les Français ; le fort Dauphin fut brûlé en 1655 et ne fut rétabli qu'en 1663. Après ce désastre, les Français quittèrent Madagascar pour venir s'établir à l'île Mascareigne, dont le sieur Pronis avait pris possession en 1642, * et dont Flacourt fit prendre une seconde fois possession, en 1649, par le capitaine du vaisseau *Saint-Laurent*, le sieur Roger Le Bourg, qui y posa les armes du Roi de France et changea le nom de Mascareigne en celui de Bourbon, confor-

---

* V. Flacourt, *Relation de l'île Madagascar*, P. 219.

mément aux instructions de Flacourt, qui trouvait que cette dénomination était la plus analogue à la bonté et à la fertilité de cette île. Depuis cette prise de possession jusqu'à l'époque où les Français évacuèrent Madagascar, Bourbon ne fut habitée que par une douzaine de Français et quelques Malgaches qu'ils y avaient menés. On y trouvait aussi des pirates, qui s'étaient alliés avec des femmes de Madagascar, et qui furent les premiers humains établis sur cette terre. Les Français, avant d'être assez forts pour les repousser ou les asservir, vivaient dans une grande circonspection à leur égard. Ces écumeurs de mer obtinrent de grands succès dans leurs brigandages et s'enrichirent considérablement. Ils possédaient d'assez beaux vaisseaux de guerre et déployaient quelquefois des forces imposantes. On raconte à ce sujet cette singulière anecdote :

Pendant que M. Desforges-Boucher était gouverneur de l'île Bourbon, en 1722, un navire portugais mouilla dans la rade de St-Denis, ayant à son bord le vice-roi de Goa, qui alla visiter le gouverneur. Peu de moments après, un vaisseau pirate de 50 canons entra aussi dans le port, et ne laissa pas échapper l'occasion de faire une si belle capture. Le capitaine s'empara du bâtiment portugais, puis débarquant avec l'orgueil d'un conquérant, il se rendit au gouvernement. C'était l'heure du dîner ; le suc exquis des vignes de Constance engendrait déjà la gaîté ; les aromates indigènes fumaient dans la salle du festin, et leurs suaves vapeurs remplissaient les convives d'une douce volupté, lorsque le farouche pirate vint troubler par sa présence cette scène délicieuse. En vainqueur audacieux, il prit place entre le gouverneur et le vice-roi, à qui il déclara qu'il était son prisonnier. Cependant la fête continue, le forban se dédommage à loisir des fatigues de la navigation, des agitations de ses courses errantes et meurtrières. Il s'abreuve du nectar qui coule avec profusion. Bientôt ses traits s'adoucissent, sa physionomie prend par degrés une expression moins sinistre ; le feu sombre qui l'agitait reste au fond de la coupe enchanteresse dont le charme magique a maîtrisé ce caractère féroce. M. Desforges, à qui cette métamorphose n'échappe point, saisit l'occasion de servir le vice-roi : " Capitaine, dit-il au pirate, quelle rançon exigez-vous du commandant portugais ? "—" Il me faut mille piastres, " répondit-il avec une sorte d'indifférence. — " C'est trop peu, dit M. Desforges, pour un brave homme comme vous et un grand seigneur comme lui ; demandez beaucoup ou ne demandez rien. " — " Hé bien ! qu'il soit libre, " dit le pirate. Le vice-roi ne se le fit pas dire deux fois; il laissa le généreux forban noyé dans les vapeurs qui l'assoupissaient, et prenant congé de son libérateur, il mit de suite à la voile. La Cour de Portugal garda le souvenir de ce service de M. Desforges, qui en fut récompensé dans la personne de son fils, qui reçut la décoration de commandeur grand'croix de l'ordre du Christ. C'est celui qui fut nommé au gouvernement général des îles de France et de Bourbon en 1759.

SECONDE PÉRIODE.

1715 — 1764.

GOUVERNEMENT

DE

LA COMPAGNIE DES INDES.

Indocti discant et ament meminisse periti : turpe enim est in patriâ peregrinari, et in iis quæ ad ipsam pertinent quasi hospitem esse.

CHAPITRE VI.

Prise de possession de l'île, au nom du monarque français, par M. Dufresne. — Le chevalier de Nyon premier gouverneur. — Administration de M. Dumas. — De M. de Maupin. — Episode du Frère Adam.

———————

Il était réservé au ministère français, quoiqu'il fût alors occupé d'intérêts fort importants, et encore plongé dans les embarras qu'avaient occasionnés une suite de guerres ruineuses, d'apercevoir dans cette île, à l'extrémité de l'Afrique, à l'en-

tree des mers orientales, la clef du commerce de l'Asie ; le gouvernement ayant appris que les Hollandais avaient évacué Maurice, s'occupa de suite des moyens d'acquérir cette possession
avantageuse.

La Compagnie des Indes, créée dans les beaux jours du siècle
de Louis XIV, s'était anéantie depuis 1712, et des armateurs
associés de St.-Malo, berceau de cette Compagnie, suppléaient
alors aux opérations mercantiles qui venaient d'être suspendues. Le ministère profita de cette circonstance pour donner
cette île à la France. Le commandant d'un de leurs vaisseaux reçut dans la Mer Rouge, par la voie de Suez, la dé-
pêche ministérielle qui lui ordonnait d'en prendre possession.
Le 20 Septembre 1715, M. Dufresne arriva au port Nord-Ouest.
Le rivage était couvert de forêts. Après une longue navigation,
l'œil du voyageur se reposa avec une bien douce sensation sur
cette perspective majestueuse, ce vaste amphithéâtre de montagnes dont les formes bizarres se dessinaient dans le lointain
sur un fond d'azur, et dont quelques pitons sourcilleux semblaient vouloir se dérober encore aux regards des hommes et
cacher dans les nues leurs cimes mystérieuses. Plusieurs sal-
ves d'artillerie interrompirent le silence de ces bords solitaires ;
l'écho seul du rivage y répondit. Tout était muet et imposant ;
aucune créature humaine ne respirait sous ce beau ciel. Alors
le nom du monarque qui va régner sur cette contrée lointaine
est proclamé ; le pavillon blanc est arboré et flotte dans les
airs ; l'île reçoit le nom d'*Ile de France,* le plus beau nom qu'aucune colonie française ait jamais porté ! Une ancienne tradition
rapporte que le jour de la prise de possession par les Français,
un vaisseau anglais arriva dans l'après-midi pour le même objet.

Trois années seulement s'étaient écoulées depuis le départ
des Hollandais, et déjà toute trace de culture était effacée. Un
faible détachement militaire fut envoyé de Bourbon en cette île,
et quelques familles y passèrent aussi ; mais il paraît que ce
premier établissement ne se soutint pas, et que l'île fut bien-

tôt abandonnée, puisqu'il y eut une seconde prise de possession
par M. Garnier du Fougeray, qui y aborda le 23 Septembre 1721,
y fit célébrer la messe, en prit solennellement possession pour
Louis XV, et y imposa le nom d'*Ile de France* qu'elle avait déjà
reçu. Il y dressa un poteau surmonté d'une perche de 40 pieds
et d'un pavillon blanc, et grava au pied cette inscription latine :

Vivat Ludovicus XV, rex Galliarum et Navarræ !
In æternum vivat !
Hanc ipse Insulam suis ditionibus voluit adjungi ;
Illamque jure vindicatam,
In posterum insulam francicam nuncupari.
In gratiam honoremque tanti principis,
Istud vexillum niveum extulit
Joannes-Baptista Garnier du Fougeray,
Dux navis dictæ le Triton,
Ex urbe San-Maclovio oriundus, in minori Britanniâ ;
Cùm ipse hùc appulerit die 23â Septembris 1721 ;
Undè, 3â Novembris, eodem anno,
In Galliam navigaturus, Deo favente, anchoras solvit. *

A une portée de canon de ce monument, il planta une croix
sur laquelle il mit d'un côté : *Garnier du Fougeray, de Saint-
Malo, C. le Triton,* avec les armes de France ; et de l'autre ces
deux vers :

Lilia fixa crucis capiti mirare sacratæ
Ne stupeas : jubet hìc Gallia stare crucem.
29â oct. anno 1721.**

---

* Vive Louis XV, roi de France et de Navarre ! puisse-t-il vivre à jamais !
lui-même ayant donné l'ordre d'ajouter cette île à ses domaines et de l'appeler à l'avenir l'ILE DE FRANCE, c'est en l'honneur de ce grand prince qu'a été
arboré ce drapeau blanc, par Jean-Baptiste Garnier du Fougeray, capitaine du
navire le TRITON et originaire de la ville de Saint-Malo; lequel a abordé en
ce lieu le 23 Septembre 1721, et en est reparti le 3 Novembre de la même
année, pour retourner, Dieu aidant, en France.

** Ne soyez point étonné de voir la couronne des lis au haut de cette
croix sainte, puisque c'est la France elle-même qui a fait élever cette croix.

Il n'est venu jusqu'à nous aucun acte qui fasse connaître d'une manière précise l'état où se trouvait l'île à l'arrivée de M. de Nyon, premier gouverneur, en Janvier 1722. Les papiers destinés à nous transmettre ces antiquités coloniales n'existent plus. Il ne reste qu'un petit lambeau du procès verbal de prise de possession, et une copie fort ancienne, collationnée par le sieur de La Chapelle dont aucun autre acte n'indique le caractère public. Cette copie est elle-même fort détériorée : le papier manque vers la fin, et la feuille ayant été mouillée, l'encre a beaucoup pâli et l'écriture se distingue à peine de la couleur jaune du papier. Nous devons aux soins de feu M. Jacques Mallac, juge à la cour d'appel de cette île, la restauration de cette pièce antique et curieuse, qu'il est parvenu à déchiffrer presque en entier et qu'il a fait imprimer le 16 Février 1819. On trouve aussi dans les archives quelques fragments presque illisibles de l'acte d'installation de M. le chevalier de Nyon, qui fit chanter un *Te Deum* à son arrivée sur cette plage solitaire ; un rocher d'une coupe abrupte servit d'autel. Un arbre de teck, ce géant des forêts équinoxiales, dont les branches étaient drapées de lianes fleuries qui entrelaçaient leurs faibles tiges et retombaient vers la terre en festons élégants, fut le sanctuaire où une douce obscurité inspirait le recueillement. Le bruit monotone de la mer, qui poussait mollement sur le rivage ses flots caressés par des brises parfumées, la fraîcheur de l'aurore, la plaintive mélodie de la tourterelle, la voix mystérieuse des zéphirs qui soupiraient dans le feuillage, formaient une harmonie touchante qui inondait l'âme de sensations délicieuses. Ce fut au milieu de ce concert ravissant que la voix d'un ministre fit entendre ses accents religieux, et l'hymne s'éleva vers le Tout-Puissant dont il invoquait la protection.

La Compagnie des Indes, établie par l'édit du mois d'Août 1664, confirmée par déclaration du roi du mois de Février 1685, avait reçu une nouvelle existence par l'édit du mois de Mai 1719. Le roi fit la cession de l'Ile de France à cette société, qui montra beaucoup de sollicitude pour tout ce qui pouvait en

hâter le progrès. Elle promit son appui et les secours nécessaires aux familles honnêtes qui voudraient faire partie de cette
colonie naissante. Cet appel ne fut point infructueux : beaucoup de soldats vétérans, d'anciens marins, particulièrement
de la ville de St.-Malo, passèrent à l'Ile de France avec des
mœurs simples et l'amour du travail : tel fut le principe de la
population de cette île. Rome, cette orgueilleuse capitale du
monde, ne put pas se glorifier d'une origine aussi pure. Cependant les registres de l'administration de M. de Nyon,
prouvent qu'elle fut souvent environnée de difficultés et d'embarras : les troupes s'agitèrent plusieurs fois ; des différends
s'élevèrent entre le commandant militaire et le lieutenant
du roi ; les esclaves fugitifs ravagèrent le fruit des premiers
efforts des colons ; la disette se fit sentir d'une manière
pressante. On envoya souvent chercher des vivres à Madagascar, d'où l'on tira aussi des esclaves qui furent très-utiles à l'a-
griculture de la colonie. Struys et quelques autres voyageurs,
qui ont parlé des marchés d'esclaves, prétendent que les Européens qui avaient besoin de bras pour cultiver les terres dans
les colonies, ont introduit l'idée de l'esclavage chez les peuples
à qui ils désiraient d'enlever des hommes dont ils pussent disposer à leur gré. N'est-il pas absurde de supposer que des
étrangers aient conçu le projet de faire une pareille tentative
dans des pays où la liberté aurait régné sans altération ? Serait-il raisonnable d'admettre que des peuples qui auraient regardé la servitude comme un attentat aux droits de l'homme,
eussent cédé aux suggestions des marchands qui seraient venus leur faire de telles propositions ? Comment les auteurs qui
ont si légèrement fait ces imputations aux habitants des colonies, ont-ils pu ignorer que le droit public de beaucoup de
peuples de l'Afrique, de ceux de Madagascar, par exemple, est
de faire mourir ou de condamner à la servitude les hommes, les
femmes, les enfants qu'ils font prisonniers, et que leur législation est de punir aussi par la privation de la liberté ceux qui
sont convaincus de vol ou d'autres délits ? Quand ils ne trouvent pas à les vendre ils les égorgent ; ils ne renoncent à la
vue du sang qu'en faveur de celle de l'or : une cupidité réelle

produit chez le vainqueur une humanité apparente. Il est probable qu'ils ont pris ces principes des Arabes, qui s'emparèrent d'une partie de ce pays au commencement du 15e siècle, et chez qui l'esclavage existe de temps immémorial; différentes causes l'ont produit parmi les peuples anciens et l'ont même rendu volontaire. Dans une autre partie de cet ouvrage, j'examinerai cette question d'une manière plus détaillée, et je tâcherai d'éclaircir les difficultés dont ce sujet est rempli.

La culture que le gouvernement voulait établir préférablement à toute autre en cette île, était celle des épiceries. Les titres de concession portaient l'obligation de cultiver le poivre, le girofle , la muscade , le café de Moka, &a. Les ordonnances étaient publiées au prône; ce mode de promulgation suffisait à la population encore peu nombreuse et réunie dans un espace circonscrit, et imprimait d'ailleurs aux lois un caractère religieux qui les rendait plus respectables. Les questions importantes étaient soumises à une assemblée des principaux habitants, à laquelle on donnait le nom de *Conseil National.* Par un édit du mois de mars 1711, Louis XIV avait établi dans l'île Bourbon un *Conseil Provincial*, dont les jugements en matière civile étaient exécutés par provision, sauf l'appel au Conseil de Pondichéry. En matière criminelle, les accusés y étaient jugés à la charge de l'appel soit au Conseil de Pondichéry, soit au Parlement dans la juridiction duquel abordait le vaisseau chargé des accusés et de leurs procès. L'île Bourbon ayant pris de l'accroissement, Louis XV reconnut que ce tribunal ne convenait plus à la situation du pays ; que les longueurs des procédures, tant civiles que criminelles, causées par l'appel au Conseil Supérieur de Pondichéry, étaient dangereuses, tant par la facilité qu'elles procuraient aux plaideurs de mauvaise foi, de faire durer les procès, que par l'espérance d'impunité qu'elles pouvaient faire concevoir aux criminels. Par ordonnance, donnée à Versailles au mois de Novembre 1723, Louis XV supprima le Conseil Provincial établi à Bourbon, pour y ériger un Conseil Supérieur, chargé de rendre la justice tant

civile que criminelle en dernier ressort. Ce Conseil était composé de trois juges dans les affaires civiles et de cinq dans les
affaires criminelles. La même ordonnance établit à l'Ile de
France un Conseil Provincial composé de trois juges en matière civile et de cinq en matière criminelle. Les jugements
civils étaient exécutés par provision, sauf l'appel au Conseil
Supérieur de Bourbon ; les jugements criminels étaient rendus
en dernier ressort contre les esclaves seulement ; la voie
de l'appel était ouverte aux autres justiciables. Cette
disposition rigoureuse à l'égard des esclaves fera sans
doute éprouver au lecteur le sentiment pénible qu'elle m'a
causé à moi-même. Pourquoi, me suis-je demandé, cette sorte
d'indifférence pour la vie des serfs ? pourquoi cette distinction
odieuse entre des hommes que poursuit également le glaive de
la justice ? Sans vouloir entreprendre d'excuser ce qui est ri-
goureusement inexcusable, je me suis dit : Apparemment le
législateur a reconnu que les crimes plus fréquents dans cette
partie de la population rendaient nécessaire, pour l'exemple,
une justice distributive plus prompte, et que les circonstances
qui les environnaient, ordinairement plus à découvert dans
cette classe d'hommes, rassuraient davantage la conscience et
la religion des magistrats. Quoi qu'il en soit, tous les pays
offrent malheureusement le même tableau; partout et dans tous
les temps l'humanité eut à déplorer le traitement rigoureux réservé aux serfs : chez les Spartiates, par exemple, des décrets
de mort prononcés contre les Hélotes sur de simples soupçons
leur rappelaient souvent leur état d'abjection et de misère ; et
cependant Lacédémone avait Lycurgue et son institution.

La Compagnie nomma et présenta à Sa Majesté le sieur Le
Noir, gouverneur de Pondichéry, pour remplir la place de commandant des établissements français dans les Indes, et présider aux Conseils tant Supérieurs que Provinciaux qui y
étaient et pourraient y être établis. Cette nomination fut
confirmée par le Roi, à Fontainebleau, le 13 Novembre 1725,
et le sieur Le Noir, en vertu de ses pouvoirs, nomma les membres du Conseil Provincial et procéda à l'installation de cette

cour, suivant un acte dressé au Port-Louis, en date du 31 Mai 1726. Il paraît, par cet acte, que M. Dioré, lieutenant de Roi à Bourbon, a commandé temporairement en notre île, d'où il était absent lors de l'installation du Conseil Provincial. Plusieurs faits attestent l'imperfection des jugements émanés de ce tribunal, jugements auxquels le Conseil Supérieur de Bourbon imprima souvent les marques de l'improbation la plus absolue. Sans m'arrêter à la peine du *cheval de bois*, qui ayant été infligée à la femme Coupet, excita les murmures et les remontrances des ministres de la religion, à cause du scandale qu'elle occasionna, je vais rapporter, pour donner une juste idée de l'administration de la justice à cette époque, le jugement rendu par le Conseil Provincial contre M. de Bellecour, et l'arrêt du Conseil Supérieur de Bourbon qui le réforme. M. de Bellecour fut traduit devant le Conseil Provincial, comme prévenu d'attentat aux mœurs et de discours calomnieux contre M. Borthon, curé du Port-Louis. Le jugement du Conseil condamne le sieur de Bellecour *à faire amende honorable en chemise, la corde au cou, tenant en ses mains une torche de cire ardente au devant de la principale porte et entrée de l'église de ce port, où il sera mené par l'exécuteur de la haute justice, et là, nu tête et à genoux, demander pardon à Dieu, au Roi et à la Justice, et ensuite être conduit à la chaîne pour servir comme forçat dans les galères du Roi à perpétuité, &a.* Le Conseil Supérieur de l'Ile Bourbon, après avoir examiné le procès intenté contre le sieur de Bellecour et le jugement qui s'était ensuivi, déclare que : *les principales imperfections qui ont été remarquées dans la procédure sont irréparables et rendent le procès défectueux dans le fond et la forme. ... Le Conseil Supérieur espère que le Conseil Provincial, attentif sur l'intérêt de son honneur, ne laissera plus surprendre sa religion et examinera désormais les procès criminels avec une exactitude plus scrupuleuse.*

La religion veilla avec sollicitude à l'éducation et au lit funèbre des chrétiens de quelque rang qu'ils fussent. Il était ordonné aux habitants de faire porter à l'église tous les enfants qui naissaient, pour y être purifiés par les eaux du baptême et

introduits dans la religion chrétienne ; d'éclairer leurs esclaves sur les dogmes du catholicisme, de les exempter de tout
travail le dimanche et les jours de fêtes, et de les envoyer au
temple pour y recevoir l'instruction religieuse d'un ecclésiastique. Il était défendu d'inhumer, sans les cérémonies du culte
et ailleurs que dans le cimetière, la dépouille mortelle des chrétiens libres ou esclaves. De tous les religieux qui se trouvaient
alors dans l'île, le Frère Adam fut celui qui acquit le plus de
célébrité, par son amour pour la botanique, fondé sur un esprit
de charité dont il fut la victime. Ce lazariste bienfaisant, accoutumé à une simplicité austère qui rappelait les mœurs antiques, ne vivait que pour les pauvres et les malades. Il possédait des connaissances assez étendues dans la science des végétaux, et cette étude, si attrayante par l'innocent amusement
qu'elle procure, devenait entre ses mains d'une utilité réelle et
immédiate, par l'heureuse application qu'il en faisait au soula-
gement des indigents. La richesse de la végétation, la variété
des plantes de notre île donnèrent une force nouvelle à sa passion pour la botanique. Tous les intervalles que lui laissaient
les fonctions de son état étaient employés à des excursions la-
borieuses à travers les rochers et les ronces; souvent l'orage le
surprenait loin de sa retraite, et l'obligeait à passer la nuit
dans quelque grotte humide au milieu des bois. Les dangers
qu'il courut fréquemment ne purent le décider à prendre plus
de précautions ; sa destinée était d'occuper une place dans le
Martyrologe des Botanistes. Plusieurs jours de pluies abondantes avaient retenu le Frère Adam dans sa cellule à son
grand regret. A peine l'inondation était-elle cessée qu'il sortit,
le 24 Juin 1722, pour faire de nouvelles moissons et visiter
une petite plaine au sommet d'une montagne voisine. Il
s'éloigna insensiblement des lieux habités et s'engagea seul
dans des endroits escarpés et d'un abord dangereux. La journée entière et la nuit s'écoulèrent sans qu'on le vît revenir ; il
ne reparut pas non plus avec le soleil du lendemain. On commença dès lors à concevoir des inquiétudes ; on pensa qu'il
était retenu par quelque accident, mais l'imagination n'allait
pas encore jusqu'à craindre qu'il ne fût à jamais perdu pour

l'humanité. Plusieurs personnes, surtout celles à qui ses bien-faits avaient rendu sa vie chère et précieuse, se dispersèrent dans différentes directions, pour tâcher de découvrir la route qu'il avait suivie. Le gouverneur, M. de Nyon, envoya aussi des soldats et des noirs à sa recherche. Toutes leurs perquisitions furent infructueuses ; les traces de son passage étaient souvent interrompues dans le désert, et mille fois la forêt retentit vainement de son nom. Enfin, plusieurs jours après, deux chasseurs découvrirent au bord de la mer un cadavre depuis long-temps glacé : hélas ! c'était celui de l'infortuné Frère Adam. Selon toutes les probabilités, il s'était noyé en voulant traverser un bras de mer qui se trouve en cet endroit ; et les flots, soulevés par les vents qui, durant l'hiver, soufflent du large avec violence dans cette partie de l'île, avaient revomi son corps sur la plage. Une main et une partie du visage avaient été la pâture des poissons. Le capitaine Gast D'Hauterive, accompagné du Supérieur Ecclésiastique, M. Borthon, et de plusieurs autres personnes, se transporta en cet endroit, éloigné du Port-Bourbon d'environ une lieue, et y dressa le procès verbal qui constate ce déplorable événement.

Dans le même temps la voix de la religion s'éleva contre une partie des habitants, et la puissance ecclésiastique déploya sa sévérité. Les premiers colons étaient sans doute des hommes simples et paisibles que l'amour de la retraite avait attirés dans cette région tranquille ; leur vie régulière, la solitude qui les environnait étaient bien propres à nourrir leur penchant au bien, à leur inspirer sans cesse des sentiments de douceur et de bonté ; mais ces hommes, amis du repos et de la vertu, n'avaient pas dit un éternel adieu aux passions qui quelquefois agitent et troublent le cœur ; ils ne s'étaient pas à jamais affranchis du joug de l'erreur, triste apanage de la fragilité humaine. Des prêtres venus de France en cette île, en 1726, reçurent, à ce qu'il paraît, au Port-Bourbon (Sud-Est), un accueil qu'ils regardèrent comme une offense grave faite à leur ministère ; ils crurent qu'il était nécessaire que la religion, quoique tolérante pour ses enfants, fît respecter sa sainteté qu'on avait dédaignée et outragée. M. Borthon, vicaire-général en cette île, suspendit les fonctions ecclésiastiques, et prononça un interdit contre le Port-Bourbon. Je ne sais combien de temps dura cet interdit, ni même s'il a jamais été levé ; mais, après tout, les interdits n'étaient plus dès cette époque en usage en France : ils ne pouvaient être exécutés sans l'autorité du Roi, et les parlements n'en souffraient point la publication.

Par un arrêté de la Compagnie du 17 Janvier 1727, confirmé le même jour par édit du Roi, M. Dumas fut nommé Directeur-Général des Iles de France et de Bourbon, dans chacune desquelles il lui était recommandé de séjourner alternativement six mois, afin de veiller également à leurs intérêts et à leur prospérité. Le 12 Mars 1729, M. Dumas arriva en cette île, où plusieurs circonstances sollicitaient sa présence. Une sorte de relâchement s'était opéré parmi les officiers et n'était que la fâcheuse conséquence de la division et de l'éloignement mutuel qu'avaient fait naître des opinions opposées et indiscrètement froissées. M. Dumas débarqua au Port-Bourbon, alors le chef-lieu, d'où il se rendit avec quelques fonctionnaires au Port-Louis. Un procès verbal daté de ce lieu contient les dispositions qui furent prises dans une assemblée convoquée à cet effet, pour assurer la marche paisible et régulière des affaires en cette colonie, que la Compagnie avait à cœur de rendre florissante ; et dans cette vue elle jugea nécessaire de nommer un gouverneur particulier pour l'Ile de France. M. de Maupin fut choisi pour régir et administrer les affaires de la Compagnie à l'Ile de France, y présider au Conseil Provincial et maintenir l'ordre et l'harmonie parmi les officiers du gouvernement. Cette nomination, faite par la Compagnie le 25 Octobre 1728, fut confirmée le 14 Décembre suivant par le Roi, qui investit M. de Maupin du commandement militaire de cette île. On continua sous son gouvernement les fortifications commencées dans les deux ports sous la direction de M. de Nyon, en suivant les plans que ce commandant avait laissés à son départ, à l'exception de celui du fort à construire au Port-Louis, pour lequel un nouveau plan fut envoyé de France. A cette époque, les esclaves fugitifs, devenus nombreux dans les forêts où ils s'étaient retirés, causaient de grandes inquiétudes aux colons, dont les travaux étaient menacés d'une destruction complète. Ce fléau fixa l'attention de la Compagnie, qui ordonna de prendre des mesures immédiates pour en arrêter le progrès et purger entièrement l'île des brigands qui l'infestaient. L'exécution de cet arrêté fut confiée à l'officier de Beauvoilier.

Les actes de l'administration de M. de Maupin peignent un homme de bien, exact à remplir ses devoirs envers les colons. Il eut soin d'assortir son commandement à l'état où se trouvait le pays qui lui était confié ; il ne négligea rien pour entretenir entre les habitants cette heureuse harmonie sans laquelle se rompent les nœuds de toutes les institutions. Il fut secondé dans ses vues par la plus grande partie des habitants. Dans ces temps primitifs, où l'activité et l'industrie étaient si nécessaires au développement des institutions coloniales, la paresse et l'oisiveté étaient regardées comme des délits envers la société ; ceux à qui l'on pouvait en faire le reproche ne parvenaient que difficilement à s'en laver, et encouraient la censure publique du Conseil d'administration, qui prenait au besoin des mesures plus sévères pour réprimer leur existence fainéante, ou les expulsait des terres qui ne leur avaient été concédées qu'à la condition qu'ils les cultiveraient et y formeraient des établissements. Le petit nombre d'agriculteurs laborieux que l'île contenait ne pouvaient que difficilement fournir à ses besoins. La disette força le gouvernement à imposer aux habitants l'obligation de fournir chacun une quantité de vivres proportionnée à celle qu'il avait en magasin, ce qui est constaté par des procès verbaux d'enquête dressés sur les diverses habitations, en exécution des ordres de M. de Maupin et du Conseil. Le violent ouragan de 1731 mit le comble aux embarras et aux peines des colons. Mais où est sur la planète que nous habitons la contrée fortunée dont le ciel soit toujours pur ? Les lois constantes de l'univers, les révolutions périodiques des saisons n'empêchent pas que la nature soit sujette à des vicissitudes. Il semble que le renouvellement des principes dépende de ces combats entre les éléments, et que le germe de la vie et de la fécondité doive sortir avec une vigueur nouvelle du sein des ruines et de la destruction. Vers le milieu du jour, la chaleur est accablante, l'atmosphère s'épaissit, les nuages s'entassent et dérobent la vue du ciel ; quelques-uns demeurent immobiles, pesamment chargés des orages qu'exhale l'océan ; d'autres, entraînés par des tourbillons de vents, tournent avec impétuosité, se croisent et se dirigent vers différents points de l'horizon avec d'inégales vitesses. Autour des sommets des hautes montagnes se réunissent les feux menaçants du tonnerre. Tout est muet ; la feuille ne s'agite plus : c'est le silence du néant ; la nature entière semble être dans l'attente. La mer n'a pas rompu ses digues, ses flots ne se soulèvent pas encore ; son courroux concentré se manifeste au loin par un sourd mugissement qui, prolongé par l'écho du rivage, se mêle aux cris funèbres des oiseaux et donne à cette scène lugubre un caractère aussi beau que terrible. De lourdes vapeurs d'une teinte de bronze, enflées de vents et d'eau qu'elles s'apprêtent à vomir, roulent dans les vallées profondes et semblent revêtir les montagnes d'un voile sépulcral. Le jour et la nuit se combattent et se succèdent, et de ce mélange se forme un crépuscule effrayant qui remplace cette teinte d'azur si éclatante qu'offrait, quelques instants auparavant, une atmosphère librement pénétrable à la lumière. Dans ce moment de stupeur, l'homme déploie toute son activité pour la conservation de son asile, qui sera son salut ou son tombeau. Ce travail a quelque chose de sinistre ; c'est comme un adieu qu'on dit à ses voisins ; il annonce que toute relation va cesser : c'est Noé qui ferme l'arche et se sépare du reste des hommes. Mais déjà le soleil sur la fin de sa course se plonge dans la plus épaisse obscurité et laisse la nature en proie à toutes ses fureurs ; de toutes parts règne une profonde horreur. Les éléments rompent l'équilibre et se confondent ; les éclairs redoublés pénètrent de nuage en nuage ; la masse entière s'ébranle, et cédant aux chocs réitérés qu'elle reçoit, elle se dissout, se précipite et verse de rapides torrents, dont les affreux fracas se mêlant au mugissement des flots mutinés, aux éclats de la foudre étin-celante, au sifflement des vents déchaînés, semblent annoncer le retour des horreurs du chaos. Tel est le terrible phénomène qui trop souvent a désolé l'Ile de France. Celui dont je m'occupe en ce moment détruisit une grande partie des papiers publics ; la frêle architecture du bâtiment qui servait de greffe ne put ré-sister aux secousses de la tempête; il fut renversé dès les premiè-res rafales et les registres furent vingt-quatre heures inondés.

Ce fut sous le gouvernement de M. de Maupin que fut con-çue l'idée de bâtir l'église des Pamplemousses, qui rappelle aux colons tant de souvenirs antiques et intéressants. En 1734, M. Igou, vicaire-général, remontra à M. de Maupin l'uti-lité d'un établissement religieux aux Pamplemousses, et ce gouverneur, partageant ses vues, se rendit avec cet ecclésiastique en ce quartier, pour faire choix d'un lieu convenable ; mais ce projet ne fut exécuté qu'au mois d'Avril 1742, sous l'adminis-tration de M. de La Bourdonnais, qui semblait destiné à éle-ver tous les monuments durables de la colonie.

M. de Maupin montra beaucoup de sollicitude et de pré-voyance à diriger vers le bonheur commun les ressources que l'état du pays pouvait offrir ; aussi fut-il à son départ vive-ment regretté par les habitants, qui avaient apprécié ses vertus ; mais s'il sut profiter de ce qui existait et en rendre la jouis-sance facile et entière, il ne fit rien du moins pour affermir la colonie et assurer la durée de son existence. Il était réservé à son successeur d'en mettre en mouvement tous les ressorts, d'y répandre les semences d'une félicité constante, de donner une nouvelle énergie aux esprits, que la lassitude d'un long re-pos avait appesantis. L'inaction même qui avait régné jusque là contribua à donner plus d'activité au nouvel ordre de choses qui fut établi : comme un faible courant dont on arrête les eaux paisibles ; elles sont quelque temps stagnantes ; mais vient-on enfin à rompre les digues qui les tiennent enfermées et à leur rendre leur cours, ce mince ruisseau dont le repos même a fait l'abondance et la force se change en un rapide torrent.

CHAPITRE VII.

Notice biographique sur M. Mahé de La Bourdonnais, Gouverneur Général des Îles de France et de Bourbon.—Travaux immenses qu'il y fait exécuter.—Mort de son épouse.— Il part pour France.— Mauvais accueil qu'on lui fait. — Sa justification. — Episode d'une princesse de Russie.

C'est ici le triomphe d'un grand homme qui sillonna notre île et l'Inde des éclairs de son génie, Mahé de La Bourdonnais, *le Duguay-Trouin de son temps, supérieur à Duguay-Trouin par l'intelligence et égal en courage,* dit Voltaire. Il conquit, pour ainsi dire, par l'étendue de ses conceptions, le gouvernement de notre île, dont il était destiné à devenir le fondateur. Né à Saint-Malo, le 11 Février 1699, Bertrand-François Mahé de La Bourdonnais montra, dès ses premières années, pour les études nautiques une prédilection dont ses parents surent heureusement tirer parti en le faisant diriger par les meilleurs maîtres. Il n'avait que dix ans lorsqu'il entra dans la marine et fit son premier voyage aux mers du Sud. Cet essai ne fit que fortifier ses premières inclinations, et il ne négligea rien de ce qui pouvait lui rendre familières toutes les parties de la science de la navigation. Embarqué en 1713 en qualité d'enseigne sur un vaisseau faisant voile pour les Indes Orientales, il se lia avec un savant jésuite qui se trouvait sur le même navire. Cet heureux hasard lui fut très-utile pour corroborer et continuer ses études en mathématiques. Il fit ensuite deux longs voyages, l'un dans les mers du Nord et l'autre aux échelles du Levant; et dans toutes ces occasions, il parvint, par un travail opiniâtre, aidé de son génie observateur et pénétrant, à acquérir toutes les connaissances qui doivent former le grand homme de mer. En 1719, il entra avec le grade de lieutenant au service de la Compagnie des Indes, qui renaissait alors de ses cendres et sortait, par une étonnante singularité de la fortune, des décombres du chimérique système de Law qui bouleversa toute la France. Se rendant dans l'Inde, en 1723, il composa, pendant la traversée, son *Traité de la mâture des vaisseaux*, ouvrage qui obtint les suffrages des connaisseurs et augmenta la réputation dont M. de La Bourdonnais jouissait déjà. Dans le même temps il rendit un service considérable à la Compagnie : le vaisseau *le Bourbon* coulait bas, manquait de tout, et l'on ne voyait aucun moyen de le soustraire à la destruction dont il était menacé. Dans cette extrémité, M. de La Bourdonnais osa entreprendre, sur une simple chaloupe, le passage de Bourbon à l'Ile de France, d'où il ramena un vaisseau qui arriva à temps pour sauver *le Bourbon* et le mit en état d'effectuer son retour en France. Lorsque M. de La Bourdonnais y arriva, la Compagnie l'éleva au grade de second capitaine, et il se rembarqua pour les Indes en 1724. Dans ce voyage, M. Didier, ingénieur militaire, lui enseigna la fortification et la tactique. En entrant dans la rade de Pondichéry, il trouva l'escadre commandée par M. de Pardaillan près de partir pour attaquer Mahé et l'enlever aux naturels du pays. M. de La Bourdonnais fut chargé d'une grande partie des opérations de ce siége, et l'on sait combien sa présence fut utile dans cette guerre. On dut à son esprit inventif une nouvelle construction de radeau qui obvia à tous les obstacles que la côte et l'ennemi opposaient au débarquement, et la descente se fit sans qu'on perdît un seul homme. Il conçut aussi, pour abréger le siège qui traînait en longueur, un projet qui fut approuvé et dont l'exécution lui fut confiée. Les préparatifs que l'on fit alors effrayèrent les Indiens, qui capitulèrent et livrèrent Mahé.

Après cette guerre, il tourna toutes ses vues du côté du commerce. M. Le Noir, gouverneur de Pondichéry, le seconda dans ses entreprises ; les voyages qu'il fit dans presque toutes les parties de l'Inde lui furent extrêmement avantageux, et bientôt il ne lui resta rien à désirer du côté de la fortune. Le crédit et l'influence dont il jouissait chez les diverses nations avec lesquelles il commerçait, lui donnèrent les moyens de rendre des services aux Portugais en diverses occasions. Le vice-roi de Goa, pour l'en récompenser, lui proposa de le faire entrer au service du roi de Portugal avec le grade de capitaine de vaisseau ; il y joignait l'ordre du Christ, des lettres de *fildague* et le titre d'Agent de Sa Majesté Portugaise à la Côte de Coromandel. M. de La Bourdonnais accepta ces offres et resta deux ans au service du Portugal, au bout desquels il quitta l'Inde avec une belle fortune et arriva, au milieu de l'année 1733, à Saint-Malo où il se maria.

Dans le voyage périlleux qu'il avait fait de Bourbon à l'Ile de France, en 1723, il avait été frappé de l'importance de cette colonie pour l'agriculture, le commerce et la guerre. Sa pénétration lui avait révélé des ressources qui ne s'étaient pas encore présentées aux autres, et le désir de servir sa patrie le porta à faire un rapport sur les projets qu'il roulait dans sa tête pour donner à cette colonie le degré d'importance auquel on pouvait l'élever. S'étant rendu à Paris, en 1734, il eut occasion d'y voir M. Orry, Contrôleur Général des Finances, et M. de Fulvy, son frère, commissaire du roi près la Compagnie des Indes. Il leur communiqua ses réflexions sur l'état des colonies françaises dans les mers des Indes, et les moyens qu'il croyait nécessaires pour assurer la prospérité du commerce de la Compagnie. Les Directeurs furent frappés des vues profondes de M. de la Bourdonnais ; ils ne le furent pas moins des moyens d'exécution que son génie simplifiait ou remplaçait ; ils jugèrent que lui seul pouvait diriger convenablement cette colonie ; que ses mains étaient les seules qui pussent en tenir les rênes, qui avaient jusque-là presque inutilement flotté entre celles des premiers administrateurs. Ils pensèrent qu'il appartenait à celui qui avait découvert les vices qui défiguraient l'édifice qu'on y construisait, d'en élever un autre sur de nouvelles proportions. Sur le rapport et la demande des Directeurs de la Compagnie, M. de La Bourdonnais fut nommé par le Roi Gouverneur Général des Iles de France et de Bourbon. Ce fut en 1735 qu'il vint en prendre le commandement. Un Conseil Supérieur fut établi à l'Ile de France à la place du Conseil Provincial qui y avait été institué en 1723 : les appels auxquels les jugements de cette ancienne cour étaient sujets, occasionnaient des lenteurs préjudiciables à la justice en cette colonie qui, par l'accroissement considérable qu'elle avait pris, demandait une juridiction plus imposante.

Les difficultés que M. de La Bourdonnais rencontra pour la réalisation de ses desseins ne l'effrayèrent pas ; il en avait prévu une partie et avait déjà concerté les moyens de les vaincre, et ses lumières, en lui montrant successivement les obstacles inséparables de ses projets, plaçaient toujours à côté les agents susceptibles de les écarter. Jusqu'au moment de son arrivée, cette colonie avait été extrêmement onéreuse à la Compagnie ; des avances de vivres, d'ustensiles et de noirs ayant été faites indistinctement à des habitants qui n'avaient

ni l'industrie, ni les talents nécessaires pour réussir, les espérances de la Compagnie avaient été trompées, et loin de trouver
dans le travail et l'activité des colons les secours qu'elle en attendait pour ses vaisseaux, elle était au contraire obligée d'ali-
menter l'île par des fournitures continuelles. Elle avait donc
expressément recommandé à M. de La Bourdonnais, non seulement de ne plus faire d'avances, mais encore d'exiger le remboursement de celles que les habitants avaient reçues. Ces
mesures, comme on doit le penser, indisposèrent singulièrement
tous les esprits. Il n'y avait d'ailleurs dans l'île ni discipline,
ni subordination : les soldats avaient poussé l'audace jusqu'à
arborer le pavillon hollandais et avaient ensuite obligé leur
commandant à leur accorder une amnistie au nom du Roi. On
avait vu des officiers mêmes tremper dans ces rébellions. La
police réclamait toute l'attention du gouverneur : les nègres
marrons infestaient l'île. M. de La Bourdonnais forma une
maréchaussée composée de Malgaches qui, élevés dans leur
pays au milieu des forêts, convenaient parfaitement pour la recherche et la poursuite des marrons. Ces détachements, stimu-
lés par les récompenses attachées au succès de leurs expéditions, parvinrent effectivement à purger l'île de la plus grande
partie de ces maraudeurs dangereux, qui la dévastaient souvent
le fer et la flamme à la main. On n'avait en cette île aucune
idée du commerce ; il y fit cultiver la canne à sucre et y établit
des manufactures de coton et d'indigo. Il reconnut bientôt que
le port Sud-Est, quoique plus vaste que celui du Nord - Ouest
et supérieur sous plusieurs rapports, ne pourrait jamais être
d'une aussi grande utilité au commerce. On y entre vent arrière
ou vent largue ; mais il est difficile d'en sortir, à cause des
vents qui, soufflant presque toujours de la partie du S.-E., donnent directement dans les deux passes qui forment les débou-
chés du port. D'ailleurs, dans les parages des vents généraux,
les ports sous le vent sont les seuls susceptibles d'une défense
facile, en cas d'attaque de la part de l'ennemi, puisqu'il faut
toujours touer les vaisseaux pour les faire entrer dans le port.
Par la même raison, le vent est toujours favorable pour en sortir, second avantage qui, quoique moindre que le premier

n'est point à dédaigner. Ces considérations décidèrent M. de La Bourdonnais à donner la préférence au port Nord-Ouest ; il fut donc arrêté que le chef-lieu y serait aussitôt établi, et si l'encaissement où se trouve la ville par la ceinture que forment autour d'elle les montagnes de *la Découverte*, du *Pouce*, de *Peterbooth* et la *Montagne-Longue*, la prive de la jouissance immédiate des vents frais et agréables du S.-E. et du S.-S.-E., et fait que l'atmosphère y demeure quelquefois dans une stagnation incommode, cette disposition la préserve en quelque sorte de la fureur des ouragans qui dévastent l'île de temps en temps, et qui causent les plus grands désastres aux parties de la colonie qui ne sont pas défendues par ces barrières que la nature oppose aux tempêtes. Les quartiers de l'île ne pouvaient communiquer que très-difficilement entre eux et avec la ville ; les forêts qu'il fallait traverser faisaient durer plusieurs jours et rendaient très-pénibles les moindres transports de denrées et de matériaux. La garnison n'avait point de casernes ; elle occupait un camp de chaumières dont la destruction ne présentait aucune difficulté ; il n'existait pas non plus de fortifications régulières ; l'île, ouverte sur tous les points, n'était pas en état de se défendre contre une invasion de l'ennemi, qui pouvait entrer sans essuyer de résistance dans l'intérieur des ports. Les navires qui faisaient le commerce dans les mers des Indes ne trouvaient ici aucun atelier où ils pussent faire réparer les avaries qu'ils essuyaient, et étaient obligés d'aller à grands frais chercher ces secours ailleurs. Le gouverneur sentit les inconvénients qui résultaient de la privation de toutes ces choses, et l'importance qu'il y avait à y remédier promptement. Le néant, pour ainsi dire, devint alors fécond entre ses mains : des routes furent ouvertes dans toutes les directions, des correspondances furent établies avec tous les quartiers, et des machines ingénieuses transportèrent rapidement de tous côtés des fardeaux que des milliers de bras n'avaient pas pu déplacer. C'est à lui que sont dues ces belles casernes qui ne dépareraient point les places fortes de l'Europe, et cette batterie de l'*Ile aux Tonneliers*, située à l'entrée du port, susceptible de foudroyer une escadre, et dont les ruines mêmes attestent encore aujourd'hui la solidité. M. de La Bourdonnais devint lui-même ingénieur et architecte ; profitant de ses connaissances en mathématiques, il dressa des plans qui obtinrent l'approbation de la Compagnie ; manquant d'ouvriers pour les exécuter, il forma des ateliers en mettant sous la direction de quelques ouvriers européens, tous les nègres dont il put disposer. Il parvint ainsi, à force de peines et de difficultés vaincues, à en réunir un nombre considérable qui furent bientôt exercés à la pratique de l'architecture navale, et devinrent capables de faire toutes les réparations nécessaires aux navires marchands et aux bâtiments de guerre qui se trouvaient dans nos mers. En 1737 et 1738, il fit construire plusieurs navires, entre autres un vaisseau de cinq cents tonneaux, qui depuis fut armé en guerre pour le compte de la Compagnie. Les soldats, les matelots atteints de maladie n'avaient point d'endroit convenable pour rétablir leur santé ; bientôt s'élèvent au bord de la mer, dans un endroit écarté, d'immenses bâtiments destinés à servir d'hôpitaux, environnés d'une enceinte qui achève d'isoler ce séjour de l'humanité souffrante ; position unique qui réunit tous les avantages qu'on peut désirer dans de pareils établissements. L'éloignement de l'eau et la difficulté d'en faire des approvisionnements présentaient des embarras continuels ; il fallait aller la chercher à une lieue de la ville, essuyer dans ce trajet des peines et des fatigues inexprimables, et exposer même sa vie dans les mauvais temps. M. de La Bourdonnais s'occupa aussitôt de remédier à ces graves inconvénients : il fit construire un canal de trois mille six cents toises de longueur. L'eau arriva avec profusion à la ville et se distribua de tous côtés. Une fontaine abondante jaillit dans la mer et les équipages des vaisseaux trouvèrent l'eau au bord de leurs chaloupes. L'agriculture était négligée : elle devint aussi l'objet de sa sollicitude ; elle reçut de sa part toute la protection qu'elle méritait ; des instruments aratoires de toute espèce furent fournis aux planteurs, qui obtinrent tous les encouragements susceptibles de les porter à vaincre les plus grands obstacles. M. de La Bourdonnais fit venir avec beaucoup de difficultés du Brésil, le manioc, qui devait assurer aux

cultivateurs une nourriture saine, substantielle et d'une préparation facile. Les habitants n'apprécièrent pas d'abord l'utilité
de cette racine précieuse ; le gouverneur se vit contraint d'employer l'autorité pour les obliger à la cultiver ; il fit des ordonnances qui les assujettissaient à planter cinq cents pieds de
manioc par tête d'esclave. Mais plus tard les colons, instruits
par l'expérience, reconnurent le prix de l'acquisition qu'ils
devaient à ce gouverneur, et qui désormais leur offrait une ressource infaillible contre la famine, dont ils s'étaient vus jadis
fréquemment menacés. L'Ile Bourbon présente aussi des monuments qui honorent la mémoire de M. de La Bourdonnais :
parmi les travaux utiles auxquels il se livra dans cette île, on
peut citer le pont suspendu que la difficulté d'aborder à Saint-
Denis lui fit inventer. Ce pont, soutenu par quatre mâts ou
fourches de hunes de soixante pieds de longueur, avance à cent
trente pieds dans la mer et s'élève au-dessus de son niveau,
hors de la portée des plus hautes vagues. A l'extrémité de ce
pont est attachée une échelle de cordes. Les chaloupes viennent
se placer de manière que ceux qui veulent débarquer peuvent se
saisir de l'échelle, au moment où, par la force de la lame, la mer
approche de son plus haut degré d'élévation. L'abbé Rochon
trouve que cette manière de débarquer, tout ingénieuse qu'elle
est, est fort incommode, à cause de l'oscillation de l'échelle et
des secousses qu'elle éprouve par l'agitation de la mer ; mais
la houle est si forte et brise sur le rivage avec une telle violence, que ce moyen paraît être encore le plus convenable pour
empêcher que la communication de la rade avec la ville ne soit
fréquemment interrompue. Cependant ce pont n'existe plus
aujourd'hui.

Lorsque, d'une part, l'œil étonné contemple cette masse de
travaux divers achevés en même temps, cette multitude d'institutions utiles élevées sur tous les points de l'île, et que, d'un
autre côté, l'on songe qu'un seul homme a conçu et exécuté si
rapidement, avec des moyens qui lui étaient propres, tant de
desseins où le génie s'exprime par des traits si marqués, l'imagination reste surprise de cette grandeur dont l'empreinte

règne autour d'elle : elle y voit le résultat de l'activité la plus étonnante jointe à la constance la plus soutenue ; le fruit de cet esprit pénétrant, de cette sagacité prodigieuse qui, découvrant au même instant toutes les faces d'un objet, semble n'avoir besoin ni d'expérience ni de réflexion pour s'assurer du succès des choses, et n'y être conduit que par instinct. Combien l'étonnement augmente, lorsque l'on considère que M. de La Bourdonnais rencontra, contre son attente, dans le caractère des habitants, une résistance presque invincible à l'exécution de ses projets. Il espérait trouver en cette île des hommes laborieux que le calme de la solitude avait attirés dans cette région tranquille ; des hommes qui avaient quelque ressemblance avec ces premiers enfants que la nature allaita à l'ombre des forêts et dans les creux des rochers ; accoutumés à toutes les peines physiques, aux privations de tous genres, et qui, dirigés par un chef habile, répondraient fidèlement à ses vues et contribueraient puissamment à l'accomplissement de ses desseins ; mais il n'en était pas ainsi : il ne vit partout que l'esprit d'indépendance et une complète indifférence pour la prospérité publique. Les officiers militaires mêmes et ceux de l'administration, qui s'étaient en quelque sorte amollis par l'inaction des premiers commandants, n'en sentirent que plus vivement la discipline exacte et l'activité continuelle de ce nouveau gouvernement ; et cet amour du bien public, ce zèle opiniâtre que M. de La Bourdonnais ne cessait de montrer pour les intérêts de la Compagnie et l'honneur de la France, fut représenté aux Directeurs et au Ministre sous des couleurs fausses que reflétait l'esprit des mécontents qui adressaient ces rapports calomnieux, à l'insu du grand homme dont ils faisaient la censure. Il eut aussi à supporter les récriminations des capitaines des vaisseaux de la Compagnie, qui, jusqu'alors accoutumés à une indépendance entière, murmuraient de se voir obligés de se soumettre à une subordination qui était cependant indispensable pour l'ordre et le bien du service ; ils ne pouvaient sans une répugnance amère se résoudre à obéir à un chef qui naguère était leur égal : la supériorité évidente des talents de M. de La Bourdonnais ne leur faisait point oublier

une préférence qui humiliait leur orgueil. Ce furent ces intérêts froissés, ces passions contrariées, qui préparèrent les calomnies qui devaient troubler son repos.

En 1740, M. de La Bourdonnais perdit son épouse. Cet événement l'obligea à partir pour France, et il laissa son gouvernement entre les mains de M. de St.-Martin. La froideur avec
laquelle il fut accueilli par les Directeurs et le Ministre, fut profondément sentie par un homme qui, depuis plusieurs années,
consacrait toutes ses lumières et immolait son repos, sur une
terre éloignée, au bien-être de ses concitoyens. En vain il demanda des éclaircissements sur les motifs de cette étonnante
prévention qu'il remarquait dans tous les esprits ; en vain il insista pour qu'on l'instruisît des faits qu'on lui imputait et qui
prouvaient qu'il avait trahi ou même négligé les intérêts de la
Compagnie ; on ne l'éclaira point sur toutes ces particularités ;
on lui répondit d'une manière vague, évasive, et avec un air de
mystère qui le désespéra. Il alla trouver le cardinal de Fleury
et le pria instamment de soumettre à un examen scrupuleux
toutes les parties de son administration, s'engageant à rendre
le centuple à quiconque pourrait justifier qu'il lui avait fait tort
de quelque manière que ce fût. Il fit la même démarche auprès du Comte de Maurepas, ministre de la Marine, et de M.
Orry, Contrôleur Général. On le remit, pour l'examen de son
gouvernement, au retour de M. de Fulvy qui était alors en Bre-
tagne. A cette époque parut un libelle fort injurieux, conte-
nant une longue énumération des plaintes portées contre M.
de La Bourdonnais. Elles étaient dignes de pitié et de mépris, autant par le caractère de l'homme flétri qui les publiait,
que par le cachet de fausseté et d'absurdité dont elles portaient
l'empreinte. Le Ministre donna ordre aux Directeurs de la
Compagnie de vérifier ces différents chefs d'accusation, et de
lui faire un rapport. La Compagnie, après un sérieux examen,
attesta que ces imputations étaient fausses. Un mémoire jus-
tificatif qu'il fit imprimer acheva de dissiper les nuages dont
on s'était efforcé de l'envelopper, et l'éclat de sa vertu, qui parut vive et pure, le rendit plus cher à ses compatriotes, et les

ministres lui témoignèrent la même bienveillance qu'auparavant. Telle fut la première expérience que fit M. de La Bourdonnais de l'ingratitude des hommes ; heureux si, pour prix de
ses services, il avait pu obtenir alors une retraite paisible et la
liberté de vivre en silence, ignoré de ceux qui défiguraient ses
vertus et tournaient contre lui l'ardeur qu'il mettait aux affaires publiques. Il découvrit que dans le sein même de la
Compagnie se trouvaient des hommes qui, par des motifs secrets de passion et d'intérêt, nourrissaient des sentiments qui
ne lui étaient point favorables. Cette circonstance lui faisait
entrevoir une infinité de difficultés et de désagréments dont des
ennemis de ce genre pouvaient aisément semer tous les actes
de son administration ; voulant éviter le nouvel orage qui se
formait sur sa tête, il se détermina à remettre ses pouvoirs et
à abdiquer son gouvernement. Le Ministre n'y consentit point
et lui fit connaître que le Roi l'avait choisi pour commander
une escadre qu'on armait alors pour l'Inde. " *Il faut*, lui dit
M. Orry, *que vous exécutiez dans l'Inde, pour la Compagnie, le
projet que vous avez formé pour votre compte particulier. Qu'il
ne soit point ici question de vos mécontentements ; obéissez et con-
tinuez à bien servir ; le Roi aura soin de vous et de votre fortune.* Ces nouvelles marques de confiance triomphèrent de la
résistance de M. de La Bourdonnais, qui se résigna à servir
encore son pays. Il partit de Paris pour se rendre à Lorient au
mois de Février 1741, avec la commission de capitaine de frégate dans la marine royale, et une commission particulière
pour commander *le Mars*, vaisseau du Roi. Il avait reçu de
Sa Majesté et de la Compagnie les ordres les plus précis pour
commander toutes les forces navales dans l'Inde, et dans le cas
où il se trouverait à une action à terre, il devait également
commander toutes les troupes de la Compagnie, à moins que
l'action ne se passât dans quelque gouvernement français autre que celui des Iles de France et de Bourbon. Dans ce seul
cas, il devait être préalablement autorisé par les Conseils à donner des ordres à terre. Il quitta la France le 5 Avril, avec cinq
vaisseaux de la Compagnie, relâcha le 28 Mai à l'Ile Grande,
située à la Côte du Brésil, d'où il partit au bout de vingt-

deux jours, et mouilla dans le port de l'Ile de France le 14 Août 1741.

Parmi les officiers qui passèrent de France en cette île avec M. de La Bourdonnais, se trouvait le sieur d'Auban, devenu célèbre par son mariage avec la veuve d'Alexis Petrowitz, fils de Pierre-le-Grand, Czar de Russie. Voici quelques détails sur la destinée de cette princesse, sœur de l'Impératrice d'Allemagne, épouse de Charles VI. Charlotte-Christine-Sophie de Brunswick Wolfenbuttel, née le 25 Août 1694, épousa le 25 Octobre 1711 le Czarowitz Alexis, qui contracta ce mariage par ordre de son père. La douceur de l'hymen n'exerça point sur le caractère sauvage du jeune prince la salutaire influence qu'on en attendait. Les charmes et les qualités aimables de son épouse ne purent captiver son cœur : il viola ouvertement la foi conjugale ; la jeune princesse fut exilée de la couche nuptiale et privée de l'affection de son époux, qui prodigua sa tendresse à une Finlandaise nommée Afrosine. Charlotte languit ainsi méprisée, maltraitée, en proie aux caprices et à la brutalité du Czarowitz, jusqu'au moment où elle accoucha d'un fils qui monta sur le trône sous le nom de Pierre II, après la mort de l'Impératrice Catherine. La naissance de ce prince, qui semblait devoir développer dans le cœur de son père des sentiments plus doux, n'opéra chez lui aucun changement. Son berceau fut solitaire, la main paternelle ne lui ouvrit point les yeux, ses premiers moments ne connurent point les étreintes caressantes de celui qui lui avait donné l'existence. Toujours animé d'une inexplicable aversion pour son épouse, le Czarowitz continuait à l'abreuver d'humiliations, et les scènes les plus violentes troublaient le repos de cette princesse infortunée, dont la vie même était fréquemment menacée. Dans une de ces crises, elle tomba évanouie; Alexis croyant qu'elle avait cessé d'exister, la laissa entre les bras de ses femmes, et se retira dans un de ses châteaux. La Comtesse de Konismarck lui prodiguant tous les secours et les soins que la tendresse la plus vive peut inspirer, la rappela à la vie; mais craignant avec raison de voir se renouveler des scènes aussi cruelles, qui finiraient infailliblement par causer la terrible catastrophe dont la malheureuse princesse avait été plusieurs fois menacée, et à laquelle elle venait d'échapper par une sorte de miracle, la Comtesse de Konismarck, profitant de la circonstance, conçut le projet de l'éloigner pour toujours de son époux. Ayant pris les précautions nécessaires pour la réussite de son stratagème, elle déclara à Petrowitz que son épouse n'existait plus, et tandis qu'on enterrait une bûche à la place de la princesse, elle fuyait avec un vieux serviteur qu'elle faisait passer pour son père. Elle se rendit en France, où elle s'embarqua pour l'Amérique. Elle fut reconnue à la Louisiane par un officier français, M. d'Auban, qui l'avait vue à Pétersbourg ; elle fut alors obligée de lui raconter ses malheurs, le conjurant d'en garder le plus profond secret. D'Auban promit tout et fut fidèle. Il allait de temps à autre voir l'illustre exilée avec tout le respect dû à son rang, et lui donner les consolations qu'elle ne pouvait recevoir que de lui, puisque sa déplorable destinée était un mystère pour tout autre. Ils mêlèrent souvent leurs larmes, et il s'établit insensiblement entre eux une sympathie secrète et irrésistible ; d'Auban était jeune, bon, aimable ; la princesse était belle, sensible, et ses malheurs lui faisaient aimer celui qui s'y intéressait. Telle était sa situation, lorsqu'on reçut en Amérique la nouvelle de la fin tragique et prématurée d'Alexis Petrowitz, qui expira en 1719, le lendemain de la lecture qui lui fut faite de l'arrêt funeste qui le condamnait à mort. Devenue veuve, Charlotte n'eut plus de motif pour combattre un penchant dont elle sentait le danger tant qu'elle était retenue dans des liens indissolubles. D'Auban, de son côté, ne voyant plus entre la princesse et lui d'autre barrière que celle de la différence des rangs, osa surmonter cet obstacle, lui ouvrit son cœur, et celle qui était destinée à monter sur le trône des Czars, et à ceindre le diadème du plus vaste empire du monde, devint l'épouse d'un simple officier d'infanterie. Quelques années après, d'Auban repassa en France avec son régiment, et son épouse l'y suivit ; elle fut reconnue au jardin des Tuileries par le Maréchal de Saxe, qui fit part au Roi de cet étrange mystère. Louis XV, quoique alors en guerre avec la Reine de Hongrie, lui écrivit de sa main pour l'informer de la bizarre destinée de sa tante. La Reine adressa à sa tante une lettre pour l'engager à se séparer d'un époux trop au-dessous d'elle, et à se rendre à Vienne; mais la princesse Charlotte rejeta cette proposition, et s'embarqua avec M. d'Auban, qui venait d'être désigné pour faire partie de la garnison des Iles de France et de Bourbon, et à qui le Roi accorda un grade plus élevé. Elle resta en cette île jusqu'en 1757, époque où elle perdit son époux. Elle partit alors pour l'Europe, où elle continua à vivre dans l'obscurité qu'elle avait préférée à une élévation orageuse et menaçante.

CHAPITRE VIII.

M. de La Bourdonnais part pour l'Inde.—Il délivre Mahé depuis long-temps assiégé.—Il rentre dans son gouvernement.—Contrariétés qu'il éprouve de la part
de la Compagnie.—Il demande son rappel, mais ne l'obtient pas.—Episode de
l'officier Grenville de Forval.—Lazare Picault explore l'Océan Indien.

———

M. de La Bourdonnais apprit en arrivant que les Marattes
menaçaient Pondichéry. Ils demandaient qu'on leur livrât la
veuve et les enfants du Nabab de Carnate, lesquels s'étaient
mis sous la protection des Français, après la défaite et la mort

de ce prince. Ils réclamaient aussi un tribut de 500,000 roupies. Les garnisons des Iles de France et de Bourbon étaient
déjà parties pour l'Inde. Il résolut d'aller lui-même au secours de Pondichéry, après avoir fait les dispositions nécessaires pour la défense des deux îles. Il donna des ordres pour
la construction d'un fort sur la presqu'île qui défend le port ;
il ordonna aux habitants de s'exercer tous les dimanches au
maniement des armes ; il désigna les postes qu'ils devaient
garder, leurs quartiers d'assemblée en cas d'attaque, et donna
des instructions pour que le premier navire qui arriverait fût
envoyé à Goa pour chercher des vivres. Ayant ainsi pourvu à
tout ce qui pouvait contribuer à la sûreté des deux colonies,
M. de La Bourdonnais partit de Bourbon le 22 Août avec
l'escadre, et arriva le 30 Septembre à Pondichéry. La ville
était paisible : la conduite énergique du Gouverneur M. Dumas
avait intimidé les Marattes, qui n'avaient pas osé entreprendre
le siége. Informé par M. Dumas du danger où se trouvait
Mahé, il ne balança pas un instant à y porter du secours, et
mit à la voile le 22 Octobre. Ce comptoir était depuis dix-
huit mois assiégé par les Naïres, peuple belliqueux, établi dans
une contrée montagneuse, entrecoupée de vallons et d'un
abord extrêmement dangereux pour les étrangers. Ils avaient
résolu de faire le lendemain une attaque générale, lorsque M.
de La Bourdonnais, arrivant avec deux vaisseaux et faisant débarquer ses troupes sur-le-champ, déconcerta leur projet. La
poignée de soldats qu'il commandait ne lui permit pas de livrer bataille tout de suite à la nombreuse armée des Naïres ;
il jugea qu'il devait opposer les ressources de la tactique à un
ennemi supérieur en nombre, mais sans discipline, qui n'avait
que cette impétuosité qui s'éteint ordinairement, lorsque le
premier choc est accompagné de quelque revers. Après les
avoir quelque temps fatigués par ce système de temporisation,
il ordonna une attaque générale qu'ils ne purent soutenir ; ils
furent mis en déroute, après avoir perdu cinq cents hommes, et
laissèrent les Français maîtres de quatre fortins, de tous leurs
retranchements et de huit canons. La paix avec les Naïres fut
conclue en Février 1742. Après avoir fait retentir l'airain dans

les champs de l'Indostan, M. de La Bourdonnais vint reprendre son gouvernement et retrouver les paisibles colons, dont il
avait doublé la reconnaissance envers lui, en hâtant, par l'activité de ses efforts, le moment de la jouissance de ses bienfaits. Le spectacle touchant des institutions utiles qu'il avait
fondées ne suffisait pas à son génie entreprenant ; la vue des
services qu'il avait rendus ne pouvait lui faire oublier ceux que
sa patrie réclamait encore, et jaloux de contribuer dans toutes
les occasions à la splendeur du nom français, il méditait des
entreprises hardies dont le succès devait amener une nouvelle
gloire et de nouveaux avantages. Sur ces entrefaites, il reçut du
Cardinal de Fleury une lettre daté du 1er Octobre 1742, par laquelle ce Ministre lui faisait connaître que le Roi avait lu avec
plaisir la relation de sa campagne dans l'Inde , et avait beaucoup loué son activité et sa valeur. Après lui avoir payé le tribut d'éloges que méritaient ses services, le Cardinal lui disait
qu'il se reposait sur son zèle et ses talents pour ce que les circonstances exigeraient encore aux îles.

Cependant l'harmonie qui existait entre la France et l'Angleterre éprouvait des altérations qui faisaient pressentir une
rupture prochaine. Ce fut alors que l'audacieux projet de porter un coup mortel au commerce anglais dans les mers de
l'Orient, vint encore occuper fortement son esprit. Il l'avait
conçu pendant son séjour en Europe, dès les premiers indices
qui s'étaient manifestés d'une scission avec la Grande-Bretagne et la Hollande. Le ministère y avait applaudi ; mais la
Compagnie des Indes, mue par des motifs particuliers, refusa
de coopérer à l'armement de cette expédition, qui l'intéressait
pourtant si matériellement. Habile à tirer un parti considérable de moyens bornés, par l'à-propos des circonstances qu'il
savait saisir et utiliser avec autant de pénétration que d'activité, M. de La Bourdonnais ne se décourageait point à la vue
des faibles ressources qu'il avait à sa disposition : quelques
vaisseaux armés en guerre, qui se trouvaient alors en ce port,
lui suffisaient pour consommer son grand dessein. Le plan
qu'il en avait tracé avec l'énergie qui caractérisait toutes ses

idées, parut gigantesque à ceux dont les conceptions n'avaient
pas coutume de s'enfler, et les étonnants succès qui avaient
signalé tous ses travaux et ses entreprises ne purent justifier
à leurs yeux la hardiesse de celle-ci. La Compagnie donna
des ordres précis de désarmer, et pour prévenir toutes les représentations et empêcher que M. de La Bourdonnais, cédant
peut-être à l'ardeur de son courage, ne mît son dessein à exécution, elle retira successivement tous les vaisseaux qui pouvaient y servir. Il en ressentit une vive douleur, et reconnaissant l'impossibilité où le mettaient les entraves continuelles
qu'il rencontrait, de tourner au profit et à la gloire de son
pays les idées que lui inspiraient son zèle et son patriotisme,
il demanda instamment la permission de retourner en France.
Le Ministre ne la lui accorda pas ; il sentit tout le préjudice
que l'éloignement d'un tel homme apporterait aux affaires de
l'Inde, dont la situation à cette époque demandait plus que
jamais son appui. Voici une partie de la réponse de M. Orry :
Vous demanderez pourquoi l'on ne vous permet pas votre retour ;
mais je vous répondrai que c'est parce que je n'envoie pas de nou-
velles forces dans l'Inde, que je sens que s'il arrivait quelque
chose, on y aurait d'autant plus besoin d'un homme de ressource
qui sût se retourner et faire un usage avantageux du peu qu'il a.
Ainsi, maintenant vous verrez que je ne vous exhorte à rester
dans l'Inde, que par une nouvelle preuve de confiance que je vous
donne. Se voyant donc obligé de conserver son gouvernement
sans pouvoir exécuter ses projets, M. de La Bourdonnais
éloigna de sa pensée toutes les idées militaires qui l'avaient
jusqu'alors occupé, et ne songea plus qu'à des arrangements
économiques. Il travailla à perfectionner les établissements
d'agriculture qu'il avait commencés à ses dépens, et ses soins
eurent le succès qu'il en attendait. Il fit venir un grand nombre de cultivateurs des Côtes d'Afrique et de Madagascar, et au
besoin il en faisait des soldats. De temps à autre, des navires
étaient expédiés pour cet objet, et comme la perfidie des princes
barbares avec qui l'on avait à négocier, était bien connue de
ceux qui avaient eu des relations avec eux, on sentit qu'il était
indispensable que toutes les communications fussent environ-

nées d'un appareil militaire qui imposât à ces petits souverains cruels et sans foi, et les contînt dans le respect. Un jeune officier, M. Grenville de Forval, allié du Baron Grant, qui parle de lui dans ses lettres à son fils, fut chargé de commander un détachement dans un de ces voyages. S'étant rendu à la côte orientale de Madagascar, il fit descendre sa troupe sur l'île de Ste.-Marie, et alla ensuite, pour traiter de l'acquisition des esclaves, à la côte qui se trouve vis-à-vis de cette île, dont elle n'est séparée que par un détroit très-resserré. Le prince de ce lieu le combla de témoignages d'amitié, de protestations de fidélité et de dévouement. Il ne se borna pas à cet accueil démonstratif ; il insista pour que M. de Forval restât auprès de lui ; il n'oublia aucun des moyens qui pouvaient le décider à accepter son invitation. Le militaire français, dont le cœur généreux et étranger aux perfidies croyait facilement aux sentiments dont il était susceptible, se rendit aux sollicitations du prince et consentit à prolonger son séjour sur cette plage dangereuse. Au milieu de la nuit, quelle fut sa surprise de voir entrer dans son appartement, d'un pas léger et timide, une jeune femme, d'une taille élégante et d'un port majestueux ! C'était la princesse Betsy : " Jeune étranger, lui dit-elle aussitôt, celle que tu as sous les yeux est la fille du Souverain " de cette contrée, dont elle-même est destinée à tenir le " sceptre. Les malheurs dont tu es menacé ont touché mon " cœur ; ta noblesse et ta générosité l'ont embrasé d'un amour " dont je viens t'offrir la preuve la plus éclatante. La révé- " lation que je veux te faire, en déconcertant les desseins du " Roi mon père, va allumer et faire pleuvoir sur ma tête le feu " de son courroux : objet de ses fureurs et de sa vengeance, " précipitée du trône pour lequel je suis née, dans l'esclavage " et la misère, j'expirerais dans les angoisses de la douleur et " du désespoir, si pour prix de mon dévouement et de la vé- " hémence du sentiment que tu m'inspires, tu ne me donnais " pas l'appui dont j'ai besoin, tu n'associais pas ton existence " à la mienne. Je renoncerais, pour t'accompagner jusqu'aux " extrémités du monde, pour partager le sort que la fortune " te réserve, aux coutumes et aux mœurs de ma nation, à la

" tendresse de mes parents, à l'amour de mon peuple, à ma
" patrie qui doit recevoir mes lois. " Forval lui ayant assuré
qu'elle obtiendrait de sa reconnaissance tout ce qu'elle désirait, si la révélation qu'elle venait faire méritait réellement le
degré d'importance qu'elle y attachait, elle continua en ces
termes : " Le Roi qui t'a offert l'hospitalité d'une manière si
" généreuse, trame en ce moment ta mort et celle de tes gens :
" au point du jour tu le verras paraître, suivi de sa garde.
" L'amitié sera le prétexte de cette visite ; mais la trahison
" en sera l'objet. Observe ses mouvements ; s'il brise un bâ-
" ton qu'il porte à la main, ce sera l'arrêt et le signal de ta
" mort ; défends alors ta vie, mais, je t'en conjure, que la ven-
" geance ne te porte pas à faire un sacrifice inutile ; épargne
" les jours de celui à qui je dois la vie. S'il jette son chapeau
" en l'air, tu n'auras plus rien à craindre, ce sera le signal de
" la retraite." Frappé de ces paroles, M. de Forval se mit
aussitôt en état de défense, et la princesse Betsy fut conduite
dans un lieu de sûreté. Peu d'instants après, le Roi parut effectivement avec son escorte, et ayant brisé son bâton, il avan-
çait vers M. de Forval qu'il croyait surprendre, lorsque celui-
ci, l'épée d'une main et le pistolet de l'autre, fondit sur le
prince perfide, qui, effrayé de la bonne contenance de l'officier
français, jeta son chapeau et prit la fuite avec sa troupe. M. de
Forval appréciant l'étendue du service qu'il venait de recevoir,
épousa solennellement la princesse Betsy, suivant sa promesse,
et malgré les remontrances de ses amis. Cette femme singulière, véritable Amazone, ne cessa de donner à son époux les
preuves d'un attachement inviolable : après avoir habité l'Ile
de France avec lui pendant plusieurs années, elle apprit que la
mort de son père avait laissé le trône vacant. Elle demanda
alors à M. de Forval la permission de faire un voyage à Madagascar. Il y consentit et crut qu'elle ne pouvait se résoudre à
renoncer au trône où son peuple l'appelait ; mais cette princesse, qui n'aspirait qu'au bonheur de montrer son amour à son
mari, revint peu de temps après, accompagnée de deux cents
Malgaches dont elle lui offrit les services, et ayant fait des dispositions par lesquelles elle renonçait pour toujours à la couronne.

M. de La Bourdonnais s'occupa aussi de faire explorer les nom-breuses petites îles éparses dans l'Océan Indien ; il expédia pour cet objet, en 1742, deux petits navires sous les ordres de M. La-zare Picault. Cette mission ne fut qu'imparfaitement remplie ; la plupart des points qu'il importait de fixer d'une manière exacte ne furent déterminés qu'avec des approximations plus ou moins fautives. M. Lazare Picault poussa sa navigation jusqu'aux Iles Amirantes, qu'il prit pour *les Sept Frères*, qui en sont ce-pendant à une assez grande distance. La saison le pressant de revenir à l'Ile de France, il ne fit pas d'autres recherches et se contenta de cette conjecture erronée sur les îles qu'il venait d'apercevoir. Sur le rapport qui fut fait de cette navigation, M. de La Bourdonnais vit qu'il existait une grande méprise à l'égard des îles qui avaient été confondues avec *les Sept Frères*. Il fit donc partir une seconde fois M. Lazare Picault, et en-voya avec lui un ingénieur-géographe chargé de construire une carte. Ce fut dans cette expédition qu'on donna, en l'honneur de M. de La Bourdonnais, le nom de *Mahé* à la principale des Iles Seychelles.

CHAPITRE IX.

Nouvelle de la déclaration de guerre.—Armement pour l'Inde.—Naufrage du Saint
Geran, réduit à ses véritables circonstances.—Tempête, désastre de l'escadre à
Madagascar.—Combat livré à la division anglaise près de la Côte Coromandel.
—Siége et capitulation de Madras.—Conduite de M. Dupleix, qui en fait perdre
tous les avantages.

Cependant cette rupture, que plusieurs raisons faisaient pressentir, éclata entre la France et l'Angleterre, à l'occasion de la
guerre pour la succession de la Maison d'Autriche : les Anglais prirent le parti de Marie-Thérèse, reine de Hongrie, de

puis Impératrice. La frégate *la Fière*, qui arriva le 1ᵉʳ Septembre 1744, porta cette nouvelle à M. de La Bourdonnais, qui sentit se réveiller toutes ses pensées et toutes ses douleurs, d'autant plus que cet avis était accompagné d'instructions qui renversaient tous ses projets, et que dès ce moment la supériorité des ennemis dans la mer des Indes était décidée. La Compagnie, qui comptait sur la neutralité que devaient observer les sociétés marchandes des deux nations belligérantes, lui enjoignait positivement de ne commettre aucun acte d'hostilité contre les Anglais. Les désastres des navires français justifièrent bientôt les craintes et les prédictions de M. de La Bourdonnais. N'était-il pas effectivement absurde de supposer qu'un traité fait entre des marchands pût avoir quelque influence sur les opérations militaires de la marine d'un souverain ennemi ? Ces revers, que M. de La Bourdonnais avait prévus et qu'on aurait si facilement évités en suivant ses représentations, ne ralentirent pas son zèle et son courage. Il travailla à les réparer avec autant d'empressement et d'activité que s'il en avait été la cause. Les lettres qu'il reçut de l'Inde, par *le Fleury*, lui annoncèrent l'arrivée de quatre vaisseaux de guerre anglais, les dangers qui menaçaient de toutes parts le commerce de la Compagnie et l'alarme qui régnait à Pondichéry. Le Conseil Supérieur et le Gouverneur M. Dupleix l'appelaient au plus vite, pour arrêter les entreprises de l'ennemi. Toujours dévoué au service de sa patrie, il eut à surmonter les plus grandes difficultés pour armer les cinq bâtiments dont il pouvait alors disposer. La sécheresse et les sauterelles avaient occasionné une disette affreuse ; un vaisseau qui devait apporter du riz de l'Inde était revenu sans avoir exécuté sa commission. Le naufrage du *Saint-Géran*, qui se perdit à la vue de l'Ile de France, où sa riche cargaison devait verser l'abondance, fut encore une de ces calamités qui éprouvèrent la résignation et la constance de M. de La Bourdonnais. Cet événement fit une telle impression sur les esprits, que beaucoup d'habitants des deux îles, qui avaient demandé avec empressement du service sur les vaisseaux qu'on armait alors en guerre, ne voulurent plus s'exposer aux dangers de la navigation. La perte du *Saint-Géran*, que le défaut de connaissance de nos côtes fit échouer sur cette ceinture de récifs qui entoure l'île à la distance de plus d'une lieue, suggéra l'idée de l'intéressant roman de *Paul et Virginie* à BERNARDIN DE SAINT-PIERRE, qui répandit dans cet ouvrage comme dans son *Voyage à l'Ile de France*, dont j'aurai occasion de parler plus tard, les couleurs les plus défavorables sur des colons qui, de son propre aveu, lui avaient prodigué la plus douce hospitalité. Le naufrage du *Saint-Géran* présente des circonstances qui étaient faites pour donner à M. de SAINT-PIERRE l'idée d'une relation intéressante. Le fond de vérité de ce déplorable événement, entouré des prestiges et des touchantes rêveries de sa brillante imagination, devait nécessairement devenir une de ces productions qui parlent au cœur et qui sont toujours entre les mains de ceux que la nature a doués d'une âme délicate et sensible. L'auteur réunit dans cet ouvrage toutes les scènes intéressantes qui l'avaient frappé dans diverses circonstances, pour ajouter à l'ornement des deux aimables jeunes gens à qui il prête une vie si simple et si douce, des amours si tendres et si pures, des sacrifices si cruels, des malheurs si déchirants. On voit dans la Vie de M. de SAINT-PIERRE, qu'il dut l'un des plus grâcieux tableaux de son roman à la rencontre qu'il fit de deux charmants enfants dans un faubourg de Paris. A l'égard du *Saint-Géran*, les procès-verbaux, rédigés sur les déclarations de quelques officiers mariniers échappés du naufrage, font connaître que ce vaisseau, commandé par le capitaine de la Marre, partit de Lorient le 24 Mars 1744, relâcha à Gorée, et arriva à l'attérage de l'Ile de France le 17 Août ; on eut connaissance de l'*Ile Ronde* à quatre heures du soir. M. de la Marre fut d'abord d'avis de profiter du beau clair de lune pour venir mouiller à *la Baie du Tombeau*, mais on renonça bientôt à ce projet, et il fut arrêté qu'on mettrait à la cape jusqu'au lendemain au jour. Vers trois heures du matin, le vaisseau toucha sur les récifs, à une lieue de la côte et à égale distance de l'*Ile d'Ambre*. La mer, qui est très-clapoteuse dans cette partie, poussa le navire avec violence sur les brisans. On coupa aussitôt les saisines des bateaux, et comme on disposait les caliornes pour les mettre à la mer, les mâts se rompirent successivement, tombèrent le long du vaisseau, et repoussés avec impétuosité par les lames, ils en fracassaient le vibord et les bateaux. La quille peu après rompit dans son milieu, qui s'enfonçant alors dans un creux fit relever les extrémités sur les roches. M. de la Marre en ce moment fit donner la bénédiction et l'absolution générale par l'aumônier, qui chanta l'*Ave Maris Stella :* tout le monde s'embrassait et se demandait pardon. Un grand nombre d'hommes se jetèrent à la mer sur des planches, des courbes, des vergues, des avirons; mais entraînés par les courants, battus et submergés par les vagues, ils furent presque tous engloutis. Le marinier Caret, qui fit de grands efforts pour sauver M. de La Marre, lui conseilla plusieurs fois de se dépouiller de ses habits, ce que celui-ci refusa toujours de faire, en disant qu'il ne convenait point à la dignité de son état qu'il arrivât à terre tout nu. L'intrépide Caret nagea long-temps à travers les courants, traînant après lui la planche sur laquelle s'était placé son capitaine. Ayant rencontré un radeau, chargé de monde, M. de La Marre crut qu'il y serait plus en sûreté, et quitta le brave et généreux Caret. Celui-ci, obligé de plonger un instant pour éviter un choc, ne vit plus le radeau ni personne auprès de lui quand il reparut sur l'eau; ce fut sans doute dans ce moment que le capitaine périt avec toutes les personnes qui se trouvaient sur le radeau encombré. Il y avait à bord deux jeunes personnes, Mlle. Mallet qui était sur le gaillard d'arrière avec M. de Péramon qui ne l'abandonnait pas, et Mlle. Caillou qui se tenait sur le gaillard d'avant avec le lieutenant de Montandre, dont l'amour avait mérité sa main et qui devait l'épouser à son arrivée à l'Ile de France. Ce jeune homme aussi agité que son amante paraissait calme et résignée, s'occupait de faire un radeau pour sauver celle dont la vie lui était mille fois plus chère que la sienne. On le vit à genoux la supplier de descendre avec lui sur le radeau, d'ôter une partie de ses vêtements, de ne conserver que ses voiles les plus légers; elle rejeta toutes ses prières et son regard lui fit sentir que toutes ses sollicitations seraient inutiles; elle lui tendit la main en témoignage d'amour et de reconnaissance de ses efforts: pour son salut. Montandre tira alors de son portefeuille une boucle de cheveux qu'elle lui avait donnée, la baisa plusieurs fois avec transport, la plaça sur son cœur, et attendit à côté de sa maîtresse la fin de cette scène de désespoir. Voilà le fond du drame de *Paul et Virginie*. Pierre Tasset qui arriva le premier à l'île d'Ambre n'y aborda qu'à onze heures du matin, après avoir lutté cinq heures dans les flots, et ceux qui y parvinrent après lui, arrivèrent successivement dans la journée. Plusieurs y moururent quelques instants après. Ceux qui survécurent, restèrent deux jours sur cet îlot, au bout desquels trois d'entre eux se mirent sur une jumelle et gagnèrent la côte, où ils furent secourus par des chasseurs qui avaient un poste à la *Mare aux Flammans*. Pierre Tasset, qui avait fait l'arrimage du vaisseau, déclara que l'argent était contenu dans dix-huit caisses et une barrique qui étaient placées dans le carré de l'écoutille d'arrière, et qu'on pourrait le sauver, si la carcasse du vaisseau était conservée. Il est probable que tout a été perdu : il n'existe aucune pièce relative au sauvetage. Huit hommes de l'équipage et un passager furent les seuls qui conservèrent la vie et firent connaître les détails de ce naufrage. Telles sont les circonstances exactes de cet affreux désastre qui eut lieu sous un ciel pur, à une époque de l'année où l'atmosphère est parfaitement paisible dans nos régions, et qu'on ne peut attribuer qu'à l'imprudence des officiers et à leur entière ignorance de nos côtes.

L'activité et la persévérance de M. de Labourdonnais triomphèrent de tous les obstacles, et son escadre fut prête à faire voile en Mai 1745. Comme les équipages consommaient les provisions de l'Ile de France, il envoya les vaisseaux l'attendre à Madagascar et y faire des vivres; il ne garda que le *Bourbon* sur lequel il devait s'embarquer, et l'*Elisabeth*, petit navire destiné à porter ses ordres. Il avait fixé son départ au 1er Août, lorsque la frégate l'*Expédition* annonça le 28 Juillet que cinq vaisseaux devaient arriver prochainement aux îles. Cette nouvelle changea ses dispositions et il envoya l'*Elisabeth* porter

aux bâtiments qui étaient en relâche à Madagascar l'ordre de
revenir à l'Ile de France où ils arrivèrent en Septembre. Ce ne
fut que le 1er Février que les vaisseaux qu'il attendait d'Europe furent tous mouillés dans la rade du Port-Louis. Il fallut
les armer en guerre et les approvisionner : nouvelles difficultés
de tous genres à surmonter. M. de Labourdonnais vint à bout
de tout; et à mesure que les vaisseaux se trouvaient prêts, il
les envoyait à Madagascar amasser des vivres jusqu'au moment
où il irait les rejoindre. Le 24 Mars 1746, il partit de l'Ile de
France, remettant les rênes du gouvernement entre les mains
de M. de Saint-Martin, et mouilla à Foulpointe le 4 Avril. Un
ciel orageux et menaçant le força d'appareiller presque aussitôt :
une tempête furieuse se déclara, dispersa les vaisseaux qui
furent plus ou moins maltraités ; plusieurs démâtèrent de tous
leurs mâts et roulèrent avec violence, ayant huit à neuf pieds
d'eau dans la cale. Enfin, après une longue et furieuse tourmente, les bâtiments de l'escadre parvinrent avec beaucoup de
peine à se réunir à l'île *Marosse*, excepté le *Neptune de l'Inde*,
échoué dans l'anse Manahar.

Ce désastre aurait renversé les projets d'un homme ordinaire;
mais M. de Labourdonnais, que les revers n'abattaient jamais,
envisagea de sang-froid cette terrible catastrophe dont les conséquences pouvaient faire avorter l'expédition à laquelle il
attachait une si grande importance. Il s'occupa tout de suite
des moyens de réparer cet échec, et la fécondité de son génie
pourvut à tout dans cette circonstance, comme dans mille autres
où il s'était montré supérieur aux événements et aux contrariétés de tous les genres. Sur les bords escarpés et déserts de
l'île Marosse, on vit pour la première fois pratiquer un quai,
établir des forges, des corderies, des ateliers de toute espèce.
Des arbres énormes tirés des forêts de Madagascar furent traînés à travers des plaines marécageuses; il fallut ensuite les faire
descendre l'espace de sept à huit lieues sur une rivière d'où
on les transporta à l'île Marosse, éloignée d'une lieue de mer.
Là les ouvriers s'en emparaient pour faire des mâts et des vergues; et malgré les pluies continuelles, malgré les maladies

qui décimaient les équipages, les travaux furent conduits avec tant de diligence et d'opiniâtreté par M. de Labourdonnais qui nuit et jour suivait les opérations des ouvriers, qu'au bout de quarante-huit jours l'escadre fut en état de reprendre la mer, au nombre de neuf vaisseaux portant trois mille trois cent quarante-deux hommes.

M. de Labourdonnais parut bientôt devant les côtes de l'Inde déjà témoins de ses trophées. Le 6 Juillet, il rencontra à la vue de la côte de Coromandel l'escadre anglaise, commandée par le capitaine Peyton, qui venait de remplacer le commodore Barnett, mort au fort Saint-David. L'action commença à quatre heures et demie du soir et dura trois heures au bout desquelles les Anglais se retirèrent. M. de Labourdonnais employa la nuit à faire des dispositions pour recommencer le combat; mais les Anglais s'éloignèrent à la faveur du vent et de la marée; leur artillerie était supérieure, mais les équipages français étant plus forts, devaient s'attendre à un avantage décisif, si l'on avait pu en venir à l'abordage. (*)

M. de Labourdonnais arriva à Pondichéry le 9 Juillet. Il n'obtint point les renforts sur lesquels il comptait pour son artillerie; on ne lui donna pas la moitié des munitions dont il avait besoin, et les rapports qu'il eut avec le gouverneur, M. Dupleix et le Conseil Supérieur, prirent bientôt un caractère qui l'affligea profondément; ils lui présageaient les conséquences fâcheuses qui en résulteraient infailliblement pour les intérêts de la France dans l'Inde.

M. de Labourdonnais poursuivant l'exécution de ses projets, quitta Pondichéry dans la nuit du 12 au 13 Septembre 1746, avec neuf vaisseaux et deux galiottes à bombes, pour aller faire le siége de Madras, le principal établissement des Anglais la côte Coromandel et le centre de leur commerce. Après une résistance de quelques jours, Madras capitula à des conditions

---

(*) V. les *Mémoires de Labourdonnais*, p. 87, in-8°.

qui montraient son infériorité et son effroi. La garnison fut prisonnière de guerre, les vaisseaux de la Compagnie anglaise, les marchandises et tous les effets que la ville contenait furent livrés aux Français. Le prix de la rançon fut fixé à 1,100,000 pagodes d'or à l'étoile (neuf millions environ de livres de France), que M. Morse, gouverneur, et le conseil supérieur de Madras s'engageaient à payer à la Compagnie de France, et pour sûreté de laquelle somme ils donnaient des lettres de change et des ôtages. En joignant à cette rançon les valeurs prises en nature à Madras, estimées au plus bas prix à 509,920 pagodes, la prise de la ville donnait à la Compagnie un bénéfice de 1,609,920 pagodes (treize millions et demi environ); mais cette glorieuse expédition, cet éclatant succès qui faisait tant d'honneur au pavillon français, qui présentait tant d'avantages à la Compagnie des Indes, devait bientôt s'anéantir par l'aveugle ostentation du Gouverneur des établissements français dans l'Inde, M. Dupleix, qui, poussé par le démon de la jalousie, réprouva la capitulation faite avec M. de Labourdonnais, la fit casser par une délibération du Conseil de Pondichéry, et au mépris de la foi des traités, ne voulut regarder Madras que comme un pays conquis. A la paix d'Aix-la-Chapelle, il fallut rendre cette ville de Madras, sujet de tant de querelles : on vit alors qu'on avait non-seulement perdu la rançon convenue, mais qu'on avait dépensé inutilement des sommes énormes.

CHAPITRE X.

Retour de M. de Labourdonnais à l'Ile de France. — Son départ pour l'Europe. — Cruel traitement qu'il éprouve en revoyant sa patrie. — Sa longue captivité. — Sa justification. — Sa mort.

Adversa virtutem ornant.

Cependant la Compagnie venait de donner un successeur à M. de Labourdonnais qui, depuis plus de dix ans, consacrait avec tant de succès et de distinction ses talents et ses lumières

au service et à la gloire de sa patrie dans ces contrées lointaines.

A son retour de l'Inde, M. de Labourdonnais trouva M.
David à la tête du gouvernement des deux îles. Ce nouveau
gouverneur avait ordre de faire des recherches sur l'administration de son prédécesseur, et de ne point lui remettre le
commandement des vaisseaux qui devaient retourner en Europe, s'il le trouvait coupable de quelque malversation. Avant
le retour de M. de Labourdonnais à l'Ile de France, M. David
avait déjà acquis la conviction que les accusations qu'il était
chargé d'examiner n'étaient que l'œuvre de la passion et de la
calomnie. M. de Labourdonnais voulut à son arrivée ajouter
à sa justification un nouveau caractère de publicité et de plé-
nitude. Personne ne se présenta pour répondre à l'appel qu'il
fit hautement, dans les deux îles, à tous ceux qui pouvaient
avoir à se plaindre, ou qui se trouvaient lésés dans quelque
convention faite avec lui. Sa situation devait cependant plus
que jamais enhardir les mécontents, puisqu'il venait de passer
du rang de gouverneur à l'humble condition d'un particulier
disgracié.

La justification de M. de Labourdonnais fut si évidente et
si complète, que M. David n'hésita pas à lui remettre l'ordre
du Roi pour commander les vaisseaux destinés pour l'Europe.
Si ce grand homme, outragé par d'injurieux soupçons, avait
écouté son juste ressentiment, il aurait sans doute rejeté le
commandement qu'on lui confiait ; mais ne consultant que
l'intérêt public, et ne voulant pas s'exposer au reproche
d'avoir refusé le service dans une conjoncture si critique, il
se chargea de conduire l'escadre composée de six vaisseaux
n'ayant que de très-faibles équipages, et qu'il fallait faire
passer au milieu des escadres anglaises qui tenaient la mer.

Il quitta l'Ile de France, en Mars 1747, avec sa femme et
ses enfants qu'il ramenait en France, et à qui il se voyait
obligé de faire partager le danger qu'il courait. A la hauteur

du Cap de Bonne-Espérance, une violente tempête dispersa ses six vaisseaux ; il se vit au moment de périr avec toute sa famille. Il continua seul sa route, parce que le surplus de son escadre avait disparu. Trois de ses vaisseaux le rejoignirent en chemin et arrivèrent avec lui à Saint-Paul de Loango, établissement portugais à la côte d'Angola où il avait ordre de relâcher. Les deux autres bâtiments ne reparurent pas : l'un, ouvert de toutes parts, s'était réfugié à la baie de Tous les Saints où il fut condamné ; l'autre était retourné à l'Ile de France.

Résolu de se défendre avec ses quatre vaisseaux jusqu'à la dernière extrémité contre les bâtiments anglais qui attendaient de tous côtés son escadre, il ne put supporter l'idée d'exposer plus long-temps son épouse et ses quatre enfants aux dangers dont il se voyait environné. Il fréta à Saint-Paul un petit navire portugais pour les transporter à la côte du Brésil, d'où ils furent conduits à Lisbonne sur un vaisseau du Roi de Portugal. Ce fut par cette voie qu'ils arrivèrent heureusement en France. Après avoir quitté sa femme et ses enfants, il fit voile pour la Martinique où il arriva sans aucun accident. Son escadre ne pouvait reprendre la mer sans une augmentation de vivres et d'équipages que la Martinique ne pouvait alors lui fournir, et M. de Labourdonnais, toujours ingénieux à utiliser le malheur, ayant conçu un dessein susceptible d'indemniser la France des pertes qu'elle avait éprouvées, résolut de laisser l'escadre à la Martinique et de se rendre en France pour communiquer ses vues au ministère. Il passa à Saint-Eustache sous un nom déguisé, dans un petit bateau qui, dans la traversée, fut chassé par un vaisseau de guerre anglais, puis battu par une affreuse tourmente ; ce fut un des plus grands dangers auxquels M. de Labourdonnais se vit exposé dans sa vie. Il resta quarante-cinq jours à Saint-Eustache à attendre un bâtiment. Enfin il s'embarqua sur un petit navire hollandais. En approchant d'Europe on rencontra un vaisseau anglais qui assura que la guerre était déclarée entre la France et la Hollande. Cette nouvelle obligea le capitaine hollandais à passer dans un port d'Angleterre pour chercher le convoi qui devait

partir incessamment pour les Dunes. M. de Labourdonnais
fut donc emmené en pays ennemi. A son arrivée à Falmouth,
il fut reconnu et conduit à Londres prisonnier de guerre. On
donna la ville pour prison au vainqueur de Madras, et il fut
traité avec toutes les distinctions dues à un grand homme et
à un guerrier généreux. Le gouvernement de Sa Majesté
Britannique lui permit son retour en France et ne voulut
d'autre caution que sa parole. Il partit de Londres le
22 Février 1748 ; trois jours après il était à Paris d'où
il se rendit à Versailles. En rentrant dans sa patrie, il ne
reçut point de témoignage de reconnaissance de la part de ses
concitoyens pour prix de ses longs et importants services ;
il ne put même goûter le repos dont son âme avait besoin :
la calomnie, cette vermine cruelle qui ronge et tourmente les
hommes vertueux, avait précédé M. de Labourdonnais ; elle
avait agité les serpents qui devaient le déchirer ; elle avait
tracé le cercle de douleurs qui devait renfermer le reste de
ses jours et en abréger le cours. Les faits qui lui étaient im-
putés étaient d'une nature extrêmement grave : on lui reprochait d'avoir vendu les intérêts de son pays et lâchement trahi
la confiance de son Souverain. Les ressorts les plus puissants
furent mis en jeu pour la réussite de la trame infernale qu'on
avait ourdie contre lui, et ce grand homme, noirci de ces
accusations odieuses, avait à peine revu sa patrie, qu'il fut
arrêté en vertu d'un ordre du roi et conduit à la Bastille dans
la nuit du 1er au 2 Mars 1748. Son secrétaire fut enfoncé ; ses
papiers furent enlevés ; on força même le notaire dépositaire
de son testament, à livrer cette pièce sacrée dont on brisa le
cachet. Toute communication lui fut interdite même avec sa
malheureuse épouse et ses enfants ; on lui refusa tous les
moyens de se justifier ; on le priva de plume, d'encre, de papier. Son extraordinaire industrie, soutenue d'une patience
accoutumée à vaincre toutes les difficultés, lui fit trouver les
moyens de suppléer à tout ce qui lui manquait. Il fit un mémoire, traça un plan exact de Madras pour prouver la fausseté
du soldat suborné par ses persécuteurs, lequel déposait
qu'étant en faction il avait vu transporter à bord du vaisseau

de Labourdonnais beaucoup de sacs d'argent et d'objets précieux. Cette pièce importante traversa heureusement les nombreux guichets de la prison et fut mise sous les yeux de l'indolente commission, nommée par le roi depuis le 7 Mars 1748. Elle ne put s'empêcher d'être frappée de l'évidence de la démonstration, et par un jugement, en date du 5 Mai 1750, permit à M. de Labourdonnais, qui avait langui pendant vingt-six mois au secret, de communiquer enfin avec un conseil. Ce ne fut cependant que l'année suivante, c'est-à-dire après trois ans et demi de séjour à la Bastille, que M. de Labourdonnais fut déclaré innocent par un arrêt solennel qui le vengea de ses persécuteurs et le rendit à sa famille ; mais ce grand homme était perdu pour sa patrie : un intervalle trop considérable s'était écoulé entre l'oppression de l'innocence et sa réhabilitation ; M. de Labourdonnais avait reçu durant sa longue et cruelle détention, le germe d'infirmités prématurées qui avaient épuisé chez lui les sources de la vie. Son existence ne fut plus qu'une pénible agonie, et il eut encore la douleur de voir sa famille plongée dans l'indigence ; la fortune considérable qu'il avait acquise, avait été pillée et dissipée par d'infâmes spoliateurs qu'il n'avait plus la force de poursuivre. Supérieur aux persécutions qui ne peuvent altérer le bonheur de la vertu, opposant un front serein aux revers qui le frappaient de toutes parts, M. de Labourdonnais, jusqu'à son dernier soupir, goûta une joie pure au souvenir du bien qu'il avait fait à ses concitoyens ; c'était la touchante image d'une âme généreuse qui, sortant victorieuse d'une lutte cruelle contre les passions qui la déchirent, montre en s'envolant une sérénité délicieuse. Ce fut le 9 Septembre 1753 qu'il pressa pour la dernière fois de ses mains défaillantes son épouse et ses enfants...... Ombre illustre du plus vertueux des mortels ! de la sphère élevée où vous brillez avec majesté, vous regardez en pitié la fureur de ces êtres hargneux qui n'ont pu supporter l'éclat de votre gloire. Ah ! sans doute, il ne vous a manqué pour atteindre à l'apogée de la splendeur et de la félicité en ce monde, que la liberté de suivre sans contradiction les inspirations de votre génie, et des hommes capables d'apprécier vos talents et vos vertus ; mais le souvenir de vos services et de vos bienfaits sera d'un salutaire exemple, et vous rendra toujours cher à ceux qui aiment le bien et leur pays. Les sentiments de reconnaissance qui remplissent les cœurs des habitants de l'Ile de France passeront d'âge en âge et dureront aussi long-temps que le pays que vous avez fondé.

Plus tard Louis XV accorda une pension de cent louis à la veuve de Mahé de Labourdonnais, *mort*, suivant les expressions du brevet, *sans avoir reçu aucune récompense ni aucun dédommagement pour tant de services et tant de persécutions.*

Madame la marquise de Montlezun-Pardiac, fille de Mahé de Labourdonnais, ayant perdu une partie de sa fortune, obtint une pension des îles de France et de Bourbon, alors gouvernées par les assemblées coloniales. Voici l'arrêté du 6 fructidor an VII : " *L'assemblée coloniale de l'Ile de France délibérant sur la pétition ds Madame veuve de Montlezun, née fille Mahé de Labourdonnais, ladite pétition en date du 12 prairial an VI, et remise à l'assemblée le 2 fructidor de l'an VII;*

" *Considérant les services éminents rendus à la patrie par Mahé de Labourdonnais et particulièrement à cette Colonie dont il est regardé comme le fondateur et le père ;*

Considérant que les Colons de l'Ile de France ne font qu'acquitter une dette sacrée, en donnant à la fille de Mahé de Labourdonnais un témoignage public de la reconnaissance et de la vénération qu'ils ont pour son nom ;

" *A l'unanimité a arrêté et arrête ce qui suit :*

" *A compter du 12 prairial an VI, Madame de Montlezun, née fille Mahé de Labourdonnais jouira d'une pension annuelle de 3,000 livres argent de France, que la Colonie lui fera passer par les voies les plus sûres.* "

L'Ile de Bourbon a suivi l'exemple de l'Ile de France. Le malheur des temps obligea ces colonies à témoigner aussi faiblement à la fille de M. de Labourdonnais l'intérêt qu'elles prenaient à sa situation.

Voici le portrait qu'a tracé Mme. de Montlezun de son illustre père dans une lettre qu'elle adressa à l'auteur de *Paul et Virginie : Il avait de beaux yeux noirs, ainsi que les sourcils; son nez était long et sa bouche un peu grande. Il avait peu d'embonpoint. Il était de taille médiocre, n'ayant que cinq pieds et quelques lignes de haut ; d'ailleurs se tenant très-bien. Son air était vif, spirituel et très-gai, etc.*

CHAPITRE XI.

Pendant le séjour de M. de Labourdonnais dans l'Inde et l'expédition de Madras qui l'occupait tout entier, Messire Barthélemy David, qui avait été déjà gouverneur du Sénégal, fut nommé en 1746 au gouvernement des îles de France et de

Bourbon où il arriva avec cinq navires de Nantes qui y versèrent leurs cargaisons et y répandirent l'abondance. Ce fut sur une base aussi féconde, dans des circonstances aussi prospères, qu'il établit son administration.

Il n'avait pas à beaucoup près le génie entreprenant de son prédécesseur; il ne se fit pas remarquer par des opérations éclatantes; mais la sagesse et la douceur qui caractérisaient tous ses actes, les vues bienveillantes qu'il ne cessait de manifester pour les colonies confiées à sa direction, lui concilièrent l'estime publique.

La tranquillité des habitants à cette époque ne fut pas exempte de troubles; leur île était un objet de convoitise pour les peuples qui fréquentaient les mers des Indes. La guerre qui était allumée avec la Grande-Bretagne faisait craindre de la part de cette puissance quelque tentative contre cette colonie. Cette appréhension fut bientôt justifiée par l'apparition d'une flotte anglaise de vingt-huit voiles, commandée par l'amiral Boscawen, qui vint jeter l'ancre à une portée de canon du rivage. Parmi les nombreux bâtiments qui couvraient la rade, il ne se trouvait qu'un seul vaisseau de guerre de soixante canons, commandée par M. de Kisaint qui le plaça en travers à l'entrée du port. Toutes les circonstances du simulacre de défense que fit la colonie, concoururent à jeter l'ennemi dans l'erreur sur le véritable état des choses, et trompé par cette feinte adroite, il s'éloigna de nos rivages qu'il croyait puissamment défendus par des troupes, tandis qu'ils ne l'étaient que par les récifs qui les entourent et par ces grands rochers escarpés que la main de la nature a élevés çà et là sur des bases immuables. Les Anglais pensaient que l'escadre destinée pour l'Inde était encore dans la rade de cette île. Un vieux mortier, trouvé parmi les bagages de l'artillerie, fut employé en cette occasion à jeter deux bombes au navire le plus proche qui n'en fut pas atteint, mais qui s'éloigna par prudence. Il aurait pu sans danger conserver sa position; car le mortier n'avait pas résisté à la seconde explosion et s'était

brisé ; mais les Anglais n'en crurent pas moins qu'il y avait
sur la côte une batterie de mortiers, et après la rupture du
seul qu'on possédât, ne voyant plus de projectiles tomber
autour d'eux, ils attribuèrent cette suspension à la distance
où ils étaient, qui les mettait hors de la portée des bombes.
Quelques chaloupes, bien armées et escortées d'une frégate,
longeaient la côte vers l'endroit appelé *Petite-Rivière* et semblaient y méditer une descente ; la faible garnison de l'île se
porta sur ce point ; on y fit quelques décharges d'artillerie, et
le bruit du tambour qui retentissait sur divers points du rivage, semblait annoncer un ralliement de forces considérables.
La crainte d'un long siége qui aurait déconcerté le système
des opérations plus importantes auxquelles cette flotte était
destinée dans l'Inde, décida l'amiral Boscawen à renoncer
à ses projets sur l'Ile de France, d'où il s'éloigna, sans pousser
plus loin ses tentatives.

Les Anglais ont paru regretter vivement que cet amiral ne
se fût pas attaché à la conquête de cette île, si l'on en juge
par les écrits de plusieurs navigateurs de cette nation, entre
autres par la notice de l'amiral Kempenfelt qui regardait l'expédition contre l'Ile de France comme beaucoup plus importante que celle qui fut ensuite dirigée contre Pondichéry.
Les politiques français ont aussi de tous temps reconnu et
apprécié l'importance de l'Ile de France pour l'agriculture,
le commerce et le soutien des possessions françaises dans
l'Inde. Raynal a bien reconnu tout le prix qu'on devait attacher à cette colonie ; après avoir indiqué un système à suivre,
il ajoute : *Alors l'Ile sera ce qu'elle doit être, le boulevart
de tous les établissements que la France possède ou peut un jour
obtenir aux Indes, le centre des opérations de guerre offensive
ou défensive que ses intérêts lui feront entreprendre ou soutenir
dans ces régions lointaines.* Le même auteur a démontré combien il importait qu'elle fût fortifiée et bien défendue, combien
il était à craindre qu'elle ne passât sous une domination étrangère : *La Grande-Bretagne,* dit-il, *voit d'un œil chagrin sous
la loi de ses rivaux une île où l'on peut préparer la ruine de*

ses propriétés d'Asie. Dès les premières hostilités entre les deux nations, elle dirigera sûrement ses efforts contre une colonie qui menace la source de ses plus riches trésors (*). Ses remontrances n'ont pas été écoutées et ses appréhensions ont été justifiées.

L'amiral Boscawen n'obtint pas un meilleur succès à Pondichéry, quoiqu'il y déployât plus de persistance. Par sa jonction avec l'escadre qui existait déjà dans l'Inde, il se trouva à la tête des forces les plus considérables qui eussent jamais été vues dans ces mers. Le 30 Août 1748, les Anglais ouvrirent une tranchée devant Pondichéry ; mais Dupleix sut si bien tirer parti des forces qu'il avait dans l'intérieur de la place, qu'ils furent obligés d'en lever le siége, après avoir perdu plus de douze cents hommes. Dupleix fit preuve en cette occasion d'une grande capacité militaire, et répara ainsi la faute affreuse qu'il avait commise dans l'affaire de Madras. Avec fort peu de troupes, mais secondé par la valeur de M. de Bussy, il défendit sa ville pendant quarante-deux jours de tranchée ouverte, contre deux amiraux anglais, soutenus par un Nabab du pays. Il servit de général, d'ingénieur, de munitionnaire. Le cordon rouge et le titre de marquis furent le prix de cette belle défense, qui ajouta beaucoup à la réputation que les armes françaises avaient déjà acquise dans l'Inde par le combat naval de Labourdonnais et la prise de Madras ; mais cette prospérité ne fut pas de longue durée : en 1751, Muzaferzing et Chunda Saëb disputèrent à Anaverdikhan, la nababie d'Arcate à laquelle celui-ci avait eté nommé par Nazirzing. Ils levèrent une armée à laquelle Dupleix joignit ses troupes, dans l'espérance qu'en se mêlant des intrigues des princes indiens et en favorisant les troubles, on gagnerait beaucoup plus par les conquêtes qu'on ne l'avait fait par le commerce. Le combat eut lieu près d'Ambour, ville située à trente-neuf lieues ouest de Madras. Les troupes françaises donnèrent la supériorité au parti pour lequel elles combattaient ;

(*) Histoire philosophique des deux Indes, T. 2, in-8°, p. 242.

Anayerdikhan perdit la bataille et la vie. Cette victoire fit concevoir à la Compagnie les plus brillantes espérances et les avantages les plus sûrs ; mais les Anglais, alarmés des prospérités des Français et des suites que ces événements pouvaient avoir, favorisèrent le rival du Nabab soutenu par les Français ; de sorte que la France et l'Angleterre entre lesquelles les hostilités venaient de cesser, se firent encore la guerre dans l'Inde comme auxiliaires. Tout l'avantage fut d'abord pour les Français et leurs alliés ; les affaires des Anglais et de leur allié Mahomet-Ali-Kan paraissaient désespérées, lorsque lord Clive entreprit de les rétablir, et la victoire passa sous ses drapeaux. Pondichéry resta dans la disette, l'abattement et la crainte ; on envoya des mémoires contre Dupleix, comme il en avait envoyé contre le restaurateur du nom français dans l'Inde. Dupleix fut rappelé en 1753 ; sa chûte le consterna ; il partit en 1754 et se rendit à Paris, désespéré. Il intenta un procès contre la Compagnie, à laquelle il demandait des millions et qui lui reprochait de l'avoir ruinée ; et celui qui avait disposé des royaumes et des richesses de l'Inde se vit obligé d'obtenir des arrêts de surséance pour ne pas être traîné en prison. Enfin il succomba bientôt, dans un état voisin de l'indigence, à la honte et à la douleur que lui causa sa disgrâce, après le luxe et la magnificence qu'il avait étalés en Asie.

Ceux qui étaient à portée de décider du mérite de Labourdonnais et de celui de Dupleix, disaient que l'un avait les qualités d'un marin et d'un guerrier, et l'autre celles d'un prince entreprenant et politique ; c'est ainsi qu'en parle l'historien anglais Robert Orme, qui a écrit les guerres des deux Compagnies, et dont le jugement a été adopté par l'auteur du Siècle de Louis XV.

CHAPITRE XII.

Réflexions sur les établissements français à Madagascar. — M. David fait prendre possession de l'île de *Sainte-Marie*, cédée au Roi de France par la princesse Béti. — Destruction de cette colonie par les Insulaires. — Création du *Réduit*, maison de plaisance des gouverneurs.

La France est la seule puissance européenne dont les établissements à Madagascar méritent quelque attention ; encore ses entreprises ont-elles été trop médiocres pour qu'elle en retirât les avantages qu'elle s'était promis. Si elle s'était dirigée par des vues plus grandes, et si elle avait employé des moyens dignes de sa puissance, la France aurait pu former alors dans cette île la plus riche et la plus importante des colonies. Cette colonie aurait valu un royaume ; les îles de France et de Bourbon n'auraient été que des dépendances utiles de ce nouvel état. Le gouvernement ne devait pas craindre de perdre le fruit de ses encouragements et de ses dépenses, à l'égard d'un pays qui offrait des moyens de prospérité aussi assurés par sa fertilité, son étendue, et surtout par le caractère et l'industrie des naturels qui l'habitent. Par son heureuse position, cette colonie aurait pu devenir encore le centre du commerce de l'Europe avec une partie de l'Afrique et avec l'Asie ; et ce n'est peut-être pas une pensée exagérée de concevoir que si chacun des peuples maritimes de l'Europe avait établi sur des fondements aussi solides sa puissance dans les mers orientales, on n'aurait pas vu dans la suite se réaliser un système d'envahissement qui a mis dans les mains d'une seule nation la plus riche moitié du commerce de l'univers.

Ce serait m'éloigner de mon sujet que de rapporter les événements qui ont eu lieu aux diverses époques où les Français ont paru sur les côtes de Madagascar, et ce qui est résulté de ces diverses occupations ; je dirai seulement que lorsqu'ils s'établirent au Fort Dauphin vers le milieu du dix-septième siècle, les Naturels n'y apportèrent aucune résistance ; les chefs des environs, au contraire, firent alliance avec eux et consentirent même à se reconnaître sujets ou vassaux du roi de France. Mais cette heureuse harmonie ne fut pas de longue durée, et les commandants français eurent à s'imputer principalement la cause de la rupture qui éclata entre eux et les Malgaches : le despotisme des Pronis, des Flacourt, des Chamargou irrita les Insulaires, qui ne respirèrent plus que la vengeance et attendirent impatiemment l'occasion de l'exercer ; plusieurs Français mêmes, mécontents de leurs chefs, abandonnèrent l'établissement et se dispersèrent dans le pays ; quelques-uns suivirent La Case, qui avait épousé la fille du souverain de la province d'Amboule ; le Fort Dauphin

restâ dans un état de langueur déplorable. La Bretesche, successeur de Chamargou dans le commandement de l'établissement, voyant qu'il ne pouvait maintenir son autorité au milieu
des troubles qui divisaient les Français et les Malgaches, résolut de quitter l'île avec sa famille ; des missionnaires et
quelques Français s'embarquèrent avec lui. A peine le navire
s'était-il éloigné du rivage, que les chefs voisins du fort fondirent à la tête de leurs peuplades sur les Français, et les ex-
terminèrent presque tous. Ceux qui échappèrent au massacre
furent recueillis par le capitaine de vaisseau qui, à leur signal
de détresse, s'était rapproché de la côte.

Pendant que M. Barthélemy David était gouverneur de l'Île
de France, la princesse Béti ayant succédé, à Foulpointe, à
son père Tamsimalo, dont l'intention avait toujours été de favoriser l'établissement d'un comptoir français sur la côte
orientale de Madagascar, et reconnaissant elle-même l'avantage qui en résulterait pour ses sujets, en fit faire la proposition à ce commandant, et sur la déclaration de M. David qu'un
comptoir français ne pourrait y être établi qu'autant qu'il
serait fait un abandon total et sans restriction de l'île de Sainte-
Marie, de son port et de l'îlot qui le ferme, la reine Béti, accompagnée de sa famille et des principaux personnages de son
royaume, s'embarqua sur le vaisseau français *Le Mars*, commandé par M. de Villiers, pour se rendre à l'île de Sainte-
Marie, où elle fit, le 30 Juillet 1750, la cession solennelle de
cette île au roi de France, et aussitôt M. de Villiers, en vertu
des ordres qu'il avait reçus, fit reconaître M. Gosse, commandant à Sainte-Marie. Le pavillon blanc fut arboré et salué par
les acclamations de l'équipage et l'artillerie du vaisseau.

Cet établissement eut un sort aussi funeste que celui qu'avait
subi le Fort Dauphin : le commandant Gosse, qui désirait se
rendre agréable à la jeune Béti, la combla d'égards et d'at-
tentions, tandis qu'il laissa la veuve de Tamsimalo dans une
sorte d'oubli et de dédain. Cette femme altière en fut cruel-
lement offensée; elle ne respira plus que la vengeance et jura la

perte des Français. Béti, sensible à l'attachement de Gosse, employa tous les moyens qui étaient en son pouvoir pour prévenir les suites fâcheuses de la colère de sa mère ; plusieurs fois elle réussit à faire avorter ses coupables entreprises ; mais enfin son influence et ses efforts ne purent triompher de tous les perfides stratagèmes que l'imagination de sa mère, fécondée par sa haine implacable, lui suggérait sans cesse. Celle-ci, après avoir long-temps dépeint les Français sous les couleurs les plus odieuses, persuada enfin aux Malgaches qu'ils avaient profané la sépulture de Tamsimalo, et troublé ses cendres pour s'emparer des trésors qui avaient été enterrés avec lui à Sainte-Marie. Cette imputation exaspéra les Naturels, qui vénéraient la mémoire de leur roi, et dès ce moment le massacre des Français fut irrévocablement décidé. La veille de Noël 1754, les Insulaires réunis en grand nombre fondirent, le fer et la flamme à la main, sur la colonie naissante et firent un affreux carnage. Dès que la nouvelle de ce désastre parvint à l'Ile de France, un vaisseau armé en guerre fut expédié pour venger la mort des Français et punir d'une manière éclatante leurs perfides assassins. Le châtiment fut prompt et terrible : un grand nombre de villages furent réduits en cendres ; les Insulaires épouvantés se jetèrent dans des barques, mais elles furent foudroyées et submergées ; la veuve de Tamsimalo, auteur de tous ces maux, fuyait dans une pirogue vers la baie d'Antongil ; ses rameurs firent d'inutiles efforts pour échapper aux chaloupes qui les poursuivaient ; ils furent atteints par le feu de l'artillerie, et plusieurs furent tués avec leur souveraine ; les autres furent faits prisonniers et amenés à l'Ile de France. Au nombre de ces derniers se trouvait Béti, qui comparut devant le Conseil Supérieur et prouva que, loin d'avoir pris part à la destruction de l'établissement français à Sainte-Marie, elle n'avait cessé de faire les plus grands efforts pour sa conservation et sa prospérité. Le Gouverneur et le Conseil, convaincus de son innocence et des services qu'elle avait rendus aux Français, la récompensèrent de son zèle et de son dévouement. Ayant perdu par son attachement pour la nation française et les efforts qu'elle avait faits pour le salut de la colonie de Sainte-Marie, la confiance et l'affection de ses sujets, elle demanda et obtint de M. Magon la permission de s'établir avec les débris de sa fortune à l'Ile de France. Ce gouverneur lui fit même des concessions d'habitations et d'emplacements à la ville. Dans la suite M. de Souillac lui accorda des lettres de naturalité.

Messire David, gentilhomme qui avait toute la galanterie du siècle de Louis XV et dont l'âme tendre et passionnée se livrait avec ardeur aux inspirations de l'amour, conçut l'idée de faire construire dans un lieu délicieux un château consacré aux plaisirs. La maison de campagne des gouverneurs était auparavant à Montplaisir; mais M. David préféra le site sauvage et romantique qu'il avait découvert à Moka, et pour expliquer ce nouvel établissement, il allégua un motif qui ne manqua pas de lui concilier l'approbation et la reconnaissance du beau sexe : *L'amour sous un prétexte humain,* dit Cossigny, *suggéra au gouverneur de former pour les dames de la colonie une retraite, dans le cas où l'ennemi formerait quelque attaque sur l'île ; Montplaisir fut négligé pour le Réduit.*

Le château du Réduit est bâti sur une langue de terre baignée par deux rivières qui coulent dans des ravins décorés de la plus riche végétation, et près de l'endroit où se réunissent leurs flots bruyants et argentés. Ce point de vue est admirable par l'étendue, la richesse et la variété du paysage. Tout près de là les contours de la montagne *Orry* se dessinent gracieusement sur l'azur du ciel, et du côté opposé on voit se développer une longue succession de prairies verdoyantes, de maisons ombragées, de plantations diverses, bornées enfin par les montagnes du *Corps de Garde,* du *Tamarin* et des *Trois Mamelles,* qui offrent des teintes bleuâtres plus ou moins foncées, suivant l'état de l'atmosphère.

Enfin le regard peut s'étendre sur les vastes forêts de l'intérieur ou se perdre sur l'immensité de l'océan, tandis qu'on entend à ses pieds le fracas d'une belle cascade où les rayons

solaires se décomposent et font briller les couleurs prismati-
ques. L'œil plonge en cet endroit dans un précipice de plus de
cent cinquante pieds de profondeur perpendiculaire. Le mugissement de la cataracte, le bruit du vent qui agite les forêts
de ces bords solitaires, les cris aigus des singes qui les habitent, y forment une sauvage et majestueuse harmonie.

CHAPITRE XII

Vers la fin de l'année 1750, M. David fut relevé de ses fonctions et eut pour successeur par intérim M. de Lozier Bouvet, son beau-frère, un des plus grands hommes de mer qui aient été au service de la Compagnie des Indes. C'est lui qui en

1738 affronta les mers orageuses et les glaces du pôle méridional, et entreprit cette navigation périlleuse qui le conduisit à la découverte du cap de la *Circoncision*.

Le 18 Avril 1753, M. l'abbé de la Caille arriva à l'Ile de France, où il apprit par le gouverneur que M. David était parti le 10 Février pour l'Europe, et qu'il devait toucher au Cap pour l'y prendre. On ignorait alors en cette île que le retour de cet astronome en France devait être retardé par l'ordre imprévu qu'il avait reçu de passer aux îles de France et de Bourbon. L'objet de son voyage était de lever le plan de l'Ile de France, travail pénible et rempli de difficultés, pour lequel il fallait tout son zèle et toute sa persévérance. Des forêts impénétrables, des marais, des vallées profondes, des ruisseaux, des bras de mer et l'irrégularité d'un terrain souvent impraticable, avaient été comme autant d'écueils pour les ingénieurs, dont plusieurs avaient abandonné le travail ; d'autres, plus patients et plus courageux, tels que l'académicien d'Après de Manevillette, avaient conduit l'opération à sa fin, mais sans en remplir toutes les parties avec exactitude. J'ai donné au commencement de ce livre le résultat des opérations géodésiques de l'abbé de la Caille. Cet astronome est un de ceux qui ont rendu les services les plus importants à la science. Disciple de Cassini et de Maraldi, dont il devint l'émule, il lui était réservé de faire dans le ciel des découvertes comparables à celles que la géographie doit à Christophe Colomb, puisqu'il a le premier donné une description exacte de l'hémisphère austral ; c'est un nouveau monde céleste dont on doit la carte à l'abbé de la Caille. Tel fut le fruit de son voyage au Cap de Bonne-Espérance. Au milieu des occupations immenses qui faisaient l'objet principal de sa mission, il trouvait encore le temps de se livrer à une multitude d'observations et de recherches différentes. Je ne parlerai que de la mesure qu'il prit du 34e degré de latitude australe, sans autre secours que celui de quelques nègres. On y voit une distance de 69,669 toises, c'est-à-dire de près de 35 lieues, mesurée géométriquement et avec le dernier scrupule, depuis Klip-Fonteyn jusqu'au Cap, dans un désert brûlant, à travers des montagnes et des plaines de sable où il enfonçait souvent jusqu'aux genoux. Enfin il acheva dans l'espace de quelques mois un ouvrage presque aussi considérable que celui que plusieurs académiciens ensemble n'ont pu faire au Pérou que dans l'espace de plusieurs années, et il trouva que le degré de la terre est de 57,037 toises vers 33 degrés ½ de latitude australe.

Après s'être acquitté de sa mission à l'Ile de France et à Bourbon, l'abbé de la Caille retourna en France et reparut dans la capitale avec cette modestie sous le voile de laquelle il s'efforçait toujours de cacher ses grands talents et les services qu'il avait rendus. Cet astronome avait rassemblé les matériaux d'un ouvrage aussi considérable qu'intéressant, dont il se disposait à enrichir la république des lettres, lorsqu'il fut enlevé, le 21 Mars 1762, à sa patrie et au monde savant, qui vit s'éteindre en lui l'une de ses plus grandes lumières. On peut dire qu'il passa toute sa vie dans le ciel d'où ses regards ne sortaient point. Son savoir et ses vertus contribuèrent également à le rendre cher aux nations étrangères qu'il visita. M. Tulbagh, qui fut pendant plus de cinquante ans gouverneur du Cap, avait pour M. de la Caille le plus vif attachement; c'était de tous les Français qu'il avait connus celui qu'il regrettait le plus; il lui avait fait construire un observatoire pendant son séjour au Cap, et depuis qu'il l'avait perdu, sa consolation était de rappeler sa mémoire, de s'entretenir de ses vertus.

Pendant l'année 1754, les habitants de l'Ile de France, à qui la nature ne s'était pas lassée de prodiguer sans interruption ses dons et ses charmes, comme pour les attacher dans ce pays enchanté, dont l'heureuse influence prolongeait la vie des hommes au-delà des bornes ordinaires, lui payèrent un de ces tributs qu'elle impose à tous les peuples et dont les Colons, jusque-là presque entièrement exempts des infirmités qui affligent l'espèce humaine, avaient été heureusement préservés. La petite vérole fut une véritable épidémie qui causa dans la population des ravages considérables. Le deuil et la douleur bannirent cet aspect riant qui animait toutes les physionomies, qui se reflétait doucement sur tous les objets auxquels il donnait tant d'agréments ; mais les sources du mal n'avaient pas assez de profondeur pour désoler long-temps cette paisible contrée, digne de toutes les faveurs du ciel. L'air fut bientôt purgé des semences morbifiques qui l'avaient corrompu, et si les pertes de l'amitié pouvaient se réparer, le souvenir de ces malheurs, dissipé par le retour des bienfaits de la nature, n'aurait pas long-temps attristé l'esprit des Colons.

CHAPITRE XIV.

Arrivée de M. Poivre en cette île, — Notice biographique sur ce voyageur. — Il obtient du Gouverneur un navire pour aller aux Moluques chercher le girofle et la muscade.

———

Pendant le gouvernement de M. Bouvet, M. Poivre arriva en cette île qu'il avait déjà visitée deux fois. Les services importants et désintéressés que ce voyageur philosophe rendit à cette île, dont il devint intendant, méritent sans doute que

les Colons reconnaissants recherchent et étudient les circonstances de sa vie dont tous les actes sont autant de modèles
de vertus publiques. Né à Lyon en 1719, M. Poivre entra
très-jeune dans la congrégation des missions étrangères. Les
Supérieurs l'envoyèrent en Chine et lui prescrivirent de passer
ensuite à la Cochinchine, quoiqu'il ne fût pas encore engagé
dans les ordres sacrés. Avant d'arriver à Canton, il reçut
d'une main trompée ou perfide une lettre en chinois qu'on
lui dit être de recommandation. Elle était, au contraire,
d'un Chinois qui avait été offensé par un Européen, et qui
croyant que ce dernier devait être le porteur de sa lettre, le
dénonçait à la nation chinoise comme un coupable dont elle
avait à se plaindre et qui méritait la mort. M. Poivre, rempli
de confiance, se hâta de présenter la lettre au premier man-
darin dont il put approcher et fut mis en prison. Là il apprit
assez de chinois pour se défendre. Le vice-roi de Canton,
touché de son ingénuité, convaincu de son innocence et in-
digné d'une si odieuse trahison, devint son ami et son protecteur, et lui procura toutes les facilités qu'on refuse ordinairement aux Européens pour voir l'intérieur du pays. Il favorisa
aussi son voyage à la Cochinchine. Poivre parcourut ces contrées avec les yeux d'un philosophe éclairé, et en même temps
qu'il servait la religion, qu'il s'efforçait de répandre les lumières de la vérité et la douceur de la doctrine chrétienne, il
étudiait partout les mœurs des peuples qu'il visitait, les diverses branches d'industrie auxquelles ils se livraient, le degré de
perfectionnement auquel ils les portaient, et ne laissait échapper
aucune occasion d'enrichir sa nation de quelque découverte
utile, de quelque plante salutaire. Il attachait un haut degré
d'importance à l'agriculture ; il avait été plusieurs fois à
portée d'observer l'influence que la culture d'une seule plante
peut exercer sur l'esprit, le commerce et la prospérité de tout
un peuple. En retournant en Europe, en 1745, le vaisseau qui
le portait fut attaqué dans le détroit de Banca par un bâtiment anglais de l'escadre du commodore Barnett. M. Poivre
aurait pu rester étranger au combat ; mais une âme élevée
peut-elle se résoudre à fuir le danger auquel sont exposés

ceux qui l'environnent ; peut-elle résister à cet élan naturel
qui la porte à partager leur destinée? Pendant tout le combat,
il ne cessa d'affronter la mort, on le vit dans toutes les parties du vaisseau où il crut sa présence utile, aidant à la ma-
nœuvre, exhortant les soldats et les matelots et surtout secou-
rant les blessés. Au milieu de cette louable ardeur, un boulet
de canon lui emporta un bras. Le premier mot qu'il prononça,
en jetant un regard sur sa blessure, fut : *Je ne pourrai plus
peindre*, expression qui peint bien la sérénité de son âme. Ce
malheureux accident l'obligea à renoncer aux fonctions ecclésiastiques ; mais il n'y trouva point une raison de cesser de
servir son pays. L'étendue de ses connaissances lui donnait
les moyens de varier le genre de ses services, sans en diminuer
l'importance. Les observations curieuses et les grandes vues
qu'il rapportait de l'Asie, jointes à la perfection avec laquelle
il parlait le chinois, le cochinchinois, le malais, le firent choisir
par la Compagnie des Indes en 1749, pour aller, en qualité
de ministre de France, établir une nouvelle branche de commerce à la Cochinchine. Il montra dans cette mission des
talents supérieurs et la probité la plus délicate : de retour à
l'Ile de France, il déposa dans les magasins de la Compagnie
jusqu'aux présents particuliers qu'il avait reçus, et écrivit
aux Directeurs : *Je vous ai remplacé tel objet de mon argent,
parce qu'on me l'a volé par ma faute, et qu'il n'est pas juste
que vous en supportiez la perte.* Il apporta dans cette colonie,
le poivrier, le cannellier, plusieurs arbres de teinture, de résine
et de vernis, plusieurs espèces d'arbres fruitiers et quelques
quintaux de *riz sec* qui se cultive à la Cochinchine sur les montagnes, qui croît dans des terres sèches, n'a besoin que d'une
chaleur modérée et ne demande point d'irrigation. Ce grain
précieux fût semé avec succès et rapporta plus que n'aurait fait
aucune espèce du pays. Les Colons reçurent ce présent avec
d'autant plus d'empressement, que ce riz, qui est d'ailleurs
plus fécond et de meilleur goût que les autres espèces du pays,
étant sur la terre quinze à vingt jours de moins, peut être
cueilli avant la saison des ouragans, qui emportent très-souvent
les moissons. Il y avait lieu d'espérer que l'avantage qu'offrait

le riz sec engagerait les Colons à le conserver précieusement; mais la culture de ce riz a été abandonnée, comme celle des autres espèces, à la maladresse des nègres qui ont tout mêlé, de sorte que le riz de la Cochinchine étant mûr beaucoup plus tôt que les autres, le grain en est tombé avant la moisson, et peu à peu l'espèce s'est perdue dans l'île.

Bientôt après son retour de la Cochinchine, M. Poivre fut envoyé par la Compagnie des Indes à Manille. Ce voyage avait pour objet principal d'acquérir et de naturaliser à l'Ile de France les épiceries fines. La possession exclusive de quatre productions a long-temps enrichi les négociants hollandais : ce sont le poivre, la cannelle, le girofle et la muscade. Nous venons de voir que M. Poivre avait déjà dans son précédent voyage porté les deux premières à l'Ile de France; il s'agissait de dérober les deux autres à l'avarice des Hollandais. Les obstacles et les traverses que les agents de la Compagnie à Canton suscitèrent à M. Poivre, l'empêchèrent de remplir sa mission avec un entier succès. Il fut obligé de se rendre à Pondichéry et à l'Ile de France, n'ayant fait qu'une partie de ce dont il avait été chargé : il apporta cinq plants enracinés de muscadiers et un assez grand nombre de noix muscades, propres à la germination, dont Buffon et Jussieu vérifièrent la bonne qualité. Il apprit à l'Ile de France les dissensions intérieures de la Compagnie, et comprit alors la cause d'une partie des difficultés qu'il avait éprouvées. Il entra en conférence avec le gouverneur et lui démontra si clairement l'importance de l'entreprise et la certitude du succès, pourvu qu'on eût un navire à y consacrer, que M. Bouvet, après avoir combiné les besoins de la colonie dont la marine était très-peu nombreuse, se décida à confier à M. Poivre un vieux et mauvais petit navire de cent soixante tonneaux, auquel il ne put donner qu'un équipage plus défectueux encore et peu de provisions, de mauvaise qualité. Cependant, dans les circonstances où M. Bouvet se trouvait placé, cet armement était de sa part un très-grand effort de zèle, et il s'exposait par-là à déplaire au parti le plus puissant.

Le nouvel argonaute s'embarqua en 1754 sur sa petite frégate, *la Colombe, image,* dit M. Dupont de Nemours, *du faible
oiseau que l'Ecriture nous peint, envoyé par Noé au milieu de la
plus immense mer, pour chercher un rameau précieux.* Il serait
trop long d'entrer dans le détail des difficultés innombrables
que M. Poivre eut à vaincre dans cette navigation si dangereuse sous tous les aspects. Malgré sa résolution et son dévouement, le mauvais état de son bâtiment et de son équipage
le mit hors d'état d'exécuter tous les projets qu'il avait formés.
Il s'acquitta néanmoins d'une partie importante de sa mission,
se procura les connaissances dont il avait besoin, forma des
liaisons d'amitié et revint à l'Ile de France, où il remit au
Conseil Supérieur, le 8 Juin 1755, les plants précieux qu'il
avait apportés et qui furent reconnus pour des épiceries fines.
Rien de plus touchant que la simplicité, la candeur avec laquelle il raconte dans un mémoire que j'ai lu, écrit de sa main,
et adressé au Conseil Supérieur de cette île, les dangers qu'il
a courus ainsi que les marins qui l'accompagnaient dans son
voyage aux îles Philippines et Moluques, expédition mémorable qui prépara la destruction du monopole des Hollandais
sur le commerce des épiceries. Avant de s'embarquer, en 1754,
M. Poivre avait partagé entre trois habitants de l'Ile de
France ses plants de muscadiers, et y avait joint d'excellentes
instructions sur leur culture. Ces plants avaient péri, et plusieurs raisons firent croire que cette mort n'en avait pas été
naturelle, mais l'effet de la malveillance du directeur des jardins, Fusée Aublet, envoyé à l'Ile de France par le parti qui
s'opposait à la recherche des épiceries. — Ici j'interromps le
récit de la vie de M. Poivre pour suivre l'ordre des dates et la
marche des événements relatifs au pays ; mais j'aurai encore
plus d'une occasion d'entretenir le lecteur de cet estimable et
utile citoyen.

CHAPITRE XV.

Arrivée de Messire René Magon, Gouverneur-Général.—Il envoie M. de Morphey, capitaine de frégate, prendre possession de l'archipel des Seychelles. — M. Poivre désire entreprendre un nouveau voyage aux Moluques; motif du refus du Gouverneur. — Poivre demande et obtient son retour en Europe.

———

En 1755, arriva en qualité de Gouverneur-Général des Iles de France et de Bourbon, mon aïeul paternel, Messire René Magon, chevalier, *homme à tous egards précieux à la France*, dit la Biographie des Malouins célèbres, *et qui a laissé dans l'histoire de nos colonies les souvenirs les, plus-honorables* (*).

Ses vues et son activité ne se bornèrent point à la prospérité
intérieure des deux îles; une correspondance continuelle avec
les généraux chargés de l'expédition de l'Inde, des armements
considérables qu'il fit à l'Ile de France pour cette campagne ne
lui laissèrent presque aucun repos. Il s'occupa néanmoins de
faire explorer et de décrire avec précision l'océan indien couvert
de petites îles encore imparfaitement connues. Il voulut aussi
ajouter aux possessions françaises dans ces mers l'archipel des
Seychelles, dont l'utilité n'avait pas encore été aperçue. Il
chargea de cette expédition M. Corneille Nicolas de Morphey,
capitaine de la frégate *le Cerf*. Cet officier, à qui le gouvernement français avait déjà confié des missions du même genre,
dont il s'était acquitté avec distinction, offrait pour l'exécution
de celle-ci toutes les garanties que l'on pouvait désirer d'un
navigateur éclairé. En conséquence des ordres de M. Magon,
le capitaine de Morphey s'étant rendu le 6 du mois de Septembre 1756 à la rade d'une île d'environ vingt lieues de circuit,
située par 4° 34' de latitude méridionale, et 52° 30' à l'orient
du méridien de Paris, découvrit le jour suivant un beau port
dans son récif, environné de sept îles vers l'est, dans lequel
ayant fait entrer le vaisseau, il s'occupa de faire visiter toute
l'île, tant aux côtes et dans l'intérieur que sur les montagnes :
par la beauté des bois dont elle était toute couverte, la bonté
de son port, dans lequel on pouvait mettre en sûreté cinquante
vaisseaux de guerre du premier rang, cette île promettait des
avantages considérables. Sur un grand rocher situé vis-à-vis
de l'entrée du port, on fixa une pierre sculptée aux armes de
France, surmontée d'un mât, et dès que les premiers rayons
du soleil parurent à l'horizon, le pavillon français flotta dans
les airs et fut salué trois fois par le cri de : *Vive le Roi !* et vingt-
un coups de canon (**).

(*) V. Biographie des Malouins célèbres, cl. des hommes de mer et
de guerre, p. 93.

(**) L'acte de prise de possession est aux archives de la Cour d'Appel.

Heureuses les possessions que l'on reçoit des mains de la nature, les terres dont l'acquisition ne coûte pas l'expulsion et le malheur d'un peuple indigène ! L'homme, satisfait de la beauté de son nouveau domaine, peut étendre sa vue de toutes parts sans craindre de rencontrer jamais un spectacle qui l'af-flige, un site qui réveille dans le cœur des sentiments doulou-reux ; ses titres de propriété ne sont point écrits en caractères de sang.

M. Poivre, dont j'ai raconté le voyage aux Moluques, désirait y retourner sur un meilleur navire que *la Colombe*, pour met-tre la dernière main à son entreprise : il fit à ce sujet des démarches auprès de M. Magon ; mais les circonstances s'y opposaient absolument. Ce nouveau gouverneur n'avait aucune instruction favorable à M. Poivre : ceux qui dans le principe avaient approuvé ses vues et favorisé ses entreprises, l'avaient depuis oublié et croyaient qu'il avait péri au milieu des flots, victime de ses courses aventureuses ; les autres, en plus grand nombre, étaient plus que jamais disposés à lui susciter des difficultés pour l'arrêter dans ses projets. Ainsi M. Magon, malgré le prix qu'il attachait à l'entreprise de M. Poivre et l'intérêt qu'il y prenait, ne voulut point, surtout dans l'état où se trouvait la marine de la colonie, faire un nouvel arme-ment pour une mission dont le gouvernement était fort éloigné. M. Poivre sollicita alors son retour en France. Il l'obtint sur un bâtiment qui devait hiverner à Madagascar. Il profita de cette occasion pour recueillir des détails intéressants, des ob-servations utiles sur les mœurs des habitants de cette grande île, sur son histoire naturelle, ses productions, et les ressources qu'elle peut fournir aux Iles de France et de Bourbon.

A son arrivée en France, le contrôleur général Bertin, ap-préciateur éclairé des services de M. Poivre, lui fit donner sur le trésor public une gratification de vingt mille francs. L'Aca-démie des sciences avait déjà rendu justice à son mérite et lui avait témoigné son estime en le nommant, le 4 Septembre 1754, à la place de correspondant. M. Poivre s'établit alors près de Lyon, dans une campagne agréable, où il goûtait les charmes de la philosophie et les douceurs d'un repos occupé par la culture des lettres. Il comptait couler ainsi le reste de ses jours; mais sa patrie ne trouvait pas qu'il se fût encore acquitté envers elle, et nous le verrons bientôt revenir en qualité d'intendant à l'Ile de France, dont il avait été le bienfaiteur seize ans avant de se douter qu'il en serait un jour l'administrateur.

CHAPITRE XVI.

Forges d'Hermans et Rostaing ; secours et protection que M. Magon accorde à cet établissement. — Il encourage la culture de la canne à sucre. — Il fait distribuer des cargaisons de bœufs aux habitants, à crédit et à bas prix. — Création d'une saline. — Embellissements du Réduit.

Beaucoup de personnes ignorent peut-être qu'il exista en cette colonie une manufacture de fer, qui parvint à un tel degré d'importance qu'elle excita la curiosité et fit l'étonnement des voyageurs qui visitèrent l'île à cette époque. Rien ne fut négligé de ce qui pouvait contribuer à l'accroissement de cet établissement. M. Magon ne cessa de l'encourager et de le soutenir, et il eut la satisfaction de voir cette entreprise couronnée d'un succès complet. *J'admirai à l'Ile de France,* dit le célèbre Bougainville (*), *les forges qui ont été établies par Messieurs de Rostaing et Hermans. Il en est peu d'aussi belles en Europe et le fer qu'elles fabriquent est de la première qualité. On ne conçoit pas ce qu'il a fallu de constance et d'habileté pour perfectionner cet établissement et ce qu'il a coûté de frais. Il a maintenant neuf cents nègres, dont M. Hermans a tiré et fait exercer un bataillon de deux cents hommes, parmi lesquels s'est établi l'esprit de corps. Ils sont entre eux fort délicats sur le choix de leurs camarades, et refusent d'admettre tous ceux qui ont commis la moindre friponnerie. Comment se peut-il que le point d'honneur se trouve avec l'esclavage ?*

M. Magon créa l'établissement d'une saline; il en confia l'entreprise à M. Gatumeau, officier de marine très-versé dans cette partie, et il le favorisa par tous les moyens qui étaient en son pouvoir, même par une avance d'argent de la caisse de la Compagnie des Indes, remboursable en sel. Ce gouverneur s'attacha aussi à une branche de fortune réelle pour les Colons, en donnant une grande extension aux traites de bœufs de Madagascar, ressource précieuse d'ailleurs pour les approvisionnements des vaisseaux de guerre et ceux de la Compagnie, qui sans cesse venaient chercher ces secours à l'Ile de France. Afin de multiplier les bœufs en cette colonie, il en fit distribuer aux habitants à crédit et à bas prix, et fit aussi venir de Madagascar un gramen excellent pour former des pâturages; il voulait que la culture s'en propageât dans la colonie; des plantations en furent faites par ses ordres à l'Anse-Courtois, aux environs du Réduit et au Grand-Port; il fit comprendre aux habitants l'importance de ces prairies artificielles, et le quartier de Flacq, ainsi que celui du Grand-Port, lui dut particulièrement ses progrès. L'abbé Raynal avait la même

---

(*) Voyage autour du monde, T. II, p. 392.

pensée sur l'Ile de France ; espérant peu de succès de l'introduction et du commerce des épiceries, il indique dans son
Histoire Philosophique d'autres branches d'industrie : *la saine
politique*, dit-il, *a prescrit une autre destination à l'Ile de France.
C'est la quantité de bled qu'il y faut augmenter ; c'est la récolte
du riz qu'il conviendrait d'y accroître par une meilleure distri-
bution des eaux ; ce sont les troupeaux dont il est important de
multiplier le nombre, d'y perfectionner l'espèce* (*).

Ce fut encore à M. Magon qu'on dut la prospérité de la
première sucrerie établie dans l'île, celle de la Villebague où
il fit des dépenses considérables ; et par les succès qu'il obtint,
il accrédita et fit adopter à plusieurs des principaux habitants
la culture de la canne à sucre, devenue depuis long-temps la
principale, et pour ainsi dire, la seule base du commerce et
de la prospérité de la colonie. *Les vues de cet administrateur,
dont on doit louer en outre le désintéressement, méritent des éloges et la reconnaissance des Colons.* C'est ainsi que s'exprime
M. de Cossigny en parlant de M. Magon, sous le gouvernement de qui il se trouva à l'Ile de France, et dont il rapporte
quelques détails (**).

Depuis le départ de M. David, le Réduit était négligé ; M.
Bouvet, fort médiocre amateur de jardins et n'apercevant pas
les avantages que pourraient offrir ceux qu'avait commencés
son prédécesseur, n'en fit prendre aucun soin et ne s'occupa
que de la culture des plantes médicinales nécessaires au service de l'hôpital. M. Magon pensa autrement ; il n'épargna
ni ses peines ni les dépenses pour l'accroissement et la prospérité du Réduit ; voici ce que rapporte à ce sujet M. de
Cossigny : *J'ai été témoin, dans ma jeunesse, des soins qu'il
donnait, malgré les embarras du gouvernement, aux plantes qu'on*

(*) V. Histoire Philosophique et Politique des deux Indes, T. II, p.
241, in-8°.

(**) V. Moyens d'amélioration des colonies, T. I, p. 192 et 193.

y cultivait. Il avait saisi la véritable destination de ce jardin en administrateur et en homme d'Etat. Il avait compris que cette pépinière devait enrichir la colonie de productions agréables, utiles et fructueuses.

———

CHAPITRE XVII.

Arrivée du comte d'Aché et du général Lally, chargés de la défense des possessions françaises dans l'Inde. — Armements à l'Ile de France. — Situation
critique de cette colonie. — M. Magon donne cependant des secours continuels
à l'escadre ; il équipe et expédie plusieurs vaisseaux au comte d'Aché. —
Entreprise et succès du comte d'Estaing. — Départ de M. Magon.

Lorsque la guerre se ralluma entre la France et l'Angleterre,
en 1756, la Compagnie des Indes, sentant que ses propres
forces seraient insuffisantes pour la défense de ses possessions,
demanda au roi des secours en troupes de terre et en vaisseaux

de guerre. Sa Majesté ordonna alors l'armement des trois vaisseaux *le Zodiaque*, de 74 canons, *le Belliqueux*, de 70, et *le Superbe*, de 64. Le commandement de la marine fut donné au comte d'Aché, chef d'escadre, et celui des troupes de terre, au lieutenant-général comte de Lally, gentilhomme irlandais dont les ancêtres avaient suivi la fortune de Jacques II, lorsque ce prince chercha un asile en France. Le général Lally avait sous ses ordres plusieurs officiers des premières maisons du royaume : un comte d'Estaing, descendant de ce d'Estaing qui s'illustra à la bataille de Bovines et sauva la vie à Philippe-Auguste ; un Crillon, arrière-petit-fils de ce héros que le grand Henri IV honora de son amitié, et qu'on appelait de son temps le *Brave des braves;* un Conflans, un Lafare, un Montmorency et quelques autres jeunes gens d'un grand nom. Mais cette brillante jeunesse qui allait courir les hasards de la guerre et chercher la gloire à six mille lieues de ses foyers, n'était pas secondée par des troupes suffisantes. L'amiral d'Aché et le général Lally arrivèrent à l'Ile de France le 17 Décembre 1757. L'escadre était dans le plus grand délabrement : elle manquait non-seulement d'hommes, mais encore de vivres, d'agrès et d'apparaux (*); le ministre se reposait sur le zèle et l'activité du gouverneur pour suppléer à tout. M. Magon, qui se trouvait à la tête d'une colonie depuis longtemps livrée à ses propres ressources, épuisée d'ailleurs par les secours continuels qu'elle donnait aux vaisseaux de la Compagnie, pourvut cependant à tout ; il fournit à l'escadre des hommes, des vivres, des munitions de guerre. Dans un mémoire lu au Conseil, le 23 Décembre 1757, M. Magon entra dans un examen raisonné de l'état de la colonie, de ce qu'elle pouvait faire pour l'escadre ; il traça le plan qu'il concevait pour cette campagne, la route à suivre et qui lui semblait obvier aux principales difficultés. Le général Lally, de son côté, fit un appel aux jeunes gens des deux îles qui voudraient se joindre aux troupes de terre pour combattre

---

(*) V. les Mémoires du comte d'Aché, au procès du général Lally.

dans l'Inde sous ses drapeaux, et il y en eut un certain nombre qui consentirent à faire partie de son armée. Avec ces
renforts, les deux généraux quittèrent l'Ile de France et arrivèrent à Pondichéry le 28 Avril 1758. Le jour même du
débarquement, le général Lally se mit en marche pour assiéger
Goudelour, à quatre lieues de Pondichéry. Après une médiocre
résistance, la ville se rendit ; le fort Saint-David et Divicotey
passèrent aussi bientôt au pouvoir des Français ; mais une
suite de revers et de désastres succédèrent bientôt à ce bril-
lant début du comte de Lally, dont l'étoile pâlit de plus en
plus dans l'expédition contre le roi de Tanjaour, au siége de
Madras, à la bataille de Vandavachy, et enfin s'éclipsa tout-
à-fait par la prise et la destruction de Pondichéry; et cette
fatale campagne de l'Inde conduisit à l'échafaud l'infortuné
Lally, qui ne l'avait entreprise que dans l'espérance qu'elle
lui vaudrait le bâton de maréchal de France.

Le comte d'Aché ne fut pas non plus fort heureux sur mer:
il soutint contre l'amiral Pococke trois combats, dans le premier desquels on peut dire qu'il partagea avec son adversaire
l'honneur de la journée, mais son escadre fut fort maltraitée.
Le second, qui eut lieu le 2 Juillet 1758 contre des forces supérieures, fut plus meurtrier et plus désavantageux que le premier, et décida M. d'Aché à quitter l'Inde peu après pour se
rendre à l'Ile de France. Il y trouva des secours de tous
genres que la prévoyance et l'énergie du gouverneur lui
avaient préparés, malgré l'état d'embarras de la colonie.

La correspondance de M. d'Aché avec M. Magon, impri-
mée avec les mémoires et les autres pièces du procès du
général Lally, prouve la disette où était l'Ile de France de
munitions et d'objets de marine, et en même temps la sollicitude du gouverneur, qui trouva néanmoins le moyen non-seulement de fournir à tous les besoins de l'escadre, mais encore
de faire de nouveaux armements pour augmenter le nombre
de ses vaisseaux et la mettre en état de tenir encore la mer et
de continuer la campagne de l'Inde. Voici un paragraphe

d'une lettre adressée par M. Magon à M. d'Aché, le 1er Août 1758 : *Au reste, quelque fâcheuse que soit ma situation, soyez persuadé que je suis trop sensiblement touché du bien du service et de votre propre gloire, pour ne pas concourir ici, avec la dernière activité, à tout ce qui pourra contribuer aux progrès de vos entreprises. Ce seul sentiment me fera faire les derniers efforts pour vous expédier cette escadre le plus tôt possible. Elle arrivera tard, il faudra qu'elle aille chercher la grande route.*

L'escadre ayant reparu sur les côtes de l'Inde, fut encore attaquée par l'amiral Pococke. Après ce troisième et sanglant combat, dans lequel les bâtiments français furent fort endommagés, sans qu'aucun cependant tombât au pouvoir de l'ennemi, le comte d'Aché reconnaissant qu'il ne lui serait plus possible de disputer les mers de l'Inde à la flotte anglaise supérieure en nombre, débarqua à Pondichéry environ huit cents hommes, et ramena à l'Ile de France son escadre délabrée. — Peu de temps après ces événements, le comte d'Estaing qui avait quitté l'armée de terre pour passer dans la marine, obtint dans ses entreprises des succès inespérés et fit beaucoup de tort au commerce anglais. Avec deux bâtiments ce brave officier détruisit Bander-Abassi sur le golfe d'Ormus, soumit la forte ville de Bencoolen où les Anglais faisaient un commerce considérable, et s'empara ensuite des autres établissements qu'ils possédaient dans l'île de Sumatra. M. d'Estaing contribua de ses propres fonds aux armements destinés à combattre les ennemis de la France, et afin que personne ne prît le change sur ses intentions et n'attribuât à des vues intéressées les sacrifices qu'il faisait pour le service public, il fit à ce sujet une déclaration formelle, où son désintéressement et la noblesse de ses sentiments sont exprimés avec la dignité qui caractérisait toutes les actions de ce vaillant officier. La date de cette pièce, déposée aux archives de l'Ile de France, rappelle un fait d'armes qui la rend encore plus remarquable. Le lecteur sera sans doute bien aise que je la transcrive ici :

Le désir de faciliter une expédition dont j'espérais que les suites seraient avantageuses au service du roi et aux intérêts de la Compagnie des Indes, m'a engagé d'y placer des fonds sous le titre d'armateur ; mon unique objet en le faisant a été de diminuer la mise dehors de la Compagnie et de rendre cette expédition possible.

Des obstacles de tous genres me forçant de me borner au peu que j'ay fait ; prest à faire voile pour l'Isle de France, et les fruits que produira cet armement me paraissant à peu près certains, je crois dès aujourd'hui devoir déclarer mes véritables intentions. Né pour répandre avec joye jusqu'à la dernière goutte de mon sang pour la plus petite chose qui paraît intéresser le service du roy, je ne crois pas l'être pour achetter la plus grande fortune pécuniaire par aucun risque personnel ; je ne peus regarder une expédition où je suis comme une opération où je n'aurais fait que placer des fonds ; je renonce en conséquence totalement et absolument au produit de ces fonds ; je le remets à la Compagnie des Indes et je ne me réserve uniquement que la rentrée de ce que j'ay avancé.

Les lettres de change que j'avais apportées d'Europe sur M. le Gouverneur de Pondichéry et les appointements qui m'ont été accordés par le roy n'ayant pu m'être payés, j'ay été contraint en partant de la côte Coromandel de laisser entre les mains de M. de Leyrit cinquante et un mille roupies qui me sont dues. La plus grande partie des fonds que j'ay remis à l'Isle de France n'a pu être rassemblée que par la confiance qu'on a eue en moy et par des emprunts que j'ay faits. Leur remboursement sera exigé à l'instant que j'arriveray en France. Si la Compagnie ne me payait pas, la demande juridique et inévitable d'un remboursement aussi juste entraînerait par ses suites la perte totale du peu de biens que j'ai. Persuadé que la Compagnie des Indes ne me confondra pas avec les autres, un avenir aussi effrayant ne peut diminuer le plaisir avec lequel je fais une cession qui dépouille de toute ombre d'intérêt une expédition où j'ai été assez heureux, en servant le roy, pour prouver le désir extrême que j'ai d'être utile à la Compagnie.

Fait double, pour qu'un des originaux reste déposé entre les mains de l'écrivain du vaisseau le Condé, afin que s'il m'arrive quelque accident, il soit remis au premier Conseil Supérieur de la Compagnie. Au fort Marlborough, ce sept Mars mil sept cent soixante et un, jour que j'en ai fait sauter les dernières fortifications.

ESTAING.

M. Magon, fatigué des embarras et des difficultés continuels qu'il avait essuyés durant plusieurs années dans le gouvernement de deux colonies que la Compagnie, loin de pouvoir soutenir, épuisait de plus en plus pour ses armements, avait demandé au ministre son rappel. Il l'obtint en 1759, et peu après fut nommé, en remplacement du baron de Clugny, Seigneur de Prasley, intendant de Justice, Police et Finances, de la *Guerre* (*) et de la Marine à Saint-Domingue, où il se rendit avec son ami le comte d'Estaing, qui venait d'en être nommé gouverneur, après avoir été promu au grade de lieutenant-général des armées navales.

(*) M. Magon fut le premier Intendant de Saint-Domingue qualifié d'Intendant de la Guerre. — V. Moreau de Saint-Méry, *Lois et Constitutions des Col. franç. d'Amérique,* T. 4, p. 634.

CHAPITRE XVIII.

Administration de M. Desforges Boucher. — Etat singulier et menaçant des affaires. — Causes de cette crise. — Assemblées des habitants et envoi de deux députés en France. — Rétrocession de l'île au Roi.

Le gouvernement de M. Desforges Boucher, qui succéda à M. Magon en 1759, ne présente que l'agonie et la fin de la puissance de la Compagnie. N'ayant pas de vues déterminées sur la destination qu'il convenait de donner à l'Ile de France, et faisant tour à tour sur cette colonie des essais superficiels des divers systèmes qu'elle voulait y appliquer, la Compagnie occasionna l'état de langueur et de faiblesse qui y régna pendant assez long-temps. A la vérité, elle n'attachait de prix à cette possession que sous le rapport de ses productions et des avantages qu'elle pourrait en retirer pour le commerce avec l'Asie; mais les moyens d'obtenir ces résultats étaient fréquemment modifiés et diversifiés, employés avec peu de discernement, et abandonnés avant d'avoir été poussés assez loin pour qu'on pût les regarder comme des épreuves décisives. La conséquence d'un pareil état de choses fut de jeter dans l'esprit de la Compagnie et dans celui des Colons ce découragement qui relâche tous les ressorts, qui rompt tous les liens qui unissent les intérêts d'un pays. Les habitants, présageant une décadence prochaine, se hâtaient de jouir et n'entreprenaient aucune opération durable, dans la crainte de ne pas en recueillir le fruit. La Compagnie, de son côté, dans un état d'incertitude et de fluctuation continuelle, tantôt livrait la colonie à ses seules ressources, tantôt répandait des richesses avec profusion dans son sein. Telle était la singulière situation des affaires en cette île, lorsque les échecs causés par la guerre de 1756 vinrent mettre le comble aux pertes et aux malheurs de la Compagnie, qui ne fut plus en état de conserver cette colonie où elle avait dépensé des sommes énormes. Le roi s'en fit alors faire la rétrocession par un édit du mois d'Août 1764; mais comme il fallut revoir et modifier la législation des deux colonies, régler les intérêts et les prétentions de la Compagnie, le gouvernement royal ne fut établi qu'en 1767.

Pendant ce temps, l'île se trouva dans une de ces crises qui ébranlent profondément les bases du pays qui en est attaqué. Cette convulsion était la conséquence naturelle de la situation de la Compagnie: ce colosse démembré, expirant, ramassait toutes ses forces pour retenir encore les derniers souffles d'une existence qui s'éteignait; mais le spectacle de son agonie ne laissait à personne l'espoir de son rétablissement; la profondeur et la gravité des coups qui lui avaient été portés, ne

rendaient que trop certain le sort qui l'attendait; ses efforts
mêmes, pour se relever de sa chute, foulaient ceux qui lui servaient d'appui et leur rendaient ce fardeau insupportable. La
Compagnie se servait de ses possessions pour réparer, à quelque prix que ce fût, sa désorganisation et son délabrement :
l'Ile de France ne recevait plus de marchandises de l'Inde;
celles d'Europe ne lui étaient fournies qu'en très-petite quantité, ce qui réduisait les habitants à la privation des choses les
plus nécessaires à la vie et au vêtement, infraction manifeste
à l'obligation imposée à la Compagnie par le privilége exclusif du commerce qui lui était accordé par le roi. Au lieu du
taux uniforme et déterminé auquel les marchandises de la
Compagnie devaient être vendues aux Colons, elles furent
mises à l'encan, tandis que les productions du pays étaient
portées dans ses magasins et livrées à vil prix à ses commis-
saires en cette île. Le monopole sur l'argent effectif qui, une
fois remis dans les caisses de la Compagnie, disparaissait sans
retour, le discrédit du papier mis en circulation, avaient fait
donner pendant deux ou trois ans une valeur exagérée aux
propriétés foncières, aux esclaves et aux troupeaux. Cette situation forcée était trop violente pour se maintenir; à cette
ivresse d'un moment succéda un abattement effrayant; la
colonie fut partagée en deux classes d'hommes, les créanciers
et les débiteurs, et avec les circonstances les plus singulières,
de manière que les uns avaient vendu deux fois plus qu'ils ne
possédaient et que les autres avaient deux fois moins qu'ils ne
devaient. Il fallait un remède prompt et aussi violent que le
mal dont il s'agissait de prévenir les funestes effets; il fallait
changer la face des choses par des règlements dictés par la
sagesse et l'urgence du cas, pour sauver la colonie, encore dans
son enfance et peu affermie, du bouleversement et de la confusion qui la menaçaient de près. Le gouverneur, M. Desforges
Boucher, vit ce danger et seconda les vues des habitants éclairés dans cette circonstance critique. Il autorisa des assemblées
générales des habitants qui nommèrent deux députés, M. le
comte de Maudave, ancien officier de cavalerie, et M. Pytois,
officier d'infanterie; tous les deux propriétaires de biens

considérables et attachés par d'autres liens encore à cette colonie, depuis long-temps devenue leur patrie d'adoption, et ils les chargèrent de porter le récit de leurs malheurs au pied du trône et d'y solliciter les moyens de les adoucir. Ils firent des représentations analogues à leur triste situation, ils peignirent toute l'horreur des périls qui les entouraient, ils se plaignirent du cruel abandon où la Compagnie les laissait, mais ils conservèrent, dans ces circonstances extrêmes, ce courage et cette dignité qui élèvent l'homme au-dessus des revers, et qui rendent son infortune plus digne d'attention et d'intérêt.

Cependant le ministre, qui ne perdait pas de vue l'Ile de France, avait déjà senti l'état fâcheux et menaçant où elle se trouvait; sa sagesse et sa prévoyance avaient prévenu les remontrances des Colons, dont les députés apprirent, à leur arrivée à Lorient, que le sort des Iles de France et de Bourbon était enfin fixé, et que le roi accordait à leurs habitants plus de grâces et de faveurs qu'ils n'avaient osé en demander. Leur mission se réduisit alors à entretenir le ministre de la position de la colonie, considérée dans son état civil, et à demander de sa prudence et de ses lumières un remède contre les inconvénients de cette situation.

TROISIÈME PÉRIODE,

1764.—1790.

GOUVERNEMENT ROYAL.

CHAPITRE XIX.

M. Dumas, Gouverneur ; M. Poivre, Intendant. — Caractère de M. Dumas, ses
ordonnances arbitraires ; épisode du Conseil Supérieur. — Arrivée de Bernardin
de Saint-Pierre ; ses projets de colonisation, ses vaines déclamations contre les
habitants de l'Ile de France.

———————

Ce fut avec une bien douce satisfaction que les habitants
de l'Ile de France virent revenir parmi eux, pour partager
l'administration de leur colonie, un philosophe éclairé dont ils
connaissaient depuis long-temps, par expérience, la sagesse et

les vertus. M. Poivre, comme je l'ai déjà dit, après tous les
services qu'il avait rendus à sa patrie, s'était retiré des affaires
publiques et goûtait les charmes de l'étude et de la méditation.
Il allait acquérir le plus précieux de tous les biens qu'un hon-
nête homme puisse posséder; il allait embellir son existence de
la société d'une jeune compagne qui joignait aux qualités d'un
cœur vertueux et sensible celles d'un esprit aimable et orné,
lorsque le ministère jeta les yeux sur lui pour le charger de
nouvelles fonctions. Le duc de Choiseul pensa que les lumières
et l'expérience de cet homme célèbre étaient nécessaires pour
faire fleurir le commerce et l'agriculture aux Iles de France et
de Bourbon, et le pressa d'accepter la place d'Intendant de ces
deux colonies. M. Poivre, toujours animé du zèle le plus sincère pour le bien public, toujours disposé à y sacrifier son
bonheur personnel, céda aux invitations réitérées du gouvernement, et quitta sa paisible retraite, pour traverser encore de
vastes mers et soutenir le fardeau d'une place importante
dans des colonies lointaines. Il craignit un instant que sa jeune
amie ne fût effrayée des dangers d'une longue navigation, et
que cette circonstance ne le privât d'une union si précieuse à
son cœur ; mais il fut bientôt tranquillisé par sa fermeté et l'attachement qu'elle lui témoigna. Il arriva en cette île avec le
gouverneur, le 14 Juillet 1767.

M. Dumas ne fut que seize mois à la tête du gouvernement
de cette île, et les actes de son administration pendant cette
courte durée sont tous empreints de la violence de son caractère. Militaire sévère, ne connaissant que la discipline des
camps, accoutumé à voir ses idées adoptées, ses ordres exécutés sans contradiction, il ne tempéra point la rigueur de ces
dispositions dans la nouvelle mission qui lui fut confiée. La
mésintelligence la plus affligeante régna sans interruption entre
ce gouverneur et l'intendant, M. Poivre, dont l'expérience, la
sagesse et la fermeté lui opposaient continuellement des barrières qui irritaient son humeur altière. Son exaspération fut
au comble, lorsque le Conseil Supérieur, dont M. Poivre était
le président, refusa formellement d'enregistrer une ordonnance

qui excédait les pouvoirs du gouverneur, et dont les dispositions portaient les atteintes les plus graves aux droits les plus
sacrés et les plus inviolables des citoyens. Ce règlement, extrait des lois militaires, tendait à donner au gouverneur la
faculté de faire arrêter, sur des motifs dont il serait l'appréciateur, les citoyens qu'il jugerait devoir priver de la liberté, et
de faire durer leur détention, selon l'exigence du cas, pendant
un temps dont il se réservait aussi la détermination. Le Conseil Supérieur se souleva contre cette prétention inconsidérée
de M. Dumas, qui, n'écoutant plus alors que les transports de
son ressentiment, et ne voulant voir dans l'acquittement d'un
devoir précieux du Conseil que la manifestation de dispositions
séditieuses, s'oublia au point de recourir à la force armée pour
obliger des magistrats, dans l'exercice de leurs fonctions, à
trahir le plus saint de tous les devoirs. Jamais à l'Ile de France
le sanctuaire des lois ne reçut un si cruel outrage, jamais une
entreprise si éclatante et si coupable ne fut faite contre la
constitution de son gouvernement. M. Dumas, accompagné de
soixante gens de guerre, se rendit au Conseil pour lui imposer
par cet appareil menaçant et le contraindre à l'enregistrement
de son ordonnance ; mais les magistrats, pénétrés de l'importance et de la dignité de leurs fonctions, supérieurs à l'effroi
dont on voulait les frapper, comprirent le caractère auguste
que cette circonstance, aussi critique qu'extraordinaire, imprimait à leur ministère. Leur attitude noble et énergique rappela celle de Mathieu Molé offrant sa tête aux ligueurs : à
cet aspect les armes s'abaissent, et la violence est sans force ;
c'est le triomphe des vertus publiques.

Cependant M. Dumas ne pouvait supporter l'idée de fléchir
devant une décision de la Cour Souveraine de cette île ; il
croyait son autorité méconnue, ses pouvoirs dédaignés, son
caractère outragé et humilié ; la passion mugissait dans son
âme agitée et vindicative ; il lui fallait une réparation, il fallait
un acte de rigueur où sa puissance pût paraître avec éclat. Il
résolut de l'exercer contre M. le Procureur Général Desribes,
qui avait fait un réquisitoire tendant au rejet de l'ordonnance,

et contre M. Rivalz de Saint-Antoine, conseiller, dont le sentiment et l'opposition aux vues de M. Dumas s'étaient fait particulièrement remarquer par un plus grand degré de fermeté et une manifestation plus évidente et plus énergique. Le gouverneur fit notifier les arrêts à ces deux magistrats pour qui ce choix devint un nouveau titre de gloire : " *Il y a, dit Montaigne, des pertes triumphantes à l'envi des victoires.* "

Le Conseil ne se laissa point ébranler par ces saillies d'une violence si peu réfléchie, et prit, à l'occasion des arrêts ordonnés par M. Dumas, la décision suivante : " *La Cour a arrêté que MM. Estoupan et Chazal se transporteront chez M. le Procureur-Général et chez M. Rivalz de Saint-Antoine, conseiller, et qu'au nom du Conseil, ils leur communiqueront les arrêts de ce jour et les pièces y relatives; qu'ils leur témoigneront de la part du Conseil combien il est sensible à leur détention injuste et téméraire, détention prononcée contre des magistrats pour raison de leurs fonctions; que la Cour les exhorte à continuer de soutenir avec dignité et avec courage les excès que l'on commet contre eux et ceux plus violents que l'on pourrait commettre encore; que les deux membres en députation assureront, de la part du Conseil, M. le Procureur-Général et M. Rivalz, que la cause de leur détention est trop belle, pour qu'il y ait aucun des membres de la Cour, qui n'ait désiré et ne désire encore être à leur place.*

Le pressentiment du Conseil, au sujet des mesures plus sévères que le Gouverneur pourrait prendre, fut justifié à l'égard de M. Rivalz, dont les opinions et la fermeté de résolution faisaient ombrage aux vues despotiques du chef de la colonie, qui exila ce vertueux magistrat à l'île Rodrigue.

M. Codère, l'un des conseillers, fut chargé de faire un rapport sur cette affaire, que le Conseil Supérieur soumit au roi. MM. Desribes et Rivalz reprirent leurs fonctions en vertu d'un ordre de Sa Majesté, en date du 3 Juillet 1768, et le

gouverneur Dumas fut rappelé en France fort peu de temps
après.

M. Rivalz de Saint-Antoine suivit à Paris son persécuteur,
dont il voulait tirer une réparation proportionnée à la gravité
de l'outrage qu'il avait reçu. Ses plaintes étaient fondées sur
des motifs trop légitimes et trop évidents, pour que le succès
en fût douteux. Le Parlement était saisi de cette affaire, et
tout annonçait à M. Dumas les suites les plus fâcheuses, lorsque cet ex-gouverneur, justement alarmé des conséquences
menaçantes que ce procès lui laissait entrevoir, fit toutes les
démarches qui pouvaient désarmer son adversaire. M. Rivalz
eut alors la générosité de céder aux sollicitations qui lui furent
adressées, et d'épargner un ennemi qu'il pouvait accabler. Cet
estimable magistrat revint à l'Ile de France continuer l'exercice de ses fonctions. Sa famille, depuis cette époque, a toujours
résidé dans la colonie, et plusieurs de ses petits-fils occupent
aujourd'hui au barreau un rang distingué.

Le 14 Juillet 1768, M. Bernardin de Saint-Pierre arriva à
l'Ile de France, la tête agitée de projets de république et de
colonisation, dont le délire, croissant avec les obstacles qu'il
rencontrait, l'aiguillonnait depuis long-temps et lui avait déjà
fait parcourir toute l'Europe à la poursuite d'une chimère, dont
l'image séduisante se faisait un jeu d'égarer son imagination
exaltée. Tous les lieux, tous les climats, toutes les sociétés,
tous les hommes lui semblaient également propres à seconder
ses vues, à se soumettre à l'influence de son utopie. Du fond
de la Russie, des déserts glacés de la Finlande où son idole
fantastique l'avait attiré, il résolut d'en transporter le culte
sur les sables arides de l'Afrique, dans la fange des marais de
l'île de Madagascar. Ce dernier projet s'évanouit comme ceux
qui l'avaient précédé, et M. de Saint-Pierre fut placé à l'Ile
de France en qualité d'ingénieur. Tant de contradictions,
tant d'obstacles essuyés dans toutes les parties du monde, ne
l'avaient point encore désabusé des illusions qui tenaient sa
raison captive : il communiqua ses idées à M. Poivre. Ce

philosophe écouta tranquillement les rêves du jeune législateur
et lui adressa à peu près ces paroles: "Des difficultés insurmon-
" tables s'opposent à l'exécution du système social que vous
" avez tracé. Vous voulez former une réunion d'hommes, que
" les attraits d'un bonheur commun rapprochent les uns des au-
" tres; mais avez-vous songé aux moyens de nourrir de pareilles
" idées? avez-vous découvert le secret de diriger tous les inté-
" rêts, toutes les passions, de manière à concourir au même
" point? avez-vous prévu les orages qui pourront éteindre le feu
" sacré que vous voulez allumer dans les cœurs des citoyens de
" votre république? Le maintien et la conservation de votre so-
" ciété dépendront nécessairement d'une égale disposition de
" tous les esprits à la réflexion, qui seule peut les fixer dans les
" limites que votre institution exige ; or la plupart des hom-
" mes ne se soucient guère de réfléchir, et lorsqu'ils se li-
" vrent à cette opération de l'esprit, c'est pour l'appliquer
" aux autres; presque jamais ils ne l'exercent sur eux-mêmes,
" de manière que la véritable situation des choses leur reste
" souvent inconnue, et qu'ils ne cessent de rouler dans un
" cercle d'erreurs et d'illusions qui ne leur permettent de
" jouir d'aucun de ces états de calme et de bien-être cons-
" tants, dont l'espoir et la recherche, en irritant l'imagina-
" tion impuissante, ne peuvent servir qu'à lui causer des
" maux plus grands encore que ceux qu'elle trouve dans la
" société, au milieu de toutes ses imperfections. Si l'union de
" deux amis, pénétrés de toute la force et de toute l'étendue
" du sentiment qui les anime, a toujours offert à quiconque
" sait réfléchir le plus beau comme le plus rare des phéno-
" mènes moraux, concluez-en qu'un pareil état exige des
" conditions que peu d'hommes sont capables de remplir.
" C'est donc en vain que vous voudrez les imposer à la mul-
" titude : du sein de la plus pure morale, s'élèveront ces phi-
" losophes abstraits qui, ne voulant voir dans l'homme qu'un
" mécanisme matériel assujetti à des besoins physiques, al-
" tèrent et obscurcissent par des discours dangereux, des
" sophismes perfides, les vérités les plus nécessaires au bon-
" heur des hommes, ébranlent et relâchent tous les liens du

" devoir, tous les ressorts de la société. En vain vous gémirez
" sur les tristes tributs qu'il faut payer à la société ; en vain
" vous vous efforcerez d'en éluder les pénibles effets; ce mal-
" heur est sans remède, et vous ne rencontrerez partout que
" l'impossibilité de vous y soustraire. C'est en fuyant dans la
" solitude que quelques hommes, vraiment sages, ont pu
" trouver l'innocence et la liberté qui s'y cachent, depuis
" qu'elles ont été bannies des assemblées du monde ; c'est là
" qu'ils découvrent encore quelque lueur de cette félicité pour
" laquelle l'homme était né, et qu'après une courte jouissance
" il a perdue sans retour. Tous les pays, tous les siècles ont
" constamment prouvé la frivolité et l'ingratitude des hom-
" mes : Lycurgue, pour avoir refusé de participer à un crime
" qui lui assurait la royauté, fut obligé de s'éloigner de Sparte.
" Rappelé dans sa patrie après un long exil, il fut assailli de
" pierres, lorsqu'il s'efforçait d'y répandre les semences de
" bonheur qu'il avait recueillies dans ses voyages ; ce ne fut
" qu'à l'aide des fictions que son siècle et son pays autori-
" saient, ce ne fut qu'en s'exilant pour toujours et en surpre-
" nant la religion de ses concitoyens pour leur bonheur, qu'il
" parvint à leur faire adopter son institution, qui, malgré tant
" de précautions, ne tarda pas à éprouver des altérations pro-
" fondes. Socrate, que toutes les nations, après l'oracle, ont
" déclaré le plus sage des hommes, Socrate, qui sera dans
" toutes les sociétés humaines le modèle des vertus privées,
" après avoir été déchiré sur les théâtres d'Athènes par les
" traits de la plus noire calomnie, fut condamné à terminer
" sa vie par la ciguë, et ce grand sacrifice ne rendit pas ses
" compatriotes meilleurs. Numa Pompilius ne fit adopter ses
" ordonnances à Rome, qu'en les couvrant du voile du mys-
" tère et de la divinité.... Renoncez, mon ami, renoncez à
" des illusions qui feraient votre malheur, sans faire cesser
" celui de vos semblables. Aimez et soulagez ceux dont la
" situation réclame vos secours et votre bienfaisance ; mais
" laissez les sociétés suivre le mouvement qui leur est im-
" primé ; vouloir en changer la direction est une entreprise
" chimérique. "

M. Bernardin de Saint-Pierre renonça à l'exécution de ses projets ; mais en reconnaissant enfin l'impossibilité de les mettre en pratique, il n'en chérissait pas moins la séduisante théorie ; il caressait toujours les rêves de son imagination, il ne pouvait s'empêcher de se jeter dans les bras de cette idole ardente qui le consumait. Telle était la disposition d'esprit de M. de Saint-Pierre pendant son séjour à l'Ile de France ; elle explique cette philanthropie exagérée qu'on remarque dans son *Voyage à l'Ile de France*, ces éternelles lamentations qu'il pousse sur le sort des esclaves, qui cependant, pour la plupart, avaient été arrachés, en quittant leur patrie, au fer et à la flamme dont leurs ennemis vainqueurs allaient se servir pour terminer leur captivité dans les plus cruels tourments. Il rapporte quelques faits dont il dit avoir été témoin oculaire ; mais il importe de savoir dans quelles circonstances ils sont arrivés : souvent une action dont la laideur et la difformité nous font horreur, lorsqu'elle est séparée des motifs qui l'ont produite, prend un aspect moins hideux quand elle est rapprochée de son origine. D'ailleurs, les couleurs sombres dont l'esprit de M. de Saint-Pierre était affecté, couleurs qu'il communiqua à tous les objets qui lui déplaisaient, contribuèrent beaucoup à défigurer les sujets qu'il peignait. Il a pu sans doute exister en cette île des abus condamnables sous le rapport du traitement des esclaves ; mais ce n'étaient que des exceptions rares au système généralement suivi, et dès qu'ils étaient connus, les lois en poursuivaient la réparation, et l'opinion des gens de bien qui en flétrissaient les auteurs, achevait de venger la cause de l'humanité. Ces écarts de quelques hommes coupables devaient-ils donner lieu aux déclamations de M. de Saint-Pierre contre une colonie entière, dont il avait long-temps goûté la douceur, les vertus et l'hospitalité. Est-il un recoin du globe, une institution, quelque respectable qu'elle soit, où il ne règne quelques abus inséparables de l'imperfection humaine? M. de Saint-Pierre avait cependant parcouru diverses contrées avant de visiter notre île ; il avait vu les paysans polonais, dont la misère et la servitude passent tout ce que l'imagination peut se figurer de plus affligeant pour l'humanité. Il avait servi à l'armée, il connaissait le sort des batailles, et il trouve que l'Ile de France est une *terre abominable*, parce qu'il rencontra un détachement de maréchaussée qui, venant d'assiéger et de forcer un camp de *marrons* formidables, portait les dépouilles de quelques victimes tombées dans le combat. Tant d'autres peintures, qui portent l'empreinte manifeste de la passion, firent naître en Europe les idées les plus erronées, les préventions les plus défavorables contre les habitants de l'Ile de France, qui ne se justifièrent de tant d'imputations odieuses que par la continuation de leur hospitalité, la douceur de leurs mœurs, les agréments de leur société, qui attirèrent au milieu d'eux cette multitude d'étrangers qui, séduits par tant de bien-être, fixèrent pour toujours leur résidence en cette île, et firent ainsi la plus belle et la plus touchante réfutation des calomnies répandues contre elle.

CHAPITRE XX.

M. de Steinauer remplace M. Dumas par intérim.—Relâche de M. de Bougainville
à l'Ile de France ; il y laisse le naturaliste Commerson, qui conçoit le projet de
fonder une académie.— Arrivée du Chevalier Desroches, Gouverneur.—Travaux
exécutés dans la rade par M. de Tromelin. — Terrible ouragan de 1771.—Départ
du capitaine Marion pour les terres australes ; sa mort tragique à la Nouvelle-
Zélande.—Expédition de Kerguelen.—Réflexions sur ces voyages de découvertes.

Au mois de Novembre 1768, M. Dumas remit le gouvernement de l'île à M. de Steinauer, officier-général recommandable par ses lumières et ses vertus, et qui seconda de tout son

pouvoir l'ardeur que M. Poivre apportait à la prospérité de la colonie.

M. de Bougainville, revenant de son voyage autour du monde, entra le 8 Novembre 1768 dans la baie du Port-Louis. On doit concevoir l'empressement avec lequel les habitants de l'Ile de France accueillirent cet officier, depuis long-temps célèbre dans l'histoire des sciences et dans la carrière des armes, qui avait déjà rendu tant de services à sa patrie, et qui venait d'acquérir encore, par des travaux importants et un autre genre d'illustration, de nouveaux droits à la reconnais-sance de ses compatriotes. Pour justifier au reste l'intérêt particulier que les Colons de l'Ile de France étaient pour ainsi dire appelés à prendre au succès de ce voyage, il n'est besoin que de se souvenir que cette île, placée à l'entrée des mers aus-trales, est en quelque sorte en possession d'ouvrir son port aux plus célèbres navigateurs, soit pour leur offrir de salutaires secours, soit pour jouir avec eux de la gloire et des avantages de leur réussite, soit pour les encourager par l'espoir d'un heureux succès. Ce fut en partant de l'Ile Maurice, occupée alors par les Hollandais, qu'Abel Tasman, en 1642, commença son voyage de circumnavigation, dans lequel il découvrit la Nouvelle Zélande. Treize voyages autour du monde avaient été entrepris et exécutés avant celui de Bougainville; mais aucun n'appartenait à la nation française, à laquelle cependant le monde entier devait déjà la connaissance de la figure et des dimensions du globe. Le roi de France profita du loisir de la paix pour enrichir la géographie de découvertes utiles à l'hu-manité, et ce fut à Bougainville que cette intéressante et péni-ble mission fut confiée. La relation de son voyage prouve combien il était digne de ce choix : Bougainville est placé, par toutes les nations éclairées, au nombre des navigateurs qui ont étendu les bornes des connaissances humaines. Il vint donc dans le port de cette île, comme dans un asile sûr et commode, pourvoir à ses besoins, rétablir la santé de ses équipages et mettre, pour ainsi dire, un terme aux fatigues qui, pendant deux années de navigation sur des mers inconnues et lointaines, avaient éprouvé leur patience et leur courage. Enfin c'est aux secours et aux soins prodigués par les habitants de cette île à leurs compatriotes, que Bougainville a peut-être dû l'avantage de terminer heureusement l'un des voyages autour du monde les plus complets qui eussent été achevés jusqu'alors.

Si cette relâche a été pour lui salutaire, il a aussi doté notre sol de productions nouvelles. Après un si long voyage, M. de Bougainville se trouva encore en état d'enrichir la colonie d'une quantité d'effets dont elle avait besoin. Il y laissa aussi vingt-trois soldats qui furent incorporés dans la légion, plusieurs jeunes volontaires et pilotins, M. de Romainville, ingénieur, l'astronome Verron, pour être à portée d'aller observer dans l'Inde le passage de Vénus, et enfin le célèbre naturaliste Philibert de Commerson, que l'intendant engagea à rester à l'Ile de France. Par divers services et par ses bons procédés, M. Poivre s'était attaché ce savant, qui demeura toujours chez lui. Commerson se livra avec ardeur à l'étude de l'histoire naturelle des îles de France, de Bourbon et de Madagascar qu'il appelait *la véritable terre de promission pour les naturalistes* (*). Il visita le volcan de Bourbon dont il a donné la description. *Je vais*, écrivait-il à M. de la Lande, *me mettre en chemin pour aller affronter un volcan d'aussi près qu'il me sera possible. Je ferai cependant en sorte de n'être pas du nombre des naturalistes auxquels cette espèce de curiosité imprudente a coûté la vie.* M. de Crémont, alors intendant de l'île de Bourbon, n'épargna ni soins ni dépenses pour le mettre à portée d'approcher le plus près possible de la bouche du volcan et d'en examiner les produits ; il fit même plus, il l'accompagna. M. l'abbé Rochon, qui était à cette époque à l'Ile de France, raconte les dangers que courut Commerson, ainsi que l'administrateur éclairé que l'amour des sciences porta à les partager. Les approches du volcan sont d'une aridité effrayante ; le pays est brûlé et désert à plus de six milles à la

----

(*) V. sa lettre à M. de la Lande, du 18 Avril 1771, T. 3 du *Voyage de Bougainville*.

ronde ; des monceaux de cendres, des laves, des scories, des pierres ponces, des roches calcinées, des crevasses, des montagnes, des précipices en rendent l'accès pénible et dangereux. Il faut un temps favorable, il faut un jour calme et sans nuage pour visiter la bouche de cette fournaise ; quelques gouttes de pluie suffisent pour occasionner une éruption ; on paierait de sa vie l'imprudence d'en approcher lorsque le temps est incertain. Les seuls abords de ce gouffre en annoncent les ravages: on ne marche que sur des monceaux de machefer et de matières à demi-vitrifiées. Commerson ne fut effrayé d'aucun de ces dangers ; il semblait qu'il voulût imiter Pline qui, pour mieux connaître le Vésuve, s'approcha du volcan au point d'être suffoqué par les flammes. Commerson avait la tête tellement exaltée en ce moment, qu'il ne vit pas la chûte de l'intendant Crémont, qui fut renversé par un de ces mouvements spontanés qu'on éprouve, lorsqu'on se hasarde à approcher trop près de ce gouffre ardent. Cet administrateur périssait victime de son zèle, sans la prompte assistance de quelques noirs généreux qui, au péril de leur vie, volèrent à son secours et ne parvinrent qu'avec beaucoup de peine à le sauver des précipices dont il était environné. Commerson, dans son enthousiasme, ne songeait qu'à l'honneur d'aller plus près de la bouche de cette fournaise qu'aucun de ses compagnons ; il ne voyait pas qu'on l'avait abandonné pour porter du secours à M. de Crémont. M. l'abbé Rochon pense que ceux qui veulent juger de l'intérieur de ces gouffres, sans courir de danger, doivent chercher à les voir à vue d'oiseau, et qu'au moyen d'un ballon, il serait facile d'en étudier tous les effets avec une lunette.

L'infatigable Commerson, attentif à tout ce qui pouvait contribuer au progrès des sciences, conçut quelque temps après son arrivée à l'Ile de France (en 1769) le dessein d'y fonder une académie. Il en est question dans une lettre qu'il écrivit à son ami le célèbre astronome Jérôme de la Lande qui, associé à toutes les académies connues, était le lien commun qui les unissait toutes par sa correspondance, et faisait circuler de l'une à l'autre ce que chacune avait produit. On sera sans doute bien aise que je donne ici ce passage, ainsi que les noms des hommes remarquables qui se trouvaient à cette époque réunis en cette colonie, et qui devaient former la société dont voici le projet (*) :

Dans la première classe, celle des sciences, seraient les Mathématiques, l'Histoire Naturelle, la Physique, la Médecine et les parties subordonnées. Cette académie ne reconnaîtrait point d'autres sujets à traiter que les exotiques, c'est-à-dire : Observations et recherches d'Astronomie, de Géographie, d'Hydrographie faites au delà des mers, productions des trois règnes de la nature provenantes ailleurs qu'en Europe, histoire des maladies propres à ces climats, examens des terrains et des végétaux naturels à ces pays-ci, des changements qu'éprouvent ceux d'Europe cultivés ou transplantés, de leurs produits comparés. J'ai sous la main des virtuoses propres à commencer chaque classe : M. l'abbé Rochon, M. Verron et un officier de la marine du roi, pour les Mathématiques ; M. Poivre, le colonel Puquet, M. Meunier et moi, pour l'Histoire Naturelle ; M. Bourdier et le médecin de Bourbon, pour la Médecine ; quantité de cultivateurs excellents, bien intentionnés, pour l'agriculture, classe dans laquelle on tâcherait de faire naître l'émulation, parce que ce serait de celle-là que la colonie retirerait des fruits le plus tôt. Il y a ici une imprimerie très-bien montée, mais oisive ; on saurait à peine qu'il y aurait une académie dans cette partie du monde, qu'on en verrait sortir un volume dont je fournirais les trois quarts moi seul, s'il le fallait.

(*) Extrait de la *Notice sur Commerson* par M. de la Lande, dans le *Journal de Physique* de l'abbé Rozier, Fév. 1775, p. 89 et suiv.

M. Julien Desjardins, dans une notice qu'il a lue à la Société d'Emulation *sur les différentes sociétés littéraires et scientifiques qui ont existé à l'Ile de France,* n'a pas manqué d'entrer dans des détails intéressants sur le projet de Commerson et les personnes qui auraient composé cette académie. Ses recherches ont ajouté aux miennes plusieurs noms que j'ai consignés dans la liste que j'en donne ici.

Un aperçu de mon projet communiqué à M. Poivre, excellent homme qui a le BONUM IN VOLUNTATE *et le* RECTUM IN INTELLECTU, *lui a extraordinairement plu, et il attend avec empressement que je lui en présente les détails. Ne pourrais-je pas me flatter qu'il ne plaira pas moins à M. Poissonnier, auquel je vous prie d'en communiquer le* PROSPECTUS, *pour le soumettre à son examen, en le priant, s'il l'approuve, de nous procurer l'appui du ministère.*

Il n'est venu jusqu'à nous aucune trace de l'existence de cette société : selon toutes les probabilités, les voyages que fit Commerson à Bourbon et à Madagascar et sa mort prématurée (*), qui arriva peu de tems après son retour, ont empêché l'exécution de son projet. Voici les noms des personnes qui, par leurs professions ou leurs talents, auraient naturellement été appelées à former cette académie qui, ainsi composée, n'aurait sans doute pas manqué de publier des recherches et des travaux en différents genres, dont nous devons regretter la privation : Bernardin de Saint-Pierre ; notre compatriote D. Charpentier Cossigny, ingénieur, mort à Paris en 1809, et à qui l'on doit les *Moyens d'amélioration des colonies,* un ouvrage *sur les épiceries* avec une *Instruction sur leur culture et leur préparation,* un *Voyage à Canton* et un *Traité sur la fabrication de l'indigo* ; Aublet, connu par un ouvrage estimé sur les plantes de la Guyane; Legentil, membre de l'Académie des Sciences, qui a publié une relation intéressante sous le titre de *Voyages dans l'Inde,* et des observations de physique

_____

(*) Commerson mourut le 13 Mars 1773, au quartier de Flacq, sur l'habitation dite *la Retraite,* alors l'une des propriétés de ma famille. Notre île l'intéressait sincèrement: il en révéla les richesses végétales et profita de sa rare fécondité pour y naturaliser une multitude de plantes qui font encore aujourd'hui l'étonnement des voyageurs qui visitent le Jardin Botanique des Pamplemousses. Tant de travaux l'ont rendu cher aux Colons qui se rappellent toujours avec une douce émotion les obligations qu'ils lui ont, et qui se glorifient de ce que leur île renferme les cendres de cet estimable savant. Il légua au cabinet du roi son immense collection de botanique contenue dans trente-deux grandes caisses.

et d'astronomie, faites pendant son séjour dans nos climats ; Sonnerat, naturaliste voyageur, auteur de plusieurs relations de voyages dans l'*Inde*, à la *Chine* et à la *Nouvelle Guinée*, et dont les observations et les notes ont été utiles à Buffon et à Cuvier ; Dazille qui s'est fait connaître avantageusement par ses ouvrages sur les *maladies des noirs, celles des climats chauds et le tétanos* ; trois célèbres navigateurs dont j'aurai plus loin l'occasion de parler, Marion, Kerguelen et l'illustre Lapérouse qui, vers l'époque dont je m'occupe ici, possédait une habitation dans notre île, au quartier des Plaines-Wilhems. Je citerai encore dans la marine MM. le chevalier Grenier, Lecorre, Durosland, de Coëtivi, de La Biollière, Le Floch de la Carrière, Cordé, Lampériaire. — Parmi les personnes qui, par leurs professions ou leurs talents, jouissaient dans l'île d'une influence méritée, se trouvaient le marquis d'Albergati, le chevalier de Tromelin, le conseiller de Chazal, le comte de Maudave, l'ingénieur Barré, l'arpenteur Garnier, M. Provost, le garde-magasin Caillaud, notre estimable compatriote M. de Céré, l'ingénieur Dodin, le conseiller Delaleu, dont le nom est devenu celui d'un de nos Codes ; le peintre Jossigny, qui accompagna Commerson à Madagascar ; les médecins Vivès, Cazeaux, Bécane et Dépot, et, le garde-magasin de l'artillerie Masson Abraham, correspondant de l'Académie Royale des Sciences, lequel publia les éphémérides qu'on trouve dans les anciens calendriers des Iles de France et de Bourbon. On peut encore citer au nombre des personnes éclairées et recommandables de cette époque, MM. de Maissin, habitant à la *Rivière-Noire;* Séligny, à la *Petite-Rivière;* Etienne Bolgerd, à la *Savane;* Fortin, à la *Montagne Longue;* de Rostaing, Hermans et Lejuge, aux *Pamplemousses,* etc.

Le 6 Juin 1769, le chevalier Desroches, chef d'escadre, arriva en qualité de gouverneur-général. On s'occupa, durant sa paisible administration, de tout ce qui pouvait contribuer à l'amélioration de cette île, autant pour les travaux intérieurs que pour ses relations avec les pays voisins. M. Rochon donna beaucoup de soins à l'exploration des mers des Indes , qui presentaient de grands dangers aux navigateurs. Les vaisseaux qui partaient de l'Ile de France pour l'Inde, étaient forcés de prendre dans les deux moussons une route indirecte et longue, afin d'éviter l'archipel d'îles et d'écueils situé au nord de l'Ile de France. L'abbé Rochon rectifia par des observations astronomiques les positions de plusieurs dangers. Les périls dont il fut lui-même environné pour avoir suivi les cartes qui cependant passaient pour très-exactes, lui firent sentir la nécessité de cet examen et de ces opérations, qui étaient d'une haute importance pour la navigation. Le jour mémorable du passage de Vénus sur le disque du soleil, au mois de Juin 1769, cet astronome ne put faire cette importante observation, quoique le temps fût clair et serein, parce que la corvette sur laquelle il était embarqué, fut au moment de faire naufrage sur Corgados.

Dans le même temps, M. de Tromelin, ancien capitaine de vaisseau, officier distingué par l'étendue de ses connaissances et l'expérience qu'il avait acquise dans toutes les parties de son art, s'occupait à l'Ile de France de préparer aux navires qui y arrivaient un lieu où ils fussent en sûreté pendant les ouragans qu'ils y pourraient essuyer. Les défrichements qu'on avait faits sans mesure et sans discernement aux environs de la ville, dès les premières années de la fondation de la colonie, avaient produit les résultats les plus fâcheux : la terre végétale des montagnes qu'on avait dépouillées des arbres qui les couvraient, s'était précipitée dans les vallons, et ces éboulements, transportés par les torrents, avaient comblé le port. Le mouillage des bâtiments n'était plus à l'abri de la grosse mer et des vents violents. Les vaisseaux de guerre ne pouvaient mouiller qu'à une demi-lieue; l'escadre de l'amiral d'Aché y avait beaucoup souffert dans l'hivernage de 1761. M. de Tromelin, fécond en ressources, indiqua à M. Poivre les moyens qu'on pouvait employer pour remédier à des inconvénients si graves. L'intendant saisit tous les avantages du projet de M. Tromelin, et se joignit au gouverneur pour demander au ministre la prompte exécution d'un plan qui devait être si utile à la colonie et à l'Etat.

Dès que les travaux furent ordonnés, M. de Tromelin fit construire des digues et creuser des canaux, afin de détourner les torrents, de manière que toutes les eaux furent rassemblées et conduites derrière l'*Ile aux Tonneliers*, sur une plage inutile où les dépôts ne pouvaient causer aucun préjudice. Le curement du port ne présentait ensuite aucune difficulté, et pouvait s'opérer au moyen de cures molles et de gabares à clapet ; mais M. de Tromelin avait poussé ses vues plus loin : il avait reconnu l'avantage qu'offrait un bassin connu sous le nom de *Trou-Fanfaron*, pour un nouveau port qui serait absolument à l'abri des vents les plus violents. Ce bassin a trois cents toises de longueur, soixante toises de largeur et la profondeur moyenne de l'eau n'excédait pas dix pieds. Le curement de ce nouveau port n'avait rien qui pût embarrasser ; il s'agissait d'y donner une profondeur de vingt-cinq pieds, suffisante pour qu'il reçût les plus grands vaisseaux, ayant toute la charge dont ils sont susceptibles, et l'on avait calculé que deux cures molles, servies par quatre gabares à clapet, pouvaient, en moins de six ans, enlever les quarante-cinq mille toises cubes qui encombraient le bassin ; mais une partie du chenal qui communique au *Trou-Fanfaron*, était occupée par un banc de corail qui fermait l'entrée du bassin. L'extirpation en paraissait très-difficile et dispendieuse, et l'on avait même jusque-là regardé cette opération comme impraticable. MM. de Tromelin et Poivre en soutinrent la possibilité, et le travail fut mis à exécution. Au moyen de la poudre à canon et de percements faits à une certaine distance du centre d'explosion, de manière à interrompre la communication du mouvement et à rendre la force proportionnelle à la masse, M. de Tromelin parvint à briser sous l'eau la partie du banc qui s'opposait au passage des vaisseaux.

On fit aussi plusieurs tentatives pour rendre aux côteaux dégradés et depuis long-temps brûlés par les rayons du soleil des tropiques, la verdure et la fraîcheur dont ils avaient été dépouillés. MM. Poivre et de Cossigny essayèrent inutilement tous les arbres et les arbustes réunis en si grand nombre au jardin de Montplaisir, et ils reconnurent, après bien des expériences, que le *bois noir* (acàcia lebek) était le seul arbre qui pût réussir. M. de Cossigny se chargea d'en faire faire avec tous les soins qu'on put imaginer une immense plantation, qui a rempli les vues qu'on se proposait, et a diminué l'éboulement des terres.

En 1770 cessèrent les ravages des sauterelles, véritable fléau qui, durant plusieurs années, avait arrêté les progrès de l'agriculture. La destruction de ces insectes nuisibles est attribuée aux *martins*, oiseau porté de l'Inde et dont les légions se sont considérablement multipliées. Ils sont très-friands des sauterelles et les dévorent avec avidité, lorsqu'elles viennent de se former et qu'elles n'ont point encore d'ailes. En mémoire de ce bienfait, et pour en perpétuer la jouissance, on fit des règlements qui défendaient de tuer le *martin*, sous peine d'amende, tandis qu'on mettait à prix les têtes des autres oiseaux. Rome donna l'exemple de la reconnaissance envers les oiseaux, lorsqu'elle institua une procession où chaque année on portait, comme en triomphe, une oie sur un brancard richement orné.

En Février 1771, l'île fut dévastée par un violent ouragan. L'abbé Rochon, qui fut témoin de ce terrible météore, nous en a conservé quelques détails : la descente subite du baromètre lui causa de l'inquiétude, ainsi qu'à M. Poivre; il était quatre heures du soir. M. Poivre invita le capitaine du Port à se rendre chez lui. Cet officier, qui avait été témoin oculaire de l'ouragan de l'année 1761, ne fut pas frappé de la variation du baromètre; il dit qu'il y avait des indices plus certains : *Vingt-quatre heures avant l'ouragan*, ajouta-t-il, *vous verrez les noirs descendre des montagnes et l'annoncer. D'ailleurs le coucher du soleil me décidera sur les mesures que je dois prendre pour prévenir, autant qu'il est en moi, les acci-*

dents inséparables de ces affreuses tourmentes. Les observations de M. Rochon et les instances de M. Poivre ne purent le persuader ; il fallut attendre le coucher du soleil. Le ciel était pur et serein ; mais le mercure baissait toujours dans le tube du baromètre ; le coucher du soleil fut beau. Le capitaine du Port, qui avait long-temps servi sur les vaisseaux de la Compagnie des Indes, se retira fort content et fort rassuré sur les malheurs dont l'île était menacée. L'ouragan se déclara une heure après le coucher du soleil. Avant neuf heures, tous les vaisseaux furent jetés à la côte, à l'exception de la flûte *l'Ambulante* et d'une petite corvette nommée *le Vert Galant*. Dans un tourbillon cette flûte fut chassée en pleine mer, et la corvette qui y était attachée par une amarre fut engloutie, dès qu'on l'en eût séparée.

L'*Ambulante* sans voiles, sans gouvernail, sans vivres pour les matelots et pour un détachement du régiment irlandais de Clare, de garde sur ce vaisseau, erra pendant plus de douze heures au gré de la tempête ; les changements de vents lui firent faire le tour de l'île, et le jetèrent enfin, comme par miracle, sur le seul endroit de la côte où, dans une tourmente aussi violente, les hommes pussent se sauver. L'ouragan dura dix-huit heures sans interruption avec une égale violence ; la grosse pluie, les éclairs, le tonnerre ne calmaient pas la force du vent ; mais à trois heures du soir, le mercure, qui était descendu de vingt-cinq lignes, resta pendant quelques minutes stationnaire, puis il remonta. Dès-lors les tourbillons cessèrent, le vent devint plus constant ; enfin, à six heures du soir, il fut possible de porter des secours aux malheureux naufragés, qui étaient étendus sur le rivage, dans un état d'épuisement que ceux mêmes qui en ont été spectateurs déclarent ne pouvoir peindre avec des couleurs assez fortes. Toutes les récoltes furent détruites. Il fallut faire les plus grands efforts pour relever les vaisseaux les moins maltraités, et ce fut encore M. de Tromelin qui rendit ce service important à la colonie et au commerce. On envoya sur-le-champ la plupart de ces vaisseaux à Madagascar chercher des vivres et des provisions de toute espèce. C'est dans ces circonstances malheureuses que le talent d'un administrateur se montre avec le plus d'éclat. M. Poivre qui, dans le cours de son administration, avait déployé autant de lumières que de sagesse, avait eu la salutaire prévoyance de faire hiverner plusieurs vaisseaux au Cap de Bonne-Espérance. Les capitaines de ces bâtiments, avertis du malheur de l'Ile de France, apportèrent promptement des secours abondants qui sauvèrent la colonie d'une disette absolue ; car ils arrivèrent fort peu de temps après un second ouragan, dont les nouveaux ravages avaient abattu l'espoir et le courage des infortunés habitants. Cette seconde tourmente, arrivée en Mars, ne fut pas si terrible que la précédente, mais elle causa cependant des dégâts qui prouvent un degré de force considérable ; un seul fait donnera l'idée de sa violence : le grand mât de hune du vaisseau *le Mars*, de 64 canons, fut rompu au ras du chouquet, quoiqu'il fût amené. L'abbé Rochon évalue la vitesse du vent à 150 pieds par seconde dans cette circonstance. *Lorsque la vitesse du vent*, dit-il, *excède cette mesure, tout cède à sa force ; les plus gros arbres sont déracinés, les maisons les plus solidement bâties sont renversées ; ni la pesanteur des ancres, ni la force des cables, ni la bonne tenue du fond ne sont plus capables d'assurer le mouillage des navires ; le vent les jette à la côte et les brise, lorsqu'ils ne peuvent pas se faire un lit sur la vase.*

M. Poivre ne bornait pas sa sollicitude aux objets soumis à son administration ; son zèle s'étendait à tout ce qui pouvait contribuer au progrès des sciences. Jamais il ne laissa partir du pays un vaisseau destiné à visiter des contrées peu connues, sans donner au capitaine et aux officiers éclairés des instructions sur les recherches auxquelles ils devaient particulièrement s'attacher, sans leur recommander de lui adresser les plantes et les productions des climats qu'ils allaient explorer. Lorsqu'on arma à l'Ile de France le bâtiment destiné à ramener à l'île de Taïti l'indien Aotourou qui avait suivi M. de Bougainville en Europe, M. Poivre désira vivement que l'abbé Rochon accompagnât le capitaine Marion dans cette expédition, et fît avec lui le voyage de la mer du Sud ; mais ni les démarches de l'intendant, ni les instances du commandant Marion ne purent décider le gouverneur à consentir au départ de l'abbé Rochon, qui avait aussi joint sa voix à celles de ses deux amis pour vaincre la résistance de M. Desroches ; celui-ci les voyait avec déplaisir préférer ce voyage à celui de son ami Kerguelen qui, dans le même temps, se disposait à aller à la recherche des terres australes. Le célèbre Commerson, malgré ses longues fatigues et l'épuisement de sa santé, n'écoutant que son zèle pour l'étude de la nature, voulut faire partie de l'expédition de Marion ; mais on y trouva aussi des obstacles qu'il ne put surmonter, et peu après les sciences le perdirent.

Les deux bâtiments le *Mascarin* et le *Castries*, sous les ordres du capitaine Marion, firent voile de l'Ile de France, le 18 Octobre 1771, pour se rendre au Fort Dauphin, où l'indien Aotourou mourut de la petite vérole. Il avait sans doute porté de l'Ile de France le germe de cette maladie qui y faisait à l'époque de son départ les plus cruels ravages. Le principal objet de cette expédition n'existant plus par cet événement, le seul désir de faire des découvertes détermina Marion, qui était un des principaux armateurs, à continuer ce voyage à ses propres dépens. Après avoir rencontré dans le Sud des possessions françaises plusieurs îles inconnues, et ajouté d'intéressantes notions à la géographie dans cette partie du globe, il périt sur les côtes de la Nouvelle-Zélande, victime d'une imprudente confiance qui l'avait livré sans défense au milieu d'un peuple féroce, et c'est dans les entrailles de ces horribles anthropophages qu'il trouve un tombeau.

Peu après (le 29 Août 1773), Kerguelen arrive en cette île, chargé par le gouvernement français du commandement de deux vaisseaux, le *Roland* et l'*Oiseau*, destinés à faire de nouvelles recherches dans ce vaste espace qui s'ouvre depuis le Cap où finit l'Afrique. Il dirige sa course vers cette extrémité du globe, et dans sa route il reconnaît les îles éparses que

Marion venait de découvrir ; il s'assure de l'existence des côtes que l'on supposait être la partie la plus avancée au nord du continent austral. Après avoir lutté contre l'intempérie d'un climat de fer, contre des mers toujours en courroux, et devancé dans cette course audacieuse un plus célèbre navigateur, re-buté de tant d'obstacles, il revient au lieu de son départ.

De ces diverses tentatives il résulte au moins cette connais-sance acquise, que le plus intrépide courage n'ajouterait rien au domaine de l'homme, en pénétrant, à travers d'incalculables dangers, jusqu'à ces extrêmes régions dont la nature a interdit l'accès, qui se refusent à toute culture et qui ne font pas partie de la terre habitable.

CHAPITRE XXI.

Départ de deux navires allant aux îles Moluques chercher des girofliers et des muscadiers ; succès de cette expédition. — Singulières réflexions de Rumphius au sujet de ces arbres. — Découverte de la patrie du mystérieux *coco de mer*. — Création du beau jardin de Montplaisir aux Pamplemousses.—Notice biographique sur M. de Céré.

Nous avons vu l'estimable M. Poivre s'exposer à tous les dangers, pour ravir la muscade et le girofle à l'avarice des Hollandais. Maintenant ses fonctions ne lui permettent plus de s'absenter des îles confiées à sa sollicitude, pour suivre en

personne ces expéditions hasardeuses; mais il se sert de l'autorité dont il est revêtu, pour les organiser et les faire exécuter.
Depuis vingt-cinq ans il s'occupait des moyens de faire porter
des Moluques à l'Ile de France une assez grande quantité de
muscadiers et de girofliers pour en assurer la naturalisation ;
ses longs efforts reçurent enfin leur récompense. Il instruisit
de tous les détails de ses travaux et de ses démarches, M.
Provost, ancien écrivain des vaisseaux de la Compagnie des
Indes, lequel parlait la langue malaise. Il le chargea de lettres
pour différents princes indiens, et le fit partir au mois de Mai
1769 sur la corvette *le Vigilant*, commandée par M. de Trémigon, lieutenant de vaisseau, accompagnée de la goëlette
l'Etoile du Matin, commandée par M. d'Etcheveri, lieutenant
de frégate. Ils firent dans plusieurs îles des recherches qui
furent d'abord infructueuses ; à l'île de Miao, par exemple, où
les Hollandais venaient de détruire les plants d'épiceries.
Après avoir voyagé quelque temps ensemble, les deux bâtiments se séparèrent le 11 Mars 1770 : M. de Trémigon se
rendit à Timor. M. Provost était passé à bord du navire de
M. d'Etcheveri pour parcourir tout l'est des Moluques. Ils
abordèrent plusieurs fois à l'île de Céram et obtinrent enfin
des rois de Gébi et de Patani, souverains indépendants des
Hollandais, quatre cents plants de muscadiers, dix mille noix
muscades, soixante-dix plants de girofliers et une caisse de
baies de girofle. M. d'Etcheveri ne songea plus alors qu'à rejoindre *le Vigilant*. Il échappa aux dangers dont le menaçait
une escadre hollandaise, opéra heureusement sa jonction avec
M. de Trémigon au rendez-vous dont ils étaient convenus, et
ils arrivèrent à l'Ile de France, le 24 Juin 1770. Le succès de
cette intéressante expédition fut consacré dans les registres du
Conseil Supérieur par un arrêté qui mérite de trouver place ici :

*M. Poivre, président du Conseil, a présenté à la Cour un
procès-verbal de la vérification faite en présence de MM. les
Chefs du Gouvernement et des notables de la colonie, le 27 Juin
1770, des divers plants et graines de noix muscades et de girofle qui viennent d'être introduits en cette île, et de l'analyse*

qui en a été faite le même jour par le sieur Commerson, natura-
liste du Roi.

M. le président retiré ;

Lecture faite des dits procès-verbal et analyse, d'où il résulte
que par les ordres et soins de M. Poivre, il a été introduit dans
cette île, le 24 Juin dernier, environ quatre cents plants de
muscadiers, dix mille noix muscades, toutes germées ou propres
à la germination, soixante-dix plants de girofliers, une caisse
semée de baies de girofle, dont quelques-unes germées et hors de
terre ; ouï le Procureur-Général du roi, la Cour considérant le
service essentiel que M. Poivre rend à cette colonie, au roi et à
l'Etat, s'est déterminée à en consacrer la mémoire dans le sanc-
tuaire de la Justice ; elle saisit pour rendre à son président
l'hommage qui lui est dû, ce moment où toute la colonie est pé-
nétrée des sentiments de la plus juste reconnaissance. Pourrions-
nous garder le silence, nous qui sommes témoins depuis trois ans
de son zèle pour le service du roi et du tendre intérêt qu'il prend
aux habitants de cette île ? Nous ne le pourrions sans être soup-
çonnés de voir avec les yeux de l'indifférence le succès de ses
soins patriotiques. Un tel sentiment est étranger à nos cœurs.
Des magistrats ne souhaitent que le bien ; si le Souverain a
borné leurs fonctions à la justice distributive, si leur objet est
plutôt la punition du crime que la récompense de la vertu, il leur
est au moins permis de porter au pied du trône des sentiments
qui n'ont d'autre base que celle de la vérité. C'est aux vues
bienfaisantes de M. le duc de Choiseul et au choix heureux qu'il
a fait de M. Poivre, que nous devons les deux objets impor-
tants dont la culture, en augmentant le commerce, peuplera, par
une conséquence nécessaire, cette île de nouveaux Colons. Ils
seront français ; ils seront donc autant de généreux défenseurs
du boulevart de la nation dans cet hémisphère ; mais en témoi-
gnant notre reconnaissance au ministre éclairé qui est le père de
cette colonie, et au sage administrateur digne de son choix,
n'oublions pas la justice due à l'instrument qui a été employé
pour notre bonheur : le sieur Provost est un généreux citoyen,

qui s'est dévoué au bien public et qui s'est acquitté de sa commission avec zèle et intelligence ; il mérite les grâces de Sa
Majesté. La Cour a ordonné que lesdits procès-verbal et analyse resteront déposés au greffe et enregistrés aux registres du
Conseil ; que copie du présent arrêté sera portée à M. le président par MM. de Chazal et Codère, conseillers qu'elle a députés à cet effet ; qu'une autre copie serait remise au sieur Provost
par le greffier de la Cour, et que M. le Général serait invité à
faire parvenir nos vœux à M. le duc de Choiseul, de peur que la
modestie de M. Poivre ne le portât à supprimer les suffrages
les mieux mérités. Fait et arrêté au Port-Louis, Ile de France,
au Conseil Supérieur tenu le 10 Juillet 1770.

DE CANDOS. — CODÈRE.

Le gouverneur, M. Desroches, guidé par un excès de zèle,
conçut aussitôt le projet de concentrer à l'Ile de France la
culture du muscadier et du giroflier. Le Conseil Supérieur partagea son sentiment, à l'exception de M. Poivre qui s'opposa
à l'ordonnance qui fut rendue à ce sujet, mais qu'il ne put se
dispenser de signer, n'ayant trouvé personne qui fût de son
avis ; mais il écrivit au ministre pour lui mettre sous les yeux
les graves inconvénients qui pouvaient résulter de ce privilége
exclusif accordé à l'Ile de France pour la culture des épiceries.
Le gouvernement entra dans les vues de l'intendant et l'on fit
passer des muscadiers et des girofliers à l'île de Bourbon et à
la Guyane.

Malgré l'heureux succès de l'expédition de MM. de Trémigon et d'Etcheveri, l'intendant Poivre, dont la sage prévoyance allait au devant de tous les accidents, jugea qu'il était
prudent, pour assurer à jamais aux colonies françaises la possession des épiceries fines, d'ordonner un second voyage. Il fit
donc partir encore M. Provost pour les Moluques, au mois de
Juin 1771, sur la flûte l'Ile de France, commandée par M.
Coëtivi, enseigne de vaisseau, accompagnée de la corvette le

Nécessaire, commandée par M. Cordé, ancien officier de la Compagnie des Indes. De ce second voyage à Gébi, ils apportèrent une moisson de muscadiers et de girofliers plus considérable encore que la première. Ces arbres se plaisent à l'Ile de France et y ont réussi parfaitement ainsi qu'à Bourbon ; les fruits qu'ils y produisent ne le cèdent, ni pour la beauté ni pour le parfum, à ceux qui sont tirés des Moluques, et si l'abbé Raynal a trouvé que les clous de girofle, sortis du jardin de l'Ile de France, étaient *petits, secs et maigres*, c'est que ceux qu'il a vus, étaient le premier rapport d'arbres faibles et encore languissants, nouvellement plantés dans une terre étrangère. La culture de ceux qui furent transportés de l'Ile de France à Cayenne en 1772, 1783 et 1788 a obtenu les mêmes succès : le girofle qu'on y récolte vaut celui d'Amboyne. L'industrie de l'homme et la nature ont donc donné un démenti formel au célèbre Rumphius, qui, pour entrer sans doute dans les vues de la Compagnie hollandaise, qu'il servait, prétendait qu'il était impossible de cultiver avec succès le giroflier ailleurs qu'aux Moluques : *les habitants de Java, dit-il, et ceux de Macassar ont transporté chez eux des arbustes et des semences du giroflier. Les plants ont crû jusqu'à la grandeur ordinaire de ces arbres, mais ils n'ont pas porté de fruits. On en peut conclure que Dieu a sagement distribué à chaque nation des richesses, des productions diverses, et qu'il a renfermé le girofle dans l'enceinte des Moluques, hors desquelles aucune industrie humaine ne peut le propager ou le cultiver jusqu'à sa perfection.*

Ce que dit le même Rumphius, en commençant la description du muscadier, n'est pas moins singulier, et l'on ne peut guère croire que ce savant naturaliste ait écrit sérieusement ce curieux préambule : *Le Créateur, dit-il, pour obliger les hommes à s'occuper de travaux et d'exercices utiles, a caché, dans les entrailles mêmes de la terre, le diamant, l'or et les choses les plus précieuses ; c'est par la même raison qu'il lui a plu de receler dans un des coins de l'Orient, à la plus grande distance et dans de petites îles peu nombreuses, la muscade et le* girofle. *La noix muscade croît néanmoins dans un plus grand nombre d'îles que le giroflier, et on la trouve dans presque toutes les Moluques.* Il ajoute, et ceci peut être vrai, qu'*autrefois il y eut des conventions entre les habitants d'Amboyne et ceux de Banda, en vertu desquelles la culture du giroflier était interdite à Banda, comme celle du muscadier à Amboyne ; car le Dieu Tout-Puissant, disent ces insulaires, a réparti ses dons divers aux différentes îles, et chacune doit en être satisfaite. Les muscadiers croissaient cependant à Kelangeeram et dans les îles du Sud-Ouest ; mais ils y ont été détruits soit par la guerre, soit par des traités conclus entre nous et les indigènes.* Cette dernière réflexion ferait croire que les Hollandais s'imaginent que la Providence a besoin de leurs traités et de quelques soldats pour seconder ses vues et faire exécuter ses décrets. — Du reste M. Provost confirme, dans le rapport qu'il fit de son voyage, ce que d'autres voyageurs avaient dit, et ce que l'on trouve aussi dans l'abbé Raynal, sur la conduite des Hollandais à l'égard du commerce des épiceries, dont le monopole les avait enrichis depuis deux siècles. Après avoir asservi les peuples qui les possédaient, et s'en être ainsi rendus propriétaires exclusifs, ils déracinaient un grand nombre de ces arbres précieux, et brûlaient même souvent les fruits de ceux qu'ils avaient conservés, dans la crainte que le prix n'en diminuât entre leurs propres mains.

L'arbre à pain que les Indiens nomment *Rima*, est encore une acquisition que la colonie doit à M. Poivre. Le pain de *Rima* est la nourriture commune des habitants des îles Mariannes, des Moluques et des Philippines. Il est fait mention du *Rima* dans le *Voyage autour du Monde* de lord Anson : *Nous le mangions,* y est-il dit, *au lieu de pain, et généralement tout le monde le préférait à cette nourriture ; de façon que pendant notre séjour dans l'île de Tinian, on ne distribua point de pain à l'équipage.* — De l'Ile de France le *Rima* fut transporté à la Guyane où il donne des fruits en abondance. Quoique placé près des côtes occidentales de l'Amérique et séparé des Antilles seulement par l'isthme de Panama, l'arbre à pain n'avait pas franchi, durant tant de siècles, cette digue étroite. La jalousie qui ferme les colonies espagnoles aux étrangers, empêcha de l'apporter par cette route à Saint-Domingue et aux Antilles; il fallut donc faire parcourir à cet arbre les trois quarts du tour du globe pour l'envoyer à la Guyane.

Tandis que d'un côté on s'occupait de conquérir les épiceries des Moluques, de l'autre le hasard fit enfin découvrir aux îles Seychelles le palmier qui porte le *coco de mer*, fruit jusqu'alors mystérieux et si recherché aux Indes et dans toute l'Asie: l'ingénieur Barré, se trouvant à l'archipel des îles Seychelles pour en lever les plans, ramassa sur le rivage de l'île Praslin une noix qui lui parut être le *coco de mer*; mais ayant pénétré dans l'île et ayant vu la terre jonchée de fruits semblables, et une forêt de palmiers qui les produisaient, il en conclut que ce n'étaient point de vrais *cocos de mer*, et se borna à porter à l'Ile de France, comme objet de curiosité, quelques-unes de ces noix que M. Poivre reconnut pour être précisément ce fruit qui avait donné lieu à tant de fables et d'idées superstitieuses chez différents peuples. La forme singulière et impudique de cette noix, appelée par les botanistes *nux medica*, a peut-être contribué à sa célébrité. Ceux qui n'auraient pas eu l'occasion de voir ce fruit, en trouveront une description détaillée dans Sonnerat (*). Avant que la patrie en fût découverte, il n'était connu que pour avoir été trouvé flottant dans l'Océan Indien. Rumphius prétendait que ce n'était point une production terrestre qui aurait pu tomber dans la mer, mais un fruit sorti du sein des flots, et dont l'arbre se dérobait aux regards des hommes. Du reste, voici avec quelle emphase il en parle : *Mirum naturæ, quod princeps est omnium marinarum rerum quæ raræ habentur.* De pareilles idées sur ce fruit expliquent le prix élevé qu'on y mettait et les lois que dicta à ce sujet la superstition : aux îles Maldives, peine de mort contre les personnes qui possédaient des *cocos de mer*,

Voyage à la Nouvelle Guinée.

et ceux qu'on trouvait étaient confisqués pour le roi, qui les vendait à un haut prix, ou les distribuait comme des présents dignes de la munificence royale.

Avant de terminer ce chapitre, il me reste à parler du beau jardin que créa M. Poivre à *Montplaisir*, enclos qu'il avait acheté à une petite distance de la ville, aux Pamplemousses, et qui fait l'étonnement et l'admiration des voyageurs et des savants qui le visitent. C'est là qu'au milieu de milliers d'arbres et d'arbustes divers, il fit cultiver les muscadiers et les giro-fliers qu'il avait introduits dans l'île ; c'est là qu'on peut conce-voir l'idée de ce que le climat de notre île est susceptible de produire, lorsqu'il est secondé par l'industrie de l'homme intelligent et éclairé. Là se trouvent confondues avec les productions du pays, celles de la Perse, de la Chine, du Pégu, de Java, de Ceylan, des Moluques, des Canaries, du Brésil ; à côté des fleurs qui ornent les bosquets de la France, on voit les arbrisseaux curieux de l'Australie ; ici sont les hôtes des montagnes de Gate, là des plantes qui naquirent sur les rives de l'Indus et du Gange. Les sables arides de l'Arabie, les plaines marécageuses de Madagascar, les bords brûlants du Niger, les vallées délicieuses de Cachemire, les côteaux parfumés d'Yémen ont aussi payé leurs tributs à *Montplaisir*, et telle est l'intelligence qui a présidé à la réunion et à la disposition de ces plantes diverses, qu'il n'en est pas une qui ne contribue à l'effet synoptique de ce magnifique jardin. Des canaux tracés dans différentes directions font circuler de tous côtés une eau limpide, qui entretient une fraîcheur délicieuse dans ces allées sombres et profondes, dont le studieux silence invite à la méditation, et remplit l'âme d'une douce mélan-colie. Que de charmes j'ai souvent trouvés à promener mes rêveries à l'ombre de ces bosquets en fleurs, dans cette solitude animée, où les arbustes, les fleurs même prennent une voix et parlent un langage que le cœur ne saurait manquer d'entendre. Que de fois j'ai arrêté ma pensée sur le poétique symbole d'un olivier croissant à l'ombre d'un laurier ; que de fois je me suis senti ému, en voyant la touchante allégorie d'une rose penchée sur un cyprès. Qu'on aime alors à payer son tribut de reconnaissance aux hommes généreux qui se sont plu à préparer tant de jouissances aux Colons ! Poivre, Commerson, Céré, Du Petit-Thouars apparaissent de toutes parts, et remplissent ces lieux charmants du souvenir de leurs bienfaits.

Le passage suivant fera connaître l'effet que produit le jardin de *Montplaisir* sur l'esprit des étrangers qui le visitent. Il est extrait d'une relation faite par un voyageur éclairé, M. Melon, qui, après avoir parcouru l'Europe, l'Egypte et l'Asie, passa en cette île en 1786 : *Le jardin national de l'Isle de France me paraît une des merveilles du monde. Le climat de cette isle lui permet de multiplier en pleine terre les productions de toutes les parties de l'univers. Le voyageur trouve rassemblées dans ce jardin plus de six cents espèces d'arbres ou d'arbustes précieux, transportés des divers continents. Tous n'ont pas atteint encore leur point de perfection. Il faut du temps et des soins pour acclimater et naturaliser les arbres. Cette partie de la culture, qui demande beaucoup d'observations, de sagacité et de philosophie, était une des choses dans lesquelles M. Poivre excellait. M. de Céré, son élève, y est devenu très-habile. Le manguier a été vingt ans dans les isles de France et de Bourbon sans donner de bons fruits. Les deux isles sont actuellement couvertes de ces arbres, qui produisent en grande abondance des fruits délicieux. On peut dire la même chose de plusieurs autres, qui par degrés y ont réussi.*

Lorsque M. Poivre quitta la colonie, il céda son jardin de *Montplaisir* au gouvernement, pour le prix qu'il l'avait acheté, faisant ainsi hommage aux Colons des travaux et des dépenses qu'il lui avait coûtés. L'estimable M. de Céré, dont le nom, orné des palmes de la reconnaissance, ne s'effacera jamais de nos annales, fut alors chargé de la direction de *Montplaisir*, conformément au désir de son illustre ami M. Poivre. M. de Céré est un des Colons qui ont le mieux mérité du pays, et à ce titre, nous ne devons point perdre de vue cette succession non interrompue de travaux utiles, d'œuvres bienfaisantes, de services rendus qui, s'enchaînant mutuellement, n'ont fait, pour ainsi dire, de toute sa vie, qu'un seul acte de vertu.

Jean-Nicolas de Céré, chevalier de la Légion d'Honneur, major d'infanterie, commandant du quartier des Pamplemousses, directeur du Jardin Royal, correspondant de la Société Économique des Philippines, de la Société d'Agriculture et du Muséum d'Histoire Naturelle de Paris, naquit à l'Ile de France en 1737. Sa famille, d'origine italienne et d'une ancienne noblesse, s'était établie en France au commencement du 14e siècle. Son père, M. Toussaint-François de Céré, officier de marine, envoyé en cette île pour commander le port et diriger des travaux importants, s'acquitta de sa mission avec distinction et rendit de grands services au gouvernement. Il fit ensuite la campagne de l'Inde sous M. de Labourdonnais, et y montra autant d'habileté que de bravoure. Le service militaire ne lui permettant pas de s'occuper personnellement de l'éducation de son fils, et la colonie n'offrant guère de ressources à cette époque pour des études régulières, il le fit partir pour France dès l'âge de cinq ans. Des accidents imprévus déconcertèrent les sages mesures qu'avait dictées la tendresse paternelle pour tous les soins qu'exigeait un enfant d'un âge si tendre : Le vaisseau sur lequel il était parti, ayant été poussé à la Martinique, et le capitaine à qui il était confié étant mort, il fut envoyé sur un autre bâtiment à Brest, et l'on ne sut plus quels étaient ses parents. Il fut remis à une femme qui en prit soin, jusqu'à ce que sa famille, vivement alarmée sur son sort, fût parvenue à le retrouver, après bien des réclamations dans les papiers publics. Il fut alors envoyé au collége des Jésuites de Vannes où il commença ses études classiques, qu'il alla achever à Paris. Il se destinait au génie ; mais comme à cette époque on faisait un armement considérable pour l'Inde, le jeune Céré fut saisi du désir d'aller faire ses premières armes et chercher la gloire sur le théâtre où son père s'était distingué. Il demanda donc à faire partie de cette expédition, et fut chargé de commander un détachement de soixante hommes sur le vaisseau qui portait le général Lally. Après avoir fait deux campagnes sur mer, il vint se fixer à l'Ile de France où son père, qui n'existait plus depuis quelques années, lui avait laissé des biens considérables.

La fortune et les séductions du monde n'égarèrent point sa jeunesse : l'étude et la réflexion furent sa sauvegarde et le préservèrent de ces déceptions si communes dans les transactions de la vie, lorsqu'on ne s'est pas prémuni contre elles. Il ne fuyait point le commerce des hommes, il n'était point insensible aux charmes de la société, mais il y apportait cette modération qui lui en faisait goûter les agréments, sans en partager les illusions. L'arrivée de M. Poivre en cette colonie fut une circonstance heureuse pour M. de Céré, dont le goût studieux, l'âme élevée et l'amour du bien public furent dignement appréciés par ce philosophe. La conformité de leurs idées et de leurs penchants établit bientôt entre eux une amitié qui ne s'est jamais altérée. Ils s'occupèrent ensemble de créer dans l'île une nouvelle branche de commerce avec la métropole, celle des épiceries, et ce fut M. de Céré qui se chargea des détails de la culture de ces pépinières qu'on venait de former à Montplaisir, après tant d'efforts et de difficultés vaincues. Après le départ de M. Poivre, M. de Céré eut à lutter quelque temps pour la prospérité et même la conservation du Jardin Royal, contre le nouvel intendant qui était loin de partager les idées de son prédécesseur ; mais heureusement la réputation qu'avait acquise M. de Céré par ses travaux et ses correspondances avec les savants de Paris, le firent nommer directeur du Jardin Royal en 1775.

Maître alors de diriger cet établissement selon ses idées, il ne tarda pas à y faire de puissantes améliorations. Privé de secours du gouvernement, il fit à ses frais les dépenses que ses utiles projets exigeaient, et malgré l'ordre et l'économie qui y présidèrent, il y employa des sommes considérables. Les poivriers, les cannelliers, les girofliers et les muscadiers s'y multiplièrent en grand nombre, et de jeunes plants furent distribués aux habitants des deux îles. Le succès de cette

entreprise fut si complet, que peu d'années après, un particulier recueillit sur son habitation vingt-huit milliers de girofle,
et que M. Hubert avait à Bourbon, en 1786, une plantation
de huit mille girofliers. M. de Céré étendit alors son patriotisme et ses bienfaits plus loin, et des caisses de végétaux
tirés de ses pépinières furent envoyées aux colonies françaises
d'Amérique. M. de Céré, partageant les vues de M. Poivre,
désirait ardemment de faire porter une seconde fois à l'Ile
de France, le riz sec de la Cochinchine, et de joindre cette
plante alimentaire aux épiceries qui enrichissaient déjà Montplaisir ; mais n'ayant pas obtenu l'approbation du gouverneur, il lui fallut renoncer à l'exécution de ce projet.

M. de Céré ne borna pas ses soins à la culture des épiceries ;
une multitude d'arbres fruitiers partageaient sa sollicitude, et
plusieurs espèces sont aujourd'hui très-répandues dans l'île :
le *mangoustan* de Java, qui ressemble beaucoup au citronnier,
et qui a la touffe si belle, si régulière, si égale, qu'on le pré-
fère à Batavia au marronier d'Inde pour l'ornement d'un jardin.
Le *Jamrosa* de l'Inde, qui forme de si belles allées, que parfument des grappes de fruits roses, dont on obtient, par une
préparation facile, un excellent alcohol ; le *pamplemoussier* de
Siam, qui porte une orange presque aussi grosse qu'un melon,
dont la chair est excellente et d'un goût de fraise, et dont
l'épaisse écorce fait d'excellentes confitures ; le *jaquier*,
l'analogue du *rima* des Célèbes, arbre superbe, dont la cîme
arrondie et le feuillage touffu projettent une ombre profonde,
dont les rayons du soleil ne peuvent jamais altérer la fraîcheur ;
le *cafier*, originaire de Moka, dont les petites baies à deux semences sont couvertes d'une écorce écarlate, qui donne à
l'arbre qui en est chargé un aspect si gai et si éclatant ; le
litchi de la Chine, l'*avocatier* et le *cacaoyer* d'Amérique,
l'*arbre de Cythère* et beaucoup d'autres croissaient en même
temps à Montplaisir sous les regards attentifs et vigilants de
M. de Céré. Aussi s'adressait-on toujours à lui des différentes
parties de l'Europe, lorsqu'on désirait y faire venir les productions des tropiques, et la collection des plantes qu'il envoya

à l'empereur d'Allemagne, en 1782, et dont M. Jacquin a donné le catalogue à la tête de l'*Hortus Schœnbrunensis*, fut sans contredit la plus riche qu'on eût jusqu'alors reçue de nos climats.

Si le *gouramy*, cet excellent poisson de Chine, est depuis long-temps commun dans les bassins et dans plusieurs rivières, c'est à M. de Céré qu'on en est redevable ; il en avait donné plusieurs individus à M. de Suffren pour les porter en France ; mais le bâtiment sur lequel ils se trouvaient ayant eu un combat à soutenir près des Açores, la barrique qui les contenait fut fracassée d'un coup de canon.

En agronome éclairé, M. de Céré sut apprécier l'avantage des observations météorologiques ; il s'y livra avec une régularité qui ne s'est pas démentie un seul instant pendant plusieurs années consécutives, et il en est résulté des tableaux du plus grand intérêt. Un homme si généreusement dévoué à la science et à son pays ne devait pas manquer de posséder à un haut degré les qualités philanthropiques et hospitalières ; il les mit toute sa vie en pratique, avec cette simplicité douce, ces prévenances délicates, cette politesse de cœur qui faisaient presque oublier aux étrangers qui logeaient chez lui, qu'ils n'étaient pas au sein de leurs familles, et le seul instant de peine et de regret qu'ils ressentissent, était celui où ils se séparaient de cet homme de bien. Le botaniste du Petit-Thouars, qui arriva en cette île en 1793, pour rejoindre son frère qui commandait un vaisseau destiné à la recherche de Lapérouse, apprit la perte de ce bâtiment sur lequel il avait placé toute sa fortune. M. de Céré, touché de cet accident, ouvrit ses bras au naturaliste malheureux, et durant les dix-huit mois que M. du Petit-Thouars passa chez lui, l'urbanité, la bienveillance et l'amitié s'allièrent pour adoucir l'amertume de sa situation. Cette tranquillité dont jouit M. du Petit-Thouars le mit à portée d'étudier et de décrire les productions de notre île, et de méditer les ouvrages qui lui ont valu un rang distingué parmi les botanistes. M. Chapelier et d'autres voyageurs français reçurent aussi de M. de Céré à cette époque le même accueil et les mêmes secours, pour tout ce qui pouvait contribuer à l'accomplissement de leurs desseins.

Lorsque des événements politiques, interrompant les communications avec l'Europe, retinrent en cette île M. Boose, jardinier en chef du jardin impérial de Schænbrunn, envoyé aux îles Bahama et de là à l'Ile de France, pour en rapporter des végétaux vivants, M. de Céré le reçut avec empressement, eut pour lui tous les égards, lui donna toute l'assistance que peut inspirer la sympathie la plus sincère. Ce botaniste, ayant ensuite trouvé pour effectuer son retour en Europe, un vaisseau qui ne pouvait se charger de la collection qu'il avait déposée à Montplaisir, montra de l'inquiétude sur le sort de ces plantes qui lui avaient coûté tant de peines, et qu'il n'osait abandonner. M. de Céré le tranquillisa à ce sujet, lui promettant non-seulement de veiller à leur conservation, mais encore de travailler à en accroître le nombre, jusqu'à ce qu'il trouvât une bonne occasion pour les faire parvenir à leur destination. Tant de bons procédés furent appréciés par l'empereur Joseph II, qui envoya son portrait en pied à M. de Céré, comme un témoignage de son estime, lorsqu'il chargea le capitaine Baudin de transporter en Europe la collection de Boose.

M. de Céré avait une correspondance très-étendue; il adressait continuellement ses observations à MM. de Buffon, Daubenton, Thouin, de Lamarck et à la Société d'Agriculture, laquelle, appréciant l'utilité de ses travaux et les services qu'il rendait à la science, lui décerna en 1788 une médaille d'or, qui fut accompagnée d'une lettre par laquelle le ministre lui exprimait sa satisfaction. Son nom est souvent cité dans les mémoires de plusieurs sociétés savantes, et dans le *Dictionnaire d'agriculture de l'Encyclopédie*, et les voyageurs qui l'ont connu, n'ont pas manqué de lui payer le double tribut qu'ils devaient à ses connaissances et à ses vertus. Le gouvernement français accorda une pension à M. de Céré, qui y fut sensible, parce qu'il y vit un souvenir et un témoignage de bienveillance ; mais elle ne put en aucune façon le dédommager des sacrifices pécuniaires qu'il avait faits pour des institutions, où il ne s'était proposé d'autre but que l'utilité publique et dont il n'attendait d'autre récompense que le plaisir d'avoir servi son pays.

Rien ne prouve mieux la réputation de sagesse et d'équité dont il jouissait que l'empressement avec lequel on avait recours à son jugement pour vider les différends qui s'élevaient sur divers sujets, et sa décision était toujours respectée par les deux parties. C'était encore à lui qu'on s'adressait ordinairement, lorsqu'on avait besoin d'un intermédiaire éclairé auprès du gouverneur, et l'influence méritée dont il jouissait rendait presque toujours certain le succès de ses démarches.

Le portrait fidèle que je viens de tracer de cet homme vertueux, de ce bon citoyen, doit faire penser qu'il goûta toute sa vie un bonheur réel ; il ne fut cependant pas exempt de certains soucis que lui causèrent les contradictions du successeur de M. Poivre au sujet du Jardin Colonial, les troubles de la révolution et les échecs qu'éprouva sa fortune ; mais il avait autour de lui tant de sources de consolations, au sein de son estimable famille, dans la vue de ses œuvres bienfaisantes, les témoignages de reconnaissance qu'on lui donnait et les marques de considération dont il était environné, qu'on peut dire que ses chagrins furent bien compensés par les jouissances pures qu'il goûta jusqu'au terme de sa carrière, arrivé le 2 Mai 1810.

CHAPITRE XXII.

Départ de MM. Desroches et Poivre, remplacés par MM. de Ternay et Maillard Dumesle. — Arrivée de M. Villaret-Joyeuse; ses services dans la campagne de l'Inde. — Première publication de journaux dans l'Ile. — Accidents fâcheux. — Épisode de la famille Lehec. — Supplice de *Sans-Quartier*. — Etait-il coupable ?

Le 21 Août 1772, le chevalier de Ternay releva M. Desroches de son gouvernement, et M. Maillart Dumesle, intendant des deux îles, succéda le même jour à M. Poivre, qui quitta l'île avec l'abbé Rochon dans le mois d'Octobre suivant. De retour dans sa patrie, il n'obtint pas tout de suite la justice qu'il méritait et les récompenses que l'Etat doit à un citoyen vertueux qui a long-temps consacré ses talents aux fonctions publiques dans des places difficiles et importantes. Il trouva même, en arrivant à Versailles, l'apparence d'une disgrâce; mais enfin au bout de deux ans, M. Turgot, appréciateur éclairé des services de M. Poivre, se montra son protecteur: douze mille francs de pension lui furent accordés avec le cordon de Saint-Michel. M. Poivre termina sa carrière le 6 Janvier 1786, avec la tranquillité d'un philosophe chrétien.

Peu après l'arrivée de M. de Ternay, son parent le jeune Villaret-Joyeuse, si célèbre depuis dans les fastes de la marine, se rendit auprès de lui en cette île. Une affaire d'honneur dans laquelle il tua son adversaire l'avait obligé de quitter le régiment d'infanterie où il servait, et ses idées s'étaient alors tournées du côté de la marine. Son mérite fut bientôt apprécié par M. de Ternay, qui le chargea de missions importantes auprès d'Hyder-Aly et d'autres chefs indiens. Le succès qu'il obtint, les talents dont il donna des preuves en ces occasions le firent remarquer par le bailli de Suffren, qui lui confia divers commandements. Il justifia toujours l'opinion avantageuse que cet amiral avait conçue de lui, et la conduite qu'il tint dans des circonstances extrêmement difficiles, qui exigeaient autant de bravoure que de capacité, acheva sa réputation, le fit regarder comme un des meilleurs officiers de la marine royale et lui valut les distinctions et les récompenses que M. de Suffren demanda et obtint pour lui. Ce fut donc dans notre île que parurent les premières étincelles qui révélèrent les grands talents de cet officier; ce fut dans nos mers qu'il acquit sa première célébrité.

L'administration de M. de Ternay n'offrit point aux Colons les agréments dont ils avaient joui sous quelques-uns de ses prédécesseurs. Un fonds naturel de sévérité joint à des préventions qu'il s'était faites contre les principaux habitants, donna à son gouvernement cette austérité qui dut lui en rendre les fonctions fastidieuses et pénibles. Il faut cependant rendre justice à sa droiture et reconnaître que si les formes étaient chez lui rudes et peu attrayantes, ses intentions du moins étaient pures. Il voyageait souvent dans l'île, pour s'assurer de l'état de l'agriculture et de la situation des habitants en général. On a même conservé le souvenir des différents endroits où il faisait ses stations: au bras de mer du Tamarin, au poste Jacotet, à la Baraque du Gouverneur au Grand-Port, au puits des Hollandais (*) à Flacq, au Poste à Fayette, etc.

Les feuilles hebdomadaires parurent pour la première fois en 1773. Les relations commerciales s'étant beaucoup étendues, les habitants, devenus plus nombreux, s'étant établis dans les quartiers les plus éloignés de la ville, on jugea nécessaire

---

(*) Le puits des Hollandais, à un quart de lieue de la mer, est un soupirail de quelques toises de diamètre, de plus ¡de 80 pieds de profondeur et plein d'eau saumâtre. A côté est une grande mare, qui contient beaucoup de poissons et qui ne reçoit point d'eau salée.—On trouve aussi aux environs, des couches d'une espèce de roche calcaire, incrustée d'os fossiles, sur lesquels on n'est pas encore bien fixé. Peut-être sont-ce des débris d'ossements du *Dronte*, oiseau singulier, dont j'ai donné la description au commencement de ce volume, et qui existait encore au temps des Hollandais, qui l'appelèrent *Walg-Vogel, oiseau dégoûtant*, à cause du mauvais goût de sa chair.

M. Julien Desjardins, qui a fait beaucoup de recherches sur ce curieux animal, donnera sans doute dans les publications qu'il fera pendant son séjour en Europe, des notions intéressantes sur cette espèce fort imparfaitement connue comme on peut en juger par ce passage de Cuvier: *Le Dronte n'est connu que par une description faite par les premiers navigateurs hollandais et conservée par Clusius et par un tableau à l'huile, de la même époque, copié par Edwards; car la description d'Hébert est puérile et toutes les autres sont copiées de Clusius et d'Edwards. Il paraît que l'espèce entière a disparu et l'on n'en possède plus aujourd'hui qu'un pied conservé au Muséum Britannique et une tête en assez mauvais état au Muséum Asmoleen d'Oxford. Le bec ne paraît pas sans quelque rapport avec celui des Pingouins et le pied ressemblerait assez à celui des Manchots, s'il était palmé.* Cuvier. Règne animal. Les Echassiers. Famille des Casoars, T. 1, P. 463.

d'avoir recours aux publications périodiques. C'est aussi de cette époque que date le changement apporté à la division de l'île, dont les districts, fixés au nombre de onze par l'ordonnance du 1ᵉʳ Août 1768, furent réduits à celui de huit par ordonnance du 30 Juillet 1773,

Nos regards vont maintenant s'arrêter sur cette succession d'événements tragiques qui, durant l'espace d'une année, attristèrent sans relâche l'esprit des Colons. Dans la nuit du 9 au 10 Avril 1773, se déclara un terrible ouragan qui ne le céda en fureur à aucun de ceux qui avaient jusqu'alors désolé le pays. Les campagnes, entièrement dévastées pendant cette nuit de destruction, ne laissaient plus de moissons à espérer, et la ville n'offrait de toutes parts que des monceaux de ruines. Plus de trois cents maisons la couvraient de leurs débris épars, et la grande église même n'avait pu résister aux efforts de la tempête. Le désordre de la rade n'était pas moins affreux : trente-deux navires étaient, les uns, chavirés sur leurs amarres au milieu du port, les autres, brisés sur les roches par l'impétuosité des vagues.

Peu après cette tempête, l'explosion du Moulin à Poudre fit périr le détachement militaire qui le gardait, ainsi que quelques personnes du voisinage.

Dans le même temps, le vaisseau *le Mars*, de 64 canons, fut consumé dans la rade. Rien ne put arrêter le progrès de l'incendie ; le feu se répandit avec une incroyable rapidité dans le vaisseau, qui bientôt fut envahi de toutes parts et sauta en l'air avec un horrible fracas. Le rivage en fut ébranlé, et l'on vit la mer couverte au loin de débris enflammés.

Enfin la nuit du 24 au 25 Février 1774 fut marquée par un de ces événements affreux qui jettent l'horreur et l'alarme dans tous les cœurs. Le sieur Lehec, lieutenant au corps royal de l'artillerie, habitait au quartier de Flacq une maison qui dépendait de l'établissement appelé *la Retraite*. Une jeune épouse aussi aimable que vertueuse faisait le bonheur de sa vie, et un enfant que le ciel avait accordé à leurs vœux, venait de serrer encore les doux liens qui les unissaient. Le 24 Février, le sieur Lehec partit pour se rendre à la paroisse des Pamplemousses, et laissa son épouse, son enfant, sa belle sœur, toute sa maison dans cet état de calme et de sérénité dont cette famille estimable jouissait habituellement. Quelques heures après, au milieu de la nuit, cette famille périt avec ses deux domestiques par le plus atroce des assassinats, et pour en faire disparaître les traces, on jeta les cadavres encore palpitants des victimes dans la maison embrasée, et les flamme. dévorantes achevèrent cette infernale destruction. Personne n'a révélé les circonstances de cette horrible catastrophe ; le crime était consommé, la maison presque entièrement brûlée, lorsqu'un voisin, sortant de sa demeure au milieu de la nuit, fut tout-à-coup frappé de l'immense clarté que l'incendie projetait sur la campagne ; il accourut et ne vit qu'un vaste bûcher, des cadavres à demi-consumés et des ossements déjà calcinés. On trouva la clef de la maison à quelque distance, dans des buissons où elle avait été jetée, et les souliers de la dame Lehec à cinquante pas de sa demeure ; on vit des traces de sang depuis cet endroit jusqu'au perron qui en était inondé. Il paraît que l'infortunée victime, pour se dérober au poignard qui la menaçait, s'enfuit vers l'établissement de *la Retraite* ; mais sa course ne fut pas assez rapide ; son assassin l'atteignit, l'égorgea et la traîna sur le bûcher. Il était donc évident qu'une main meurtrière avait d'abord immolé par le fer ces faibles victimes dont elle voulut ensuite anéantir promptement les restes sanglants, en les livrant à l'élément destructeur qu'elle avait répandu dans la maison. Le crime n'est que trop certain ; mais quelles mains forcenées se sont plongées dans le sein de tant d'innocentes victimes ? quel monstre s'est rendu coupable de telles fureurs? sur quelle tête la vengeance publique, le glaive des lois vont-ils punir cette quintuple immolation ? Voilà l'un de ces problèmes qui tracent les limites de l'esprit humain, l'une de ces questions dont le souverain scrutateur des cœurs semble s'être exclusivement réservé la solution. La plus longue et la plus sévère instruction sur le théâtre même de cette catastrophe tragique, n'a procuré que des indices peut-être trompeurs, des soupçons, des présomptions, des conjectures, et un point souvent sépare la vérité de l'erreur. Que cette pensée est effrayante pour ceux qui disposent de la vie des hommes! Quelles méditations profondes elle doit fait naître dans leur âme! Un soldat nommé *Sans-Quartier*, qui avait mérité la confiance de la dame Lehec, qui lui remettait fréquemment des marchandises à vendre, devint particulièrement l'objet des soupçons. Il fut arrêté avec plusieurs autres soldats. Tous protestèrent qu'ils n'avaient point connaissance des crimes dont ils étaient accusés. Pas un témoin ne déposa des circonstances de cette tragédie mystérieuse ensevelie dans les ombres d'une nuit profonde. Cependant sur des indices, on condamna *Sans-Quartier* * à être appliqué à la question ordinaire et extraordinaire, pour lui arracher l'aveu de son forfait, et la révélation de ses complices.

La vue de l'exécuteur qui venait assister les magistrats, l'horrible aspect des instruments destinés à l'étrange et cruel interrogatoire qu'il allait subir, ne changèrent point la persistance de ses dénégations; il supporta même les premiers transports de la douleur sans changer de langage, et ne cessa de répéter qu'il était innocent du crime qu'on lui imputait et que par conséquent il n'avait point de complices. Les tortures ayant augmenté, il se reconnut coupable, il désigna deux soldats pour l'avoir assisté et secondé dans cet atroce forfait. *Sans-Quartier* fut rompu et brûlé vif; les deux autres furent pendus. Au moment de monter sur le chariot fatal, après avoir reçu les lumières et les derniers secours de la religion, *Sans-Quartier* demanda comme grâce dernière que les magistrats reçussent une déclaration qu'il lui importait de leur faire

---

(*) Cet accusé déclara dans l'instruction de son procès, que son véritable nom était François de la Barde; qu'il était fils d'un chevalier de Saint-Louis; qu'il avait déguisé son nom et s'était enrôlé pour éviter la réclusion dont son père le menaçait, à cause des dissipations de sa jeunesse.

pour la tranquillité de son âme. Il leur déclara qu'il mourait innocent du crime qu'on lui reprochait ; qu'il n'en avait aucune connaissance ; que tout ce qu'il avait dit de contraire était faux et mensonger, et le fruit de la douleur, de la faiblesse et de l'altération de ses idées.... Quel trouble, quelle agitation profonde ces paroles durent jeter dans l'esprit des juges ! combien leurs entrailles en durent être émues ! *Sans-Quartier* va périr par le plus affreux supplice, et cependant les recherches les plus profondes, les investigations les plus rigoureuses n'ont pu conduire qu'à des indices. Il a fait, dira-t-on, l'aveu de son crime ! Ah ! Quel aveu, grand Dieu !.... Douce et précieuse vérité, lumière du ciel, émanation de la divinité, toi qui exerces sur les hommes l'empire le plus paisible, toi don le charme vainqueur console doucement le mortel désabusé des illusions de la faiblesse, toi qui sais inspirer des pensées magnanimes, t'attendais-tu que les hommes, dans l'excès de leur démence te donneraient pour sanctuaire un échafaud, pour ministre un bourreau ? t'attendais-tu qu'ils confondraient les accents de ta voix avec les gémissements et les sanglots ? Ce fut donc dans les horribles tortures de la question, dans ces moments affreux où l'esprit partage les convulsions du corps, que *Sans-Quartier* fit cet aveu que l'on saisit comme un trait de lumière. A côté de cet aveu, mettons la déclaration solennelle qu'il fit au dernier instant de son existence, à cette heure suprême où la dissolution du corps, la rupture de tous les liens matériels, l'approche de ce grand juge dont le tribunal redoutable s'ouvre aux yeux du mourant, laissent l'âme uniquement occupée des pensées de l'éternité ! oserons-nous affirmer que *Sans- Quartier* fût coupable ?

Il y aurait peut-être de terribles choses à dire au sujet du crime qui anéantit la famille Lehec ; mais l'absence des preuves m'impose le silence. Je dirai seulement qu'un cri unanime s'éleva contre quelques officiers en garnison à Flacq ; la dame Lehec avait souvent parlé des alarmes qu'ils lui causaient ainsi qu'à sa sœur. Peu de temps avant la catastrophe, et en l'absence de M. Lehec, elle avait entendu pendant lauit a des soupirs et des gémissements poussés avec affectation autour de ses appartements.

Quoi qu'il en soit, il me semble que ce forfait était du nombre de ceux dont la connaissance et la punition n'appartiennent qu'à celui qui sait sonder les cœurs.—Langlade, Lebrun, Baragnon, Montbailli, innocentes victimes des nuages de l'esprit humain! Et toi, trop infortuné père, vertueux Calas! Sortez tous de vos tombeaux; venez, spectres mutilés et sanglants, venez effrayer les juges téméraires, venez enseigner aux hommes qu'ils sont plongés dans une sphère immense de faiblesses, d'erreurs, d'illusions, de surprises, et que les rayons de la vérité ne percent que difficilement ces vapeurs grossières qui appartiennent à la terre. Qu'ils sachent que l'existence qu'on arrache à un innocent au milieu des tourments ne peut être rachetée par la réhabilitation de sa mémoire, et qu'une vie entière consumée dans les regrets et les pleurs, déchirée par le glaive de la douleur, par l'affreux poison du remords ne peut pas, même à son dernier terme, rendre le repos du cœur à un juge qui hasarde une condamnation sur des conjectures (*). Ah! je rends grâce au ciel de m'avoir fait naître dans un siècle où mes yeux ne seront pas exposés à rencontrer des bûchers allumés par la superstition ou la vengeance; où mon cœur ne sera pas déchiré par le récit de ces exécutions barbares qui ont trop long-temps fait la honte de l'humanité. Cette excessive rigueur pouvait jusqu'à certain

---

(*) Voici un exemple assez remarquable d'une condamnation prononcée sur des indices et des aveux faits dans les tortures de la question. Il est tiré de Charondas, liv. 9 de ses *Réponses*, Rép. I: Un mari maltraite sa femme pendant la nuit; des voisins l'entendent crier *au meurtre*. On entre le lendemain dans cette maison: on voit du sang versé, le mari éperdu, le four fumant encore et la femme ne paraît point. Le mari arrêté avoue à la question qu'il a fait expirer sa femme dans ce four. Le premier juge le condamne à mort. Le Parlement de Paris, où l'appel fut porté, était aux opinions et malgré la force des présomptions, il passait à ordonner un interlocutoire. Dans ces circonstances, la femme reparaît pleine de vie; elle avait fui avec un amant.....

point se justifier dans le temps où elle prit naissance, par l'extrême grossièreté des hommes qu'il fallait conduire. Avant qu'ils fussent éclairés par la civilisation, il fallait les réprimer par des moyens violents ; il fallait que la terreur précédât la persuasion ; mais que ces institutions sanguinaires aient encore subsisté dans les siècles où l'esprit humain a pénétré dans les profondeurs de la morale et de la philosophie, c'est un trop cruel outrage à l'humanité, c'est un aveuglement trop grand pour que les législateurs puissent jamais s'en laver (*).

(*) On trouve cependant, à côté de cette barbarie, des ordonnances où brille une sagesse digne des interprètes de la Divinité, et si les ministres des lois en avaient exactement suivi l'esprit, la terre n'aurait pas été arrosée du sang de tant d'innocents, dont la mémoire a été purgée et la honte effacée, pour faire place à celle de leurs juges. On peut en juger par ces lignes que j'extrais d'un Capitulaire de Charlemagne : *In ambiguis Dei judicio reservetur sententia. Quod certè agnoscunt, suo, quod nesciunt, divino reservent judicio ; quoniam non potest humano condemnari examine quem Deus suo judicio reservavit.*

CHAPITRE XXIII.

M. de Ternay remet le gouvernement à M. Guiran de la Brillane. — Caractère de ce commandant. — Sa mort. — Recherche de l'île de *St Jean de Lisboa*. — Passage de l'ancien gouverneur M. Magon à l'Ile de France ; il y meurt. — Administration de M. de Souillac. — Secours que donne l'Ile de France aux escadres de MM. Dorves et de Suffren.

———

Le 2 Décembre 1776, M. de Ternay remit les rênes du gouvernement à M. le chevalier Guiran de La Brillane, dont l'administration n'offre pas beaucoup d'intérêt. Les habitants, qui avaient souffert impatiemment le caractère âpre et tranchant de son prédécesseur, le regrettèrent lorsqu'ils eurent connu M. de La Brillane. Il avait cependant, dit-on, le désir de faire le bien ; mais son esprit morose, son humeur atrabilaire dominaient toute autre disposition : de là cette réserve qui ne tarda pas à dégénérer en aversion contre ce commandant, qui se trouvant alors dans un isolement pénible, au milieu de ses administrés, demanda son rappel ; mais la mort vint plus promptement mettre un terme à son gouvernement.

On s'occupa à cette époque de la recherche d'une île dont quelques marins avaient parlé, et qu'on désignait sous le nom de *St-Jean de Lisboa.* D'après les données qu'on avait sur cette île, elle était située à 200 lieues environ au sud de l'île Bourbon et avait une étendue à peu près égale à celle de cette dernière ; et d'après le rapport d'un sieur Desruisseaux, (de Bourbon) qui l'aurait visitée, elle contenait de nombreux troupeaux de bœufs et de cabris. L'intendant Poivre s'était déjà occupé de faire reconnaître cette île, et l'on sera, je pense, bien aise de trouver ici les instructions détaillées que cet administrateur avait rédigées pour les officiers chargés de cette expédition.

INSTRUCTIONS.

Pour le sieur Ayet, commandant le brick la Curieuse, *destiné à aller découvrir et reconnaître l'île de* Jean de Lisboa, *sous les ordres de M. le chevalier de St-Félix, enseigne de vaisseau, commandant la corvette l'*Heure du Berger.

Il est ordonné au sieur Ayet, commandant le brick la Curieuse, *d'appareiller de ce port en même temps que la corvette l'*Heure du Berger, *de faire la même route que la dite corvette et de se conformer en tous points aux ordres que lui donnera M. le chevalier de St-Félix commandant l'expédition.*

L'objet principal de la mission du sieur Ayet est d'employer ses talents dans l'hydrographie, pour seconder le sieur Auger, second sur la corvette l'Heure du Berger, *dans la levée des plans, des ports, des hâvres et anses, ainsi que des récifs et mouillages de l'île que les deux bâtiments vont reconnaître. Si l'expédition réussit et que l'on découvre l'île dont la reconnaissance est l'objet du voyage que va faire le sieur Ayet, il lui est ordonné, en se conformant d'ailleurs aux ordres particuliers qui lui seront donnés par M. de St-Félix, de ne pas perdre un instant pour lever les vues de reconnaissance et les plans hydrographiques, tant du port, que l'on assure être dans la partie de l'Est de cette île, que des anses et mouillages qui peuvent se trouver dans sa circonférence.*

Cet ouvrage essentiel étant achevé, il est ordonné au sieur Ayet de faire les observations suivantes :

1o. *Il reconnaîtra si l'île abonde, comme on l'assure, en bœufs, en tortues de terre et de mer et en cabris. Il apportera dans son brick quelques tortues de terre.*

2o. *Il observera si les bœufs sont faciles à approcher, s'il est aisé de les tuer et de les réduire en parcs.*

3o. *Il observera s'il y a des rivières qui se jettent dans le port, quelles peuvent être leurs profondeurs et leurs largeurs ; il observera également le cours des autres rivières, et aura soin d'en marquer les embouchures sur sa carte.*

4o. *Le sieur Ayet cherchera à remonter quelques-unes de ces rivières, qui lui paraîtront les plus considérables ; il en examinera également les remparts, pour reconnaître les excavations faites par les eaux, quelles sont la nature du sol, les différentes couches de terre et les qualités des pierres, métaux ou minéraux qui peuvent s'y rencontrer.*

A mesure qu'il reconnaîtra différentes espèces de terres, et différentes couches ou lits soit de terre, de pierres, de gravier ou de sable, il les mettra séparément dans différents seaux

pour les apporter ici, en distinguant par des numéros les diffé-
rentes couches, commençant à mettre le numéro 1 à la couche
supérieure.

5o. *Pour examiner si les rivières charrient quelques particules*
de métal précieux, le sieur Ayet fera descendre à terre une ou
deux gamelles, et il cherchera dans le lit des rivières les endroits
où les eaux déposent les parties qu'elles charrient ; il fera pren-
dre la matière déposée dans ces endroits, et la mettant dans sa
gamelle avec de l'eau, il la lavera en faisant écouler les parties
les plus légères, pour examiner celles qui seront retenues au fond
par le poids. Il apportera ici ces matières.

6o. *Il est spécialement recommandé au sieur Ayet de recon-*
naître la qualité des arbres que la nature a placés sur l'île qu'il
va découvrir ; il en ramassera, autant qu'il sera possible, les
graines, qu'il mettra par couches, si elles sont grosses, dans les
seaux de terre qu'il lui est recommandé plus haut de nous appor-
ter. Il rangera ces graines dans les seaux par lits alternatifs de
terre et de graines.

S'il est possible au sieur Ayet de ramasser les branches des
différents arbres les plus apparents avec leurs fleurs, et de les
conserver proprement entre des feuilles de papier, il nous aidera
beaucoup à connaître de bonne heure les productions de cette île.

7o. *En cherchant à connaître la nature des arbres les plus*
apparents et qui peuvent être propres à la construction, il ne sera
pas indifférent de rechercher les arbustes et même les petites
plantes, soit celles qui paraîtront aromatiques, soit celles qui au-
raient quelque apparence par leur port, par la configuration de
leurs feuilles, de leurs fleurs ou de leurs fruits. S'il s'en trouvait
quelques-unes qui eussent un extérieur plus distingué que les au-
tres, ou qui fussent remarquables par leur odeur, le sieur Ayet
pourra les enlever de terre avec la motte, les transplanter dans
un seau et les apporter ici.

8o. *Il sera facile au sieur Ayet, en parcourant, soit les bords* de la mer, soit l'intérieur de l'île, de reconnaître si elle est infestée de serpents, de reptiles ou d'insectes dangereux ou incommodes. Il cherchera à se procurer quelques individus morts de chaque espèce remarquable, pour les faire connaître ici.

9o· Le sieur Ayet fera les mêmes observations sur la partie des oiseaux habitants de l'île de préférence à ceux qui habitent la mer, et s'il peut s'en procurer quelques-uns, il tâchera d'en apporter ici, soit vivants, soit morts, ou au moins leurs dépouilles.

10. Les mêmes observations sont recommandées au sieur Ayet pour ce qui regarde les productions de la mer : poissons, crabes, et autres crustacées, coquillages, madrépores, lithophites, mousse marine ; tous ces objets sont dignes de sa curiosité, et je le prie de m'en apporter une collection.,

11o. Un des objets les plus importants à rechercher sur l'île qu'on va découvrir, relativement à nos besoins de l'Ile de France, est d'examiner si, à la portée des bords de la mer, il se trouve quelques carrières de pierres réfractaires, propres à résister au feu et parconséquent à la construction des fourneaux de nos forges. Il est très-important que le sieur Ayet nous apporte des échantillons des différentes pierres qu'il rencontrera avec une note des lieux où il les aura trouvées, et des numéros appliqués sur chaque pierre, correspondans à la note faite à ce sujet. Il ne sera pas indifférent d'apporter même des cailloux roulés, qui se trouvent dans les rivières, pour les comparer aux échantillons des pierres apportées des différentes carrières.

12o. Dans le cas de rencontre de l'île que le sieur Ayet va chercher, il signera le procès-verbal de prise de possession au nom du Roi, et il lui est spécialement ordonné de stipuler dans ladite prise de possession, qu'il a été envoyé à ladite découverte par M. le Gouverneur-Général et par l'intendant de concert.

13. Il est également ordonné au sieur Ayet d'apporter un journal de son voyage par mer, de ses courses, de ses observations

et de son travail à terre, le plus détaillé que faire se pourra et de nous le remettre à son arrivée, ainsi que tous les échantillons des différentes productions qu'il lui est recommandé de nous apporter.

A l'Ile de France, le vingt-un Juin mil sept cent soixante et douze.

Signé :   POIVRE.

Cette expédition et plusieurs autres, entreprises depuis pour le même objet, ont été infructueuses : on n'a point retrouvé l'île en question. Les uns ont pensé qu'elle aurait disparu par une catastrophe physique, et ont cité, à l'appui de cette conjecture, un passage où un voyageur rapporte qu'étant dans les parages où la position de l'île était indiquée, il vit la mer couverte de pierres ponces pendant plusieurs lieues. D'autres ont cru qu'elle était identique avec l'Ile de France. Cette opinion est reproduite dans les *Annales Maritimes et Coloniales*, 1818 : *D'après des erreurs plus fortes commises en latitude même, d'après la comparaison des observations nouvelles avec les observations anciennes, et d'après des extraits combinés des différents voyages, on a conclu que* ST-JEAN DE LISBOA *pouvait bien n'être autre chose que* MAURICE. *Nous avons vu de nos jours, au commencement de la révolution, un vaisseau Prussien, sur lequel étaient quelques passagers français, dont un avait navigué plusieurs années dans les mers de l'Inde, prendre possession d'une île qui, d'après le point du capitaine et d'après son arrivée à Maurice, s'est trouvée être* RODRIGUE.— L'île *St-Jean de Lisboa* figure encore néanmoins sur plusieurs cartes récemment dressées, et dans *l'Atlas Classique et Universel* publié en 1837 par M. Ch. PICQUET.

Le vicomte de Souillac, gouverneur de Bourbon, porteur d'un ordre du Roi pour prendre le gouvernement général des Iles de France et de Bourbon, au cas où M. de la Brillane viendrait à décéder ou à partir pour l'Europe, se rendit à l'Ile de France à la mort de ce commandant et entra aussitôt dans l'exercice de ses nouvelles fonctions au mois de Mai 1779.

En 1778, la population de la Colonie rendit les derniers hommages à un ancien gouverneur, le chevalier René Magon qui, en quittant l'administration de Saint-Domingue pour retourner dans sa patrie, se rendit d'abord à l'Ile de France, où il avait depuis plusieurs années des intérêts considérables à régler. Le désir de contribuer à la prospérité de la Colonie l'avait décidé à y laisser une partie de sa fortune, destinée à soutenir des établissemens utiles. Il mourut à sa maison de campagne de la Villebague le 5 Octobre, à l'âge de 56 ans. Il fut inhumé, suivant son désir, au cimetière des Pamplemousses où l'on voit encore son tombeau (*). Son épitaphe et ses armes y furent gravées en relief sur une surface cylindrique, de la main d'un soldat du régiment de Pondichéry. C'est un petit chef-d'œuvre de sculpture.

Le vicomte de Souillac montra beaucoup de zèle et d'activité pour tout ce qui pouvait contribuer à la prospérité du pays et à la gloire du pavillon français dans nos mers ; mais malgré le respect qu'inspirent les lumières et le patriotisme de ce commandant qui a gouverné les Iles de France et de Bourbon pendant plus de dix ans avec l'approbation générale, on ne peut s'empêcher de trouver de l'exagération dans le parallèle qu'a fait M. L. Monneron, député de Pondichéry, entre le bailli de Suffren et le vicomte de Souillac. On trouve encore des éloges prodigués sans mesure à ce dernier dans un mémoire écrit par M. de Cossigny : ces panégyriques outrés ne peuvent être regardés que comme un tribut payé par la re-

---

(*) Ce fut M. Magon qui, pendant son administration, fit édifier, en partie à ses frais, l'église des Pamplemousses que nous voyons aujourd'hui. Celle que M. de La Bourdonnais avait créée se trouvait près de là, dans une maison achetée de M. Boucher, officier des troupes, d'après un arrêté du Conseil Supérieur, en date du 25 Avril 1742, et ce pour épargner à la Compagnie la dépense qu'aurait exigée l'édification d'une église et des autres bâtiments qui en dépendent.

connaissance et l'attachement, et sous ce rapport ils font honneur à ceux qui ont écrit sous l'influence de sentimens aussi louables ; mais l'histoire fera toujours une grande différence entre les deux chefs d'escadre qni ont donné lieu à la comparaison hasardée par MM. Monneron et Cossigny : la vie civile et militaire de M. de Souillac n'offre aucune de ces actions éclatantes qui ont illustré la carrière de M. de Suffren, à qui elles ont valu le titre de *héros de l'Inde*. Les succès de cet habile général, de ce grand homme de mer sont trop connus, pour qu'il soit nécessaire de les rappeler ici ; les ennemis étonnés les ont admirés, et en conservent le souvenir. — A l'égard de l'influence politique de M. de Souillac, que M. Monneron met infiniment au-dessus de celle de M. de Suffren, rien ne justifie cette prépondérance, et il ne paraît pas qu'elle ait joué un grand rôle dans les différentes déterminations qui ont été prises par la Cour au sujet des affaires de l'Inde, et des arrangemens avec les ambassadeurs de Typoo. M. Monneron, dans son mémoire lu à l'Assemblée Nationale le 15 Octobre 1790, veut prouver que l'évacuation de Pondichéry entraîne nécessairement la perte de l'Ile de France ou la réduit à n'être d'aucune utilité pour la nation. Il dit qu'il ne saurait alléguer, au soutien de cette opinion, une meilleure autorité que celle de M. de Souillac. Voici le passage qu'il rapporte de cet ex-gouverneur: *J'ai vu avec douleur le parti d'abandonner Pondichéry et nos liaisons dans l'Inde ; ce parti, s'il était sans appel, amènerait nécessairement l'abandon des îles de France et de Bourbon, lesquelles ne seraient plus qu'une charge pour la France, si elles cessaient d'être une échelle, un intermédiaire entre l'Inde Française et la Métropole.*

Certes, cette opinion n'est pas propre à corroborer l'impression qui aurait pu résu ter de l'éloge que fait M. Monneron, des profondes connaissances de M. de Souillac en politique. Aussi, ce général, informé de l'effet qu'avait produit la publication de ce sentiment, s'empressa-t-il de désavouer la citation de M. Monneron, par une lettre qu'il adressa à M. de Cossigny et qui fut livrée à l'impression. Il eût été en effet assez difficile, si l'on avait voulu entrer dans une discussion raisonnée sur ce sujet, de prouver que la perte de l'Ile de France serait une conséquence *nécessaire* de l'évacuation de Pondichéry. Indépendamment des raisonnemens, on avait, pour décider cette question, une autorité qui vaut mieux que des opinions, c'est l'expérience : des événemens tout récents, et d'une trop grande célébrité pour être ignorés de personne, attestaient la vérité de ces paroles de M. de la Luzerne, au sujet de l'évacuation de Pondichéry : *l'Ile de France sera le réceptacle de nos flottes et l'arsenal de nos armes, lorsque nous voudrons porter la guerre aux extrémités orientales de l'Asie.*

L'importance de l'Ile de France a été démontrée avec une parfaite évidence par la campagne du bailli de Suffren. Après avoir fait briller sa valeur dans l'armée du comte d'Estaing, lors de la guerre pour l'indépendance de l'Amérique, ce brave officier vint déployer ses talents dans la mer des Indes. Faute de forces ou de chefs habiles pour les diriger, les Français essuyaient dans l'Inde des revers qui concouraient de plus en plus à l'agrandissement de la puissance rivale. Pondichéry réduit à sept cents hommes de troupes, sous le brave général Bellecombe, avait été pris après un siége de quarante et quelques jours, par le major-général Munro. Le comte d'Orves, parti de l'Ile de France avec une escadre parfaitement armée et approvisionnée, avait fait aux Indes une apparition dont il n'avait tiré aucun avantage, et était revenu après avoir refusé à Ayder-Aly-Kan de bloquer par mer Goudelour, opération qui eût achevé la défaite du général Coote, enfermé dans cette place, et n'ayant que pour quelques jours de vivres. Ce succès aurait peut-être conduit à la prise de Madras, l'amiral Hughès étant alors occupé de la prise de Bassem, près de Bombay, à la côte Malabare. Il était réservé à M. de Suffren de ranimer les esprits abattus, de ramener la victoire sous l'étendard français.

Les Anglais menaçaient depuis long-temps les établissemens français et hollandais dans l'Inde ; ils venaient même de s'em-

parer de Negapatam, et de plusieurs comptoirs sur la côte oc-
cidentale de Sumatra, lorsque la Hollande, trop faible pour
résister seule à la marine anglaise, demanda l'alliance de la
France. Au moment où cette union venait d'être conclue, les
Anglais se disposaient à attaquer le cap de Bonne-Espérance.
M. de Suffren fut choisi pour aller conduire des renforts à cette
colonie, et se joindre à l'escadre de l'Inde : il sortit de Brest
le 22 mars 1781, à la tête d'une division de cinq vaisseaux et
deux frégates. Dans la traversée, il rencontre, le 16 avril,
dans la baie de la Praya, à Saint-Jago, l'escadre anglaise en-
voyée sous les ordres du commodore Johnstone, pour s'emparer du Cap. M. de Suffren, qui avait gardé le souvenir de l'affaire de Lagos, où les Anglais avaient attaqué l'escadre de M.
de La Clue, sous les forts de ce port, malgré la neutralité du
pavillon portugais, saisit cette occasion de prendre sa revan-
che ; il pénètre couvert de voiles dans la baie, attaque l'escadre, la désempare, et poursuivant sa course, il arrive avant elle
au Cap, qui, par les renforts qu'il reçut, fut sauvé des entreprises des Anglais.

En arrivant à l'Ile de France, M. de Suffren y trouva M.
D'Orves qui était de retour de cette expédition dont je viens
de parler, et qui, au lieu d'être glorieuse pour les armes françaises, n'avait été suivie d'aucun succès. Il se répare, s'appro-
visionne et fait voile pour l'Inde avec M. D'Orves le 7 Décembre 1781. La mort de ce dernier, arrivée le 9 Février 1782,
laissa à M. de Suffren le commandement de toute l'escadre
composée de 11 vaisseaux de ligne, 3 frégates, 3 corvettes, 2
flûtes, un brûlot et six vaisseaux de transport. En sept mois
il livra quatre combats à l'amiral Hughes et reprit en cinq jours
le fort de Trinquemaley, que les Anglais avaient enlevé aux
Hollandais. La prise de ce fort, situé sur la côte orientale de
l'île de Ceylan le rendit maître d'un des plus beaux ports de
l'Inde, assura ses moyens d'attaque et ses communications, lui
donna la prépondérance dans ces parages, rétablit la réputation des armes françaises dans l'Inde et excita Ayder-Aly à
faire de plus grands efforts contre l'ennemi commun. Ce prince,

l'un des plus puissants souverains de l'Asie, se déplaça de quarante lieues avec une armée de 80,000 hommes, pour venir témoigner son estime et son admiration à l'amiral français. M. de Suffren contribua encore à la prise de Goudelour et à la reprise de Pondichéry.

Tels sont les faits qui prouvent que l'Ile de France peut être utile sans un point d'appui aux Indes ; car tout le monde sait que les moyens dont M. de Suffren s'est servi provenaient de cette colonie ; que la garnison de l'Ile de France a fourni les soldats des vaisseaux et la plus grande partie des troupes qui ont pris Trinquemaley, Goudelour, et repris Pondichéry ; que l'escadre de M. D'Orves revenue faute de vivres de l'Inde s'est réparée et approvisionnée en cette île, qui a donné les mêmes secours à la division de M. de Suffren et qui, ayant ainsi abondamment pourvu ces deux escadres de munitions de guerre et de bouche, les a mises en état de faire voile pour l'Inde en même tems, et de combiner leurs efforts pour rétablir la gloire des armes françaises en Orient ; que la colonie avait cependant alors trois mille hommes de garnison, et que dans son port se trouvaient concentrés ses forces navales et tous les bâtimens de commerce et de transport qui y abordaient, et ne laissaient pas d'occasionner une grande consommation de vivres ; que c'est à l'Ile de France que M. de Bussy a trouvé toutes les ressources dont il avait besoin pour ses trois vaisseaux de ligne et ses trente bâtimens de transport ; que toutes ces escadres y ont pris les matériaux et les hommes nécessaires pour mettre leur artillerie en mouvement, et que les poudres mêmes consommées dans ces expéditions y ont été fabriquées ; que tous les corsaires qui ont causé un si grand préjudice au commerce anglais à la Côte Malabare, dans le Golfe Persique et dans la Mer Rouge ont fait leurs armemens à l'Ile de France, qui, en un mot, a de tous tems pris la part la plus active et contribué le plus puissamment aux succès qu'ont obtenus les entreprises de la France dans l'Inde. Tous ces faits notoires, mémorables repoussent victorieusement l'opinion de M. de Souillac et du député de Pondichéry, et démontrent jusqu'à la dernière évidence que l'Ile de France a en elle-même une importance politique tout-à-fait indépendante de Pondichéry ou de tout autre point d'appui aux Indes. J'aurai occasion de parler encore dans le cours de cet ouvrage des services que cette colonie a rendus à la métropole ; de faire observer qu'à une époque postérieure à celle dont je m'occupe ici, elle a soutenu l'honneur de la marine française d'une manière vraiment remarquable. Les Anglais ont su apprécier l'utilité de cette île : les tentatives qu'ils ont faites à diverses époques pour s'en rendre maîtres l'ont assez prouvé, et ils n'ont pas cessé de multiplier leurs efforts, jusqu'à cet armement immense qui les a enfin mis en possession de ce rocher qu'ils convoitaient depuis si long-tems et qui les avait si souvent maltraités. Il n'est pas un seul français éclairé qui ne sente et ne regrette la perte de l'Ile de France ; voici un passage extrait du JOURNAL DES DÉBATS : *Par sa position, l'Ile de France est un poste stratégique du premier ordre ; elle commande la route de l'Inde, et dans nos mains elle suffisait pour rendre précaire l'établissement des Anglais sur le Gange. Aussi à la paix elle ne nous a pas été restituée, et nous n'avons recouvré que Bourbon. L'Ile de France a deux excellents ports ; Bourbon n'a que de mauvaises rades foraines, ouvertes à tous les vents, et que les navires doivent fuir à la moindre bourrasque. C'est ce qui fait que Bourbon n'a aucune importance militaire, et que les Anglais nous l'ont rendu.*

CHAPITRE XXIV.

Voyage de M. de Souillac dans l'Inde. — Le gouvernement est occupé en son absence par le Colonel de Fresne, remplacé à son départ de la colonie par le Colonel de Fleury. — Distinction entre le pouvoir législatif et les fonctions judiciaires, qui s'étaient confondus dans le Conseil Supérieur. — Discours des chefs à cette occasion. — Episode du baron de Bényowsky.

——————

Le vicomte de Souillac ayant été nommé gouverneur-général de tous les établissemens français au delà du Cap de Bonne Espérance, par commission royale en date du 15 Août 1784, partit le 4 Avril 1785 sur *la Subtile,* pour se rendre à Pondichéry et delà visiter la Côte Malabare. Il s'embarqua de nuit pour éviter tout cérémonial et laissa le gouvernement à M. de Fresne, colonel du régiment de Bourbon, appelé au commandement par la législation, comme le plus ancien officier en grade, lequel fut remplacé à son départ, le 28 Juin 1785, par le chevalier de Fleury, colonel du régiment de Pondichéry.

Le voyage de M. de Souillac dans l'Inde n'offre pas beaucoup d'intérêt : Typoo lui envoya un présent, mais ne le vit point. Ce prince, en haine des Anglais, rechercha l'amitié et l'alliance des Français, qu'il regardait comme la seule nation en état de balancer la puissance britannique dans l'Inde. Cette union ne pouvait qu'être avantageuse à la France, Typoo étant un allié puissant et généreux, et elle était en même temps dictée à ce prince par des considérations d'une politique bien entendue et bien réfléchie : il savait bien que les Français lui rendraient avec profusion ce qu'il ferait pour eux, que leurs efforts ayant toujours pour but d'affaiblir la puissance des Anglais, la sienne tendrait par ce moyen à s'affermir de plus en plus. Typoo envoya une ambassade au Roi de France ; les ambassadeurs passèrent à l'Ile de France, où M. de Souillac leur fit un accueil peu convenable et qui causa une surprise générale : il leur refusa une garde du régiment et ne voulut point non plus leur faire une visite.

Trois intendants se succédèrent pendant le gouvernement de M. de Souillac : M. Foucaudt, intendant depuis 1777, relevé de ses fonctions le 4 Juillet 1781 par M. Chevreau, qui fut remplacé le 12 Octobre 1785 par M. Motais de Narbonne. Ce fut pendant l'exercice de ce dernier, que l'on s'occupa de séparer des fonctions judiciaires le pouvoir administratif que le Conseil Supérieur cumulait depuis long-temps. Cette irrégularité venait sans doute de ce que le gouverneur était en même temps administrateur et président du Conseil ; mais lorsque cette dernière charge fut laissée à l'intendant, le gouverneur voulut retirer à lui et exercer, sans le concours des magistrats, le droit qui lui appartenait et qui jusque là, par sa participation aux actes du Conseil avait été abusivement partagée par ce corps. Je donne ici le discours qui fut prononcé à ce sujet au Conseil par M. Motais de Narbonne. Il ne peut manquer d'intéresser le lecteur par la discussion du droit, l'urbanité et la noblesse d'expression qui y règnent d'un bout à l'autre :

Messieurs,

Les preuves réitérées que vous avez données de votre zèle, de l'amour de vos devoirs, de celui du bien public et de cette sollicitude si digne de louange en elle-même qui, ne vous permettant pas de vous borner à l'exercice de vos fonctions magistrales, vous portaient à scruter les abus, à les détruire et à établir de nouveaux réglemens, selon que les circonstances ou de nouvelles vues en faisaient sentir l'utilité ou la nécessité, nous ont distraits sur l'irrégularité de ces réglemens législatifs qui ne peuvent légalement émaner que du Souverain ou de ceux qui le représentent, et à qui il a confié son autorité.

Nous n'avions pas assez senti, ni vous-mêmes, Messieurs, que quelque louables, quelque bien dirigées que fussent vos vues, le défaut de légalité de vos réglements pouvait lui seul en détruire l'effet et qu'il devait aussi en résulter une sorte de confusion, un conflit d'autorité qui ont nécessairement lieu lorsque les différentes fonctions sont interverties. C'est ce que démontre le réquisitoire de M. le Procureur-Général en opposition aux arrêts de réglement des 12 Février et 12 Juillet 1784. Il s'adresse à la Cour et ne peut effectivement s'adresser qu'à elle, en observant qu'elle n'avait pu, sans une empiétation manifeste sur les droits de Sa Majesté, appliquer à la commune, des esclaves condamnés à la chaîne à vie ou à temps et conséquemment acquis à son domaine. Vous aviez, Messieurs, adressé à la vérité aux administrateurs de la colonie des représentations tendantes à leur faire connaître l'utilité dont les dits esclaves seraient à la commune ; et c'est d'après leur acquiescement aux dites représentations et eux séant au conseil, que les arrêts de réglement des 12 Février et 12 Juillet 1784 eurent lieu ; mais il n'est pas

moins vrai que ces arrêts sont émanés du Conseil Supérieur ; c'est
donc lui seul qui paraît avoir ordonné que les esclaves acquis au
domaine du roi seraient à l'avenir attachés au service de la commune. M. le Procureur Général a donc dû relever cette irrégularité et observer que le Conseil n'était pas en droit de distraire du
domaine du roi et d'appliquer à un autre objet les dits esclaves.

Sans entrer dans les autres motifs d'opposition de M. le Procureur Général, nous nous bornons à observer que celui-là seul
était suffisant pour exciter son zèle et pour le porter à requérir
contre les dits arrêts.

Il résulte de là que si tous les autres points de règlement
étaient avantageux et sans inconvénient, cette seule irrégularité
devait en annuler l'effet, ce qui n'aurait pas eu lieu, si ceux qui
réunissent au droit de faire des règlements législatifs celui de
disposer des objets appartenant au domaine, eussent fait ceux
en question. Nous ignorons les premiers motifs qui ont pu donner lieu à cette transmission de pouvoirs législatifs à l'Ile de
France, transmission qui n'a pas eu lieu, au moins pour la commune, à celle de Bourbon, où les commandants et ordonnateurs
ont fait le règlement qui établit une commune, et dans la suite
tous ceux qui y sont relatifs ; mais nous voyons avec surprise
que non seulement le Conseil Supérieur de l'Ile de France a ré-
glé celle de cette colonie, mais que l'un de ses premiers arrêts de
règlement concerne la police des églises, et les autres, par une
suite d'empiétation, plusieurs objets de police et de législation
générale, qui ne peuvent être légaux, ainsi que nous l'avons déjà observé, que lorsqu'ils émanent du Souverain ou de ceux à qui
cette portion d'autorité a été par lui transmise. Or, sans faire
mention de la législation observée dans la métropole, où les cours
souveraines de judicature, à moins d'une attribution spéciale,
n'exercent que les seules fonctions de juger sur les ordonnances,
la législation particulière des îles de France et de Bourbon est
si précise, qu'elle n'aurait jamais dû permettre cet intervertissement de fonctions si clairement désignées. Non seulement les règlements législatifs n'y sont attribués qu'au gouverneur et à l'in-

*tendant conjointement, mais, comme si ce n'était pas suffisant,
il est dit au titre de la justice, art. 32 :* Les Conseils Supérieurs
ne pourront s'immiscer directement ni indirectement dans les
affaires qui regarderont le gouvernement ; ils se renfermeront
à rendre la justice aux sujets de Sa Majesté.

*Nous jugeons donc indispensable de reprendre et de ne plus
communiquer un droit dont nous n'avions pas même le pouvoir
de nous départir. Nous répétons, et c'est une justice que nous ne
cesserons jamais de vous rendre, Messieurs, que nous n'avons eu
que des éloges à donner à la manière dont vous l'avez exercé ;
mais ce droit n'était pas le vôtre ; nous n'avions pas celui de
vous le céder, et des inconvéniens inévitables naissaient de sa
transmission seule. Indépendamment de celui qui a amené la détermination dont nous avons l'honneur de vous faire part, nous
pourrions en citer plusieurs autres ; mais nous nous bornerons à
un seul : Des colons recherchés sur leurs arrérages à la commune,
ont avancé qu'ils ne connaissaient point d'établissement légal
d'une commune, et s'ils ont été arrêtés dans leur projet de le soutenir, ce n'a été que par pure déférence ; mais ils étaient bien persuadés de la justesse de leur observation et de la bonté de leur
cause en elle-même ; car ils ne niaient pas qu'un établissement de
commune ne fût avantageux ; or les habitants de l'isle de Bourbon, poursuivis pour le même objet, n'auraient eu aucun moyen
légal de se soustraire aux poursuites faites contre eux.*

*Nous observons aussi qu'indépendamment du droit qu'ont les
seuls administrateurs de ces colonies, de faire des règlements législatifs, et indépendamment des inconvénients qui résultent de
son intervertissement, l'on doit présumer que les objets sur lesquels lesdits administrateurs auront lieu de statuer, seront scru-
tés avec plus de soin encore qu'ils ne l'étaient précédemment. En
effet, soit que nous soyons mus à agir d'après vos représentations, Messieurs, soit que nous nous y portions de notre propre
mouvement, nos règlements, avant d'être enregistrés, seront scru-
puleusement examinés par vous, et vos observations nous éclaire-
ront sur tels et tels inconvénients que nous n'aurions pas prévus*

et que vous-mêmes n'auriez peut-être pas aperçus, si lesdits rè-
glemens fussent émanés de vous; tant il est facile de s'abuser
dans ses propres œuvres, quelque bien intentionné que l'on soit.

Nous sommes persuadés, Messieurs, que d'après ces observa-
tions, vous ne pouvez vous dissimuler que vos arrêts de règlement
en matière d'administration et de gouvernement ne peuvent assu-
jettir les sujets du roi à l'exécution de leurs dispositions, parce
que vous n'avez ni mission ni autorité pour les faire, et que vous
sentez que tous les actes qui ont été faits en conséquence, ou qui
pourraient l'être, sont autant d'actes nuls et abusifs, contre les-
quels chaque citoyen a un droit d'opposition et de résistance
qui sera employé tôt ou tard.

Pour prévenir ces suites fâcheuses et rétablir les choses dans
l'ordre d'où elles n'auraient jamais dû sortir, nous reprenons
dès aujourd'hui la portion de l'autorité souveraine dont nos pré-
décesseurs n'auraient jamais dû se laisser dessaisir, parcequ'elle
n'était qu'en dépôt entre leurs mains, comme dans les nôtres, et
que notre premier devoir envers le roi est de la lui conserver dans
toute son intégrité ; mais comme nous ne perdrons jamais de vue
l'utilité de vos règlemens et la sagesse qui les a dictés, et que
nous ne sommes mus d'ailleurs par aucun motif personnel, nous
vous déclarons que nous sommes disposés à donner à vos règle-
ments la sanction dont ils ont besoin pour avoir force de loi, et
que c'est dans cette vue que nous avons arrêté le règlement géné-
ral et provisoire que nous allons vous communiquer et dont nous
demandons l'enregistrement.

Au Port-Louis, Isle de France, le 19 Décembre 1786.
Le Vte. DE SOUILLAC et MOTAIS de NARBONNE

L'année 1786 est remarquable par la mort du célèbre baron
de Bényowsky. Cet homme extraordinaire, capable de tout
entreprendre et de tout braver, dévoré d'une soif démesurée de
la gloire, termina sa carrière à l'île de Madagascar, dont il
aspirait à devenir le souverain. Doué d'une force prodigieuse,

d'une effervescence d'esprit incroyable, il avait parcouru le monde en laissant partout le souvenir de sa présence rendue memorable par des aventures qui paraîtraient fabuleuses, si l'on oubliait cette rare alliance de qualités héroïques et de puissance physique que la nature avait formée chez lui avec un degré d'exagération qui aurait probablement fait de cet officier un phénomène historique, si les vicissitudes de la fortune n'avaient entravé sa carrière militaire, et si sa mort prématurée n'avait ensuite interrompu le cours de ses nouvelles entreprises.

Maurice-Auguste d'Aladar, baron de Bényowsky, naquit en 1741 à Verbowa, dans le comté de Nitria en Hongrie. Il était d'origine polonaise, son père étant de la maison d'Aladar XIII, et sa mère de celle des comtes de Reray. Il entra en qualité de lieutenant, à l'âge de 14 ans, dans le régiment impérial de Siebenschten et se trouva aux batailles de Lobwsitz, de Prague, de Schweidnitz et de Darmstadt. Appelé en Lithuanie par son oncle, le staroste de Bényowsky, qui lui destinait ses biens, il quitta le service de l'empire. La mort de son père, arrivée peu après, donna lieu à des discussions de famille que Bényowsky vida les armes à la main. L'éclat qui en résulta lui fit beaucoup de tort à la Cour de Vienne ; il fut dépouillé de ses biens et obligé de fuir précipitamment en Pologne. Il se mit alors à voyager en Allemagne, en Hollande et en Angleterre et se trouvait à Plymouth, lorsque des lettres de Pologne, lui annonçant les troubles de sa patrie, le rappelèrent à Varsovie. Il entra dans la confédération de Cracovie, sous le commandement du maréchal de Czarnowsky et devint colonel-général, commandant de la cavalerie, quartier-maître-général. Après avoir obtenu divers avantages sur les Russes et jeté des secours dans Cracovie, il se trouva affaibli par une perte de 600 hommes et obligé de se retirer devant la cavalerie russe, qui le poursuivit et au pouvoir de laquelle il tomba, ayant reçu deux blessures et perdu son cheval, qui fut tué sous lui. Il rejeta avec dédain l'invitation que lui fit le général Apraxin, de passer au service de la Russie, et s'étant rachete pour la somme de 2000 ducats, il rentra dans la confédération de Bar, où ayant obtenu le grade de général, il reprit les armes contre les Moscovites. Les en-nemis ayant été repoussés, il reçut l'ordre d'aller en Turquie avec M. Pulawsky. Le Bacha de Natolie le reçut avec bonté et lui donna des secours de troupes et d'argent, avec lesquels passant aussitôt en Pologne, il repoussa le colonel Brinken qui l'avait attaqué avec des forces supérieures; mais affaibli par cette victoire, qui avait été long-temps disputée, il fut surpris dans le village de Szuka par un parti de cosaques qui le firent prisonnier, après qu'il eut été blessé de deux coups de sabre et d'une mitraille. Il fut alors traité avec beaucoup de cruauté par le commandant russe auquel il fut envoyé : chargé de chaînes, mis au pain et à l'eau, sans secours pour ses blessures, il fut transféré à Kiow. Dans le trajet, se trouvant en danger de perdre la vie, il obtint du commandant de Poleno, par l'en-tremise de son conducteur, d'être envoyé à l'hôpital, où il dut sa guérison aux soins d'un chirurgien français. Les cruautés recommencèrent bientôt à son égard sous un autre comman-dant, qui le fit enfermer avec quatre-vingt-huit de ses compa-gnons d'infortune dans une affreuse prison souterraine, où ces malheureux trouvaient à peine assez d'air pour respirer. Trente-cinq d'entre eux succombèrent en quelques jours, et leurs cada-vres, laissés dans ce cachot, augmentèrent beaucoup, en infec-tant l'air, le nombre des victimes. Lorsqu'il sortit de cet hor-rible séjour, Bényowsky, malgré la force de son tempérament, était dangereusement malade ; il se rétablit pourtant et dut quelques instans de liberté aux instances du maréchal Czar-nowsky. Il s'évada ensuite de Cazan pour remplir une mission politique qui avait été concertée entre les principaux prison-niers et lui, s'acquitta de son engagement, mais sur le point de retourner à Cazan, il fut arrêté par l'ordre de l'impératrice de Russie et envoyé prisonnier à Kaluga. Il parvint à lier amitié avec le commandant, qu'il mit dans son parti, et ils firent entre eux un traité, par lequel ils devaient se retirer en Polo-gne ; et déjà tout était disposé pour leur évasion, lorsque le 18 Octobre 1769 un officier de la garde arriva de Pétersbourg avec l'ordre d'arrêter le commandant ; mais celui-ci prevint l'officier en le tuant et chercha son salut dans la fuite, laissant tous les conjurés prisonniers. Ce jour même, ils furent chargés de chaînes et conduits à Pétersbourg; Bényowsky fut détenu dans la prison secrète de Fortality, d'où il fut tiré peu de jours après pour comparaître devant une commission qui, en usant de violence ou en le flattant de l'image de la liberté, obtint de lui la déclaration suivante, qu'il eut l'inconcevable faiblesse d'écrire et de signer : *Je, soussigné, reconnais que non-seulement j'ai voulu rompre mes liens, mais encore que j'ai commis un assassinat, et me suis rendu coupable de blasphèmes contre Sa Majesté Impériale, et si ma sentence doit être adoucie par un effet de la bonté naturelle à Sa Majesté, je m'engage par les présentes, après avoir recouvré ma liberté, de ne jamais mettre le pied sur les terres soumises à Sa Majesté, et encore moins de porter les armes contre elle.*

A Pétersbourg, le 22 Novembre 1769.

Le *Baron* MAURICE-AUGUSTE ALADAR DE BENYOWSKY , *général de la première confédération.*

Après avoir fait cet écrit si incompatible avec les élans de courage dont sa carrière militaire est remplie, il fut reconduit en prison, et enfin le 24 Novembre à minuit, il vit paraître un officier qui, à la tête de vingt-huit hommes, lui ayant fait mettre les fers aux pieds, le jeta dans un chariot. Au nombre de ses compagnons d'infortune se trouvait le major Wynblath, qui prit une part très-active dans la lutte qu'ils soutinrent ensuite et d'où ils sortirent victorieux. Traînés nuit et jour à travers des plaines ensevelies sous la neige, ils passèrent par Nizney, Kuzmodem et Solichanzky, s'arrêtèrent quelques jours à Tobolsk, capitale de la Sibérie, et enfin arrivèrent le 2 Mai 1770 au port d'Ochozk, d'où ils s'embarquèrent le 3 Septembre pour se rendre au Kamtschatka. Relégués à l'extrémité de la terre, sans nouvelles du reste du monde, ils conçurent le dessein et formèrent secrètement le complot de s'échapper de leur solitude. Cependant le gouverneur avait fait venir Bényowsky dans sa maison pour diriger l'éducation de ses enfans, et celui-ci avait inspiré à l'une des filles du commandant, la jeune Aphanasie, une passion violente qui la porta à faire connaître à Bényowsky le danger dont il était menacé, lorsqu'elle eut compris, par quelques paroles échappées à son père, qu'il soupçonnait le projet d'évasion des exilés. Bényowsky avait déjà pris ses mesures ; ses compagnons au nombre de 59 avaient reçu des armes et des munitions ; à la tête de cette petite troupe, il met en fuite l'officier qui commandait le détachement envoyé contre lui, s'empare d'un canon, le tourne contre le fort où il pénètre et qui reste en son pouvoir, après la mort du gouverneur, qui périt dans cette attaque avec plusieurs de ses officiers. Maître du fort, Bényowsky fut en état de résister aux Cosaques qui vinrent l'assaillir le lendemain matin, et étant parvenu à capituler avec eux, il put alors faire sans obstacle, les préparatifs de son départ. Il descendit au port où il s'empara de trois vaisseaux ; il prit pour lui le plus fort, laissant les autres démâtés, le fit débarrasser des glaces qui l'environnaient et s'y étant embarqué avec toutes les choses nécessaires, il mit à la voile le 12 Mai 1771, ayant à bord soixante-sept personnes, au nombre desquelles se trouvait la jeune Aphanasie. Arrivé à Canton, Bényowsky trouva dans la nation française des hommes sensibles à ses malheurs ; les négociants et les officiers de la Compagnie des Indes lui donnèrent des secours considérables et M. de Saint-Hylaire consentit à le recevoir sur son vaisseau pour le transporter avec sa suite à l'Ile de France, d'où il partit pour l'Europe avec l'intention d'aller solliciter du cabinet de Versailles le gouvernement de Madagascar. Peu d'années auparavant, en 1768, M. de Maudave, officier distingué, avait pris possession, au nom du roi, du gouvernement du Fort Dauphin ; mais il s'était bientôt vu obligé de l'abandonner : *Si le succès de cette nouvelle entreprise,* dit l'abbé Rochon, *n'a pas répondu aux espérances dont le ministre s'était flatté, c'est que toute colonie qui ne sera pas fondée sur le bonheur et l'instruction des peuples chez lesquels on cherche à s'établir, n'aura jamais que des succès éphémères.*

Cependant Bényowsky, à son retour en Europe, fut bien accueilli par le duc d'Aiguillon, alors ministre, qui lui offrit des soldats et les secours nécessaires pour former un établissement à Madagascar. Bényowsky accepta avec empressement cette proposition, qui s'accordait parfaitement avec ses idées, et partit en conséquence du port de Lorient pour se rendre à l'Ile de France, d'où il passa à Madagascar en Février 1774, avec un appareil militaire propre à imposer aux insulaires. L'uniforme et l'armure de ses soldats semblaient faits pour les intimider. Il prit possession de l'île, se fit reconnaître gouverneur-général, traça dans la baie d'Antongil les plans de plusieurs forteresses et y jeta les fondemens d'une ville, sous le nom de *Louisbourg*. Une circonstance singulière contribua à concilier à ce commandant l'attachement et la vénération de la nation des Sambarines. Le Souverain de la contrée, nommé Ramini Laziron, avait à sa mort laissé une fille unique, que le sort des armes avait rendue esclave et qui avait été transportée à l'Ile de France. La famille Ramini était donc éteinte, lorsqu'une vieille négresse qui était retournée à Madagascar avec l'équipage de Bényowsky, répandit le bruit qu'il était le fils de la fille de Ramini, l'héritière du trône des Sambarines ; qu'elle en avait la certitude ; que cette princesse avait été long-temps sa compagne pendant sa captivité à l'Ile de France, et que leur Dieu Zahanhar qu'elle avait vu en songe, lui avait ordonné de révéler ce mystère. Les principaux de la nation ne doutant point de la vérité de cette déclaration, regardèrent Bényowsky comme leur chef légitime et lui en donnèrent le titre. Néanmoins l'entreprise de Bényowsky ne fit pas de progrès bien sensibles et n'obtint point l'approbation de MM. de Bellecombe et Chevreau, qui, par ordre du ministre, allèrent faire l'inspection de ses travaux, accompagnés d'un officier distingué, qui publia des observations peu avantageuses à cet établissement, que dès lors on ne jugea pas susceptible d'être conservé. Bényowsky disgrâcié, retourna à Paris, où il parvint, si non à se faire réhabiliter dans son commandement, du moins à obtenir de nouvelles récompenses. Il rechercha alors et obtint la protection du célèbre Franklin, passa en Amérique, projeta de nouveau de s'emparer de Madagascar où il se rendit le 7 Juillet 1785, sous le prétexte d'une expédition qu'il s'était fait confier par les Etats-Unis ; mais son esprit remuant et ambitieux ne pouvait s'arrêter à l'exécution d'un dessein dont le résultat ne lui promettait pas cette grandeur et cet éclat qui pouvaient seuls donner à son imagination le degré de tension et d'énergie pour lequel la nature semblait l'avoir formée. Tourmenté par l'envie de faire des choses étonnantes, par cette vanité qui ne peut souffrir ni de supérieur, ni d'égal, il conçut le projet d'imiter à Madagascar ce que le Czar Pierre avait fait en Russie, d'y combattre la nature pour l'embellir, de bâtir des villes dans les lieux envahis par la fange des marais, de civiliser ces peuples sauvages et ignorants, de transplanter et de cultiver au milieu d'eux les arts, la police, la politique, la discipline militaire, et pour prix de tant de bienfaits, de régner sans contradiction sur un empire qu'il aurait fondé, sur une nation dont il aurait été le législateur. Bényowsky était bien pénétré de l'importance de l'île de Madagascar, dont les avantages et les ressources inépuisables lui assuraient la prépondérance dans le commerce immense de toutes les contrées situées dans les mers orientales. Il connaissait l'industrie, l'adresse des naturels, leur aptitude aux arts et aux talents bien démontrée aux îles de France et de Bourbon, par les ateliers, les chantiers et les manufactures presque entièrement formés de malgaches, qui sont également braves, belliqueux, capables de faire les plus grands efforts et de devenir d'excellents soldats. Pour exécuter de si vastes desseins, pour faire de si grandes choses, Bényowsky avait réuni autour de lui des hommes éclairés, dont il avait su gagner la confiance par son ascendant, et qui étaient destinés à remplir les plus hautes fonctions de ce nouveau royaume. M. Curtat, docteur en Droit, qui a exercé long-temps et avec réputation la profession d'avocat à l'Ile de France, depuis la mort de Bényowsky, devait être son chancelier.

Le baron d'Adescheins, officier militaire, s'était aussi attaché à sa fortune, et sa veuve passa à l'Ile-de-France, après la destruction de l'établissement commencé à Madagascar. Bényowsky était déjà parvenu à s'attirer les regards des insulaires, dont il maîtrisait l'opinion par la hardiesse que lui donnait l'instinct de la supériorité : livrés à l'influence politique de ce subtil conducteur, les Malgaches l'avaient proclamé *Ampan-sacabé*, c'est-à-dire, chef suprême de la nation, lorsque le gouverneur de l'Il·-de-France, informé des desseins ambitieux de Bényowsky, des progrès rapides que faisait sa politique, des vues hostiles qu'il manifestait contre les établissements français à Madagascar, envoya le 9 Mai 1786 la corvette *la Louise* commandée par le vicomte de La Croix et un détachement de soixante hommes du régiment de Pondichéry, sous les ordres de M. Larcher de Vermans, capitaine d'infanterie, pour s'opposer aux entreprises de Bényowsky. *La Louise* mouilla devant Foulpointe le 17 Mai, et dès que M. de La Croix se fut procuré les rafraîchissements dont il avait besoin, il fit voile pour Angoncy, village situé au nord de la baie d'Antongil, où Bényowsky venait de s'emparer d'un magasin de vivres qui appartenait aux Français. Aussitôt que la corvette eut jeté l'ancre, M. Larcher s'occupa d'effectuer la descente. Au moment du débarquement, les troupes de Bényowsky firent une décharge de mousqueterie, à laquelle les Français répondirent par quelques coups de canon, qui dispersèrent les ennemis et les firent rentrer dans le bois. M. Larcher, guidé par quelques insulaires, marcha tout de suite à l'établissement de Bényowsky par un chemin difficile, qui aurait présenté beaucoup d'obstacles et de dangers, s'il avait été gardé et défendu. Il fallut traverser cinq marais et un pont de 90 pieds de long, que Bényowsky n'avait pas eu la prévoyance de faire rompre, ne s'attendant nullement à être attaqué par cette route. Bientôt les Français distinguèrent le fort, situé sur une éminence entourée de bonnes palissades ; il était défendu par deux pièces de canon et quelques espingoles. On commença à tirer sur les Français, lorsqu'ils furent parvenus à la distance d'environ deux cents toises. Le premier coup de canon fut à boulet, le second à mitraille et le troisième à balles ; ces trois coups de canon furent soutenus d'un feu vif de mousqueterie. Cependant la petite colonne française continuait toujours son mouvement en bon ordre ; dès qu'elle fut arrivée à une distance convenable, l'officier commandant ordonna de faire feu sur Bényowsky, qui fut atteint d'une balle à la poitrine, au moment où il mettait le feu à un canon chargé à mitraille. Le fort se rendit alors à discrétion. Ainsi périt cet homme singulier, cet intrépide guerrier que ses talents et sa naissance appelaient également à une carrière illustre ; ainsi s'anéantirent avec son existence tant de vues, de projets, de combinaisons qui devaient changer l'aspect de tout un pays. Tous les travaux qui pouvaient rappeler le séjour de Bényowsky à Madagascar furent détruits, et il ne resta de tant de mouvement, d'activité, de courage, que le souvenir d'une vie orageuse, d'une fin tragique et obscure.

CHAPITRE XXV.

Fondation d'une société littéraire; prospectus.—Départ de M. de Souillac, relevé par le chevalier Bruny d'Entrecasteaux. — Fête que lui donnent les colons.— Aspect du pays.—Assemblée de négociants et représentations contre le privilége exclusif de la nouvelle Compagnie des Indes. — Tempête; naufrage de la *Vénus.* — Séjour passager de Bartoloméo à l'Ile de France; réflexions sur ce voyageur.—Arrivée du comte de Macnamara (1) et des ambassadeurs de Typoo.

Les institutions littéraires ont toujours été regardées comme des monuments historiques qui servent à faire connaître l'esprit de l'époque où elles ont été fondées, le progrès des lumières et le caractère de ces hommes distingués qui, par leur

---

(I)Ce nom est écrit Macnémara dans les pièces où il en est fait mention aux archives; mais je pense qu'il faut un *a* au lieu de l'*é*, parce qu'il appartient à une langue étrangère où l'*é* n'est pas employé et où l'*a* en a le son. J'ai suivi l'orthographe anglaise.

zèle et l'influence que leur assurent leurs talents, donnent l'impulsion aux sociétés auxquelles ils appartiennent. Il ne sera donc pas inutile de rapporter dans cet ouvrage, comme 'ai déjà commencé à le faire, les différentes entreprises qui ont été faites en cette colonie, en faveur des sciences et de la littérature. Voici le *Prospectus* d'une institution qui se forma en 1786 sous le titre de *Société des rédacteurs du journal des Iles de France et de Bourbon.* Il a été publié par l'imprimerie royale du Port-Louis, au mois de Juillet de cette année.

Les Iles de France et de Bourbon sont parvenues à ce période intéressant où, pour s'élever au dégré de splendeur dont elles peuvent être susceptibles, elles n'ont qu'à diriger vers la culture de l'esprit, un peu de cette activité qu'on y donne aux affaires. Si jusqu'à présent on ne s'en est point encore occupé, ce n'est certainement pas qu'il manque de moyens propres à en assurer le succès ; mais c'est qu'en général les européens établis dans ces mêmes îles pensent, en raison de l'éloignement et des peines qu'ils se donnent, que leur premier soin devant être celui de leur fortune, tout autre lui serait étranger et même nuisible.

Cette opinion fausse n'est déjà que trop accréditée ; toutefois il est difficile de se dissimuler combien il serait humiliant de la laisser subsister. En effet, dire que l'argent soit l'unique mobile qui doive mettre en jeu nos facultés physiques et intellectuelles, que l'esprit, concentré dans des opérations de calcul et d'intérêt, soit réputé incapable de s'exercer sur des objets d'agrément et de goût, ou que s'il hasarde quelque nouveauté en ce genre, il soit menacé d'un accueil indifférent et froid, c'est imprimer sur nos colonies une tache flétrissante qui, dans un siècle aussi éclairé que le nôtre, les expose infailliblement aux reproches de la nation entière ; et comment n'aurait-elle pas à se plaindre, s'il était vrai que nous eussions donné lieu à un pareil langage, et qu'une terre habitée, cultivée par des français, fût devenue pour les arts et les sciences une terre inhospitalière et barbare.

Pourquoi relégués, isolés que nous sommes, nous refuserions-

nous le plaisir si utile d'allier les productions de l'esprit et les exercices de l'entendement aux soins fatigants et pénibles de notre fortune ? nous ne sommes pas toujours engagés dans ce tourbillon d'affaires que l'intérêt agite autour de nous. Combien de moments vides qui ne devraient être que ceux d'un doux loisir et qui deviennent la patûre de l'ennui ! Pourquoi n'opposerions-nous pas à ce fléau de notre tranquillité le remède si simple et en même temps si sûr que nous offrent les charmes d'un esprit cultivé ?

L'éloignement où nous vivons de la métropole retarde sans doute les progrès de nos connaissances ; mais il ne peut en détruire le germe toujours subsistant. Au premier rayon qui viendra le féconder par sa chaleur bienfaisante, nous le verrons s'ouvrir, croître et se développer.

L'esprit est toujours lent à concevoir, toujours paresseux à produire, s'il n'est animé par quelque motif d'utilité publique ou particulière. Insensiblement il contracte l'habitude du repos, il se mine, se consume par degrés dans une langueur léthargique, et ne tarde point à dissiper le peu de force qui lui reste, si l'émulation ne vient à son secours, et agissant impérieusement sur lui, ne l'arrache à son inertie : semblable à ce bouclier enchanté qui, montrant le jeune Renaud à lui-même dans son attirail de mollesse, le remplit d'une indignation généreuse, et lui fait préférer la gloire des héros aux séduisantes caresses de l'artificieuse Armide.

On remarque dans les enfans créoles beaucoup de cette intelligence, beaucoup de cette vivacité d'esprit qui les rendent propres non seulement aux arts de goût, mais même aux sciences les plus abstraites. Pourquoi n'a-t-on pas soin d'entretenir ce feu naissant ? Pourquoi leurs années qui se succèdent sont-elles si peu semblables aux premières ? Cela tient à des causes que nous nous proposons de discuter dans la suite. Il suffira d'observer ici, qu'à juger de ce qu'ils pourraient être par ce qu'ils deviennent d'eux-mêmes et sans autre secours que leurs dispositions naturelles, rien au monde n'est plus déplorable que l'abandon où ils vivent pour la plupart, dénués de toutes les ressources d'une bonne éducation.

Ames honnêtes qui en connaissez tout le prix ! Puissent vos vues et vos réflexions se réunir, pour opérer sur un point aussi essentiel, une réforme utile et salutaire !

Quant aux européens fixés en cette île ou à Bourbon, nous en connaissons plusieurs à qui les ouvrages de littérature ne sont pas devenus indifférents ; plusieurs même qui s'y livrent avec succès. Les charmantes poésies du chevalier de Bertin et du chevalier de Parny, sont entre les mains de tout le monde. Nous avons lu avec le plus grand plaisir beaucoup de ces ouvrages de société, dignes, nous osons le dire, d'un sort plus heureux que celui de rester ignorés dans un porte-feuille. Parcourons les différentes parties des sciences : Physique, Astronomie, Mécanique, Chimie, Botanique, Agronomie, Histoire Naturelle, Politique, Commerce, nous sommes en état de citer des personnes estimables qui s'y sont fait une réputation justement méritée. A Bourbon MM. Hubert, Lecomte, Fréon, &a, et pour revenir dans notre île, M. de Cossigny à Palma, M. Céré, au jardin du roi, MM. d'Adhémar, de Séligny, de Chazal, Caillaud, Pytois, Masson Abraham, Saunois, Beauvais, &a.

En chirurgie nous pourrions en nommer plusieurs doués de cet esprit de méthode et d'observation qui, de nos jours, a fait faire tant de progrès à un art si nécessaire. Il n'est personne qui n'ait entendu parler du travail savant et curieux de M. Maissin sur les usages, le culte et les mœurs antiques de ces Indiens, connus sous le nom d'Indous ou Gentous, presque ignorés dans nos temps modernes, et pourtant si dignes de nos recherches.

Je ne connais pas au juste la durée de l'existence de cette Société, dont les séances étaient mensuelles ; il est probable qu'elle se sera éteinte au milieu des agitations où la colonie s'est trouvée peu d'années après ; car il n'en a plus été question depuis cette époque.

M. de Souillac fut relevé de ses fonctions le 5 Novembre 1787 par le chevalier Bruny d'Entrecasteaux, brigadier des armées navales. Les habitans de l'Ile de France donnnèrent à M. de Souillac, à son départ, un témoignage éclatant des sentimens de reconnaissance que leur avait inspirés sa paisible et paternelle administration. Ce gouverneur vit étaler dans une fête magnifique qu'ils lui offrirent, un appareil et une splendeur jusqu'alors inconnus dans un pays où la simplicité des mœurs antiques régnait encore, même dans les premières classes de la société : tout ce que la fécondité du climat, enrichie par la culture et l'industrie ; tout ce que le commerce, rendu florissant par la protection d'un gouvernement libéral, avaient pu mettre à la disposition des colons ; tout ce que le goût et la délicatesse purent y ajouter d'ornements et d'attraits, fut déployé dans cette solennité, qui fit autant d'honneur au caractère des colons qu'au chef qui en était l'objet, et qui dut trouver sa plus belle et sa plus flatteuse récompense dans l'expression touchante des sentiments d'affection et de regret que lui témoignaient les acclamations de toute une population dont les intérêts lui avaient été long-temps confiés.

Pendant les deux années que dura le gouvernement de M. d'Entrecasteaux, l'Ile de France présenta un aspect monotone et tranquille ; l'agriculture occupait vivement les esprits. Parmi les productions du pays à cette époque, l'indigo tenait le premier rang : la culture s'en était répandue dans tous les quartiers de l'île, et une multitude de personnes qui jusqu'alors étaient restées étrangères à toutes les spéculations agricoles s'attachèrent avec empressement à cette exploitation, dont la vogue ne se soutint pas très-long-temps.

Le privilége exclusif de la Compagnie des Indes alarmait avec raison les colons et les négociants armateurs de l'Ile de France, dont les capitaux et le crédit demeuraient sans fruit et sans usage. Le 3 Septembre 1788, des colons recommandables par leur expérience et leurs lumières s'assemblèrent au Port-Louis, avec la permission des administrateurs en chef de l'île, à l'effet de leur adresser, pour être soumises au ministre, des représentations contre le privilége exclusif de la nouvelle Compagnie des Indes Orientales, et d'exprimer le vœu général et unanime de la colonie entière, qui demandait la liberté bienfaisante du commerce, la précieuse restitution du patrimoine de l'industrie, dont la privation suspendait les efforts du travail et tarissait les sources de la prospérité du pays. Les colons de l'Ile de France avaient jusque là gardé le silence et négligé de demander à être reçus opposants au privilége de la Compagnie des Indes, établie par un arrêt du Conseil d'Etat du mois d'Avril 1785, et confirmée par un second arrêt du mois de Septembre 1786, dans l'espérance que les oppositions des négociants du royaume et le cri public contre l'établissement du privilége exclusif, en auraient obtenu l'abolition. Les représentans des colons de l'Ile de France firent observer que ce privilége exclusif était plus contraire aux intérêts de cette colonie qu'à ceux des négociants de France, puisque ceux-ci pouvaient embrasser l'Europe et l'Amérique dans leurs spéculations, au lieu que les négociants de la colonie étaient en quelque sorte restreints à l'Asie et à l'Afrique orientale, contrées dont le commerce était accordé exclusivement à la Compagnie des Indes. Ils remontrèrent que l'intérêt des colons en général était essentiellement lié à celui des négociants, puisque c'etait ceux-ci qui fournissaient aux premiers les avances, les ustensiles et toutes les choses nécessaires à leurs entreprises ; que sans ces secours il n'y aurait point de culture, et que c'étaient les négociants enfin qui donnaient une valeur aux denrées de la colonie ; d'où il résultait évidemment que ses progrès dépendaient du nombre, de la richesse et de l'industrie des négociants qu'elle aurait dans son sein, autant que du nombre, du travail et de l'industrie de ses habitants ; que pendant dix années de la liberté du commerce des Indes, les îles de France et de Bourbon avaient pris plus d'accroissement que pendant trente années du privilége exclusif ; que le commerce de l'Inde, contrarié, restreint dès sa naissance par des priviléges qui avaient arrêté son essor, était encore dans l'enfance et n'attendait que la liberté et l'industrie pour être conduit au degré d'élévation

dont il était susceptible ; que les quarante millions qui formaient la masse des actions de la Compagnie des Indes, et
dont une partie était employée à des opérations de banque et
d'agiotage fort étrangères au commerce des Indes, ne suffisaient
pas à beaucoup près à l'exploitation du commerce dont elle
possédait le monopole, d'où résultait une perte évidente pour
l'Etat ; que par l'extension que la liberté donnerait au commerce des Indes dans toutes les parties qu'il peut embrasser,
des pays non fréquentés par les vaisseaux de la Compagnie seraient visités ; des pays même inconnus seraient peut-être dé-
couverts ; que les chantiers et les ateliers déserts reprendraient
leur activité ; les matelots qui, faute d'emploi, s'étaient expatriés, rentreraient dans leur pays, dont ils augmenteraient la
puissance ; que la Compagnie nuisait au bien de l'Etat en ar-
rêtant les progrès de plusieurs colonies qui importaient à sa
gloire, à sa politique et même à l'accroissement de ses richesses ; qu'enfin le *contrat synallagmatique* de la Compagnie
avec le gouvernement était imaginaire, puisque celui-ci avait
tout fait pour elle, et que la Compagnie n'avait rien fait pour
lui ; qu'enfin le premier de tous les contrats synallagmatiques
entre le Prince et ses sujets, le plus sacré, le plus inviolable
est celui de ne pas nuire aux uns pour l'avantage des autres ;
d'où résultent l'ordre dans la société, l'amour de tous les sujets pour le Prince et l'affermissement de son autorité.

L'assemblée arrêta encore que dans le cas où le roi main-
tiendrait le privilége exclusif accordé à la Compagnie, malgré
les représentations des villes commerçantes du royaume et celles des habitants de l'Ile de France, les administrateurs en chef
de cette île seraient suppliés au nom de la colonie, de
solliciter en sa faveur auprès de Sa Majesté, quelques
modifications au privilége de la Compagnie, telles que
d'accorder aux armateurs des Iles de France et de Bourbon l'entrée dans la Mer Rouge, quand même le commerce du café de
Moka leur serait interdit, afin de traiter sur les côtes de cette
mer, l'or, les gommes et résines et les autres productions de
ces pays et de les importer en Europe ; de leur accorder l'impor-

tation en France de l'écaille, des médicaments, des noix de galle, de la gomme arabique, de l'encens, de la myrrhe, de l'aloès et des autres productions qu'ils pourraient traiter à Mascate et ailleurs ; du salpêtre, de la nacre de perles, des poils de chameaux et de chèvres et de l'orpiment du Golfe Persique ; du coton en laine de Surate, des joncs, des vernis et des huiles de bois, du morfil et des cauris de la côte orientale d'Afrique.

L'Assemblée des négociants représenta que tous ces objets dont la Compagnie ne faisait aucun commerce, n'échapperaient pas à la vigilance et à l'activité du commerce de la colonie, et pourraient entretenir une navigation pour les Iles de France et de Bourbon, et leur procurer les approvisionnements d'Europe à meilleur compte. Les réclamations des colonies françaises ne furent point inutiles : tous les avantages qu'elles faisaient découler de la liberté du commerce en faveur de la nation furent discutés et reconnus par la métropole ; l'odieux privilége exclusif de la Compagnie des Indes fut supprimé par un décret de l'Assemblée Nationale en date du 3 avril 1790, sanctionné par proclamation royale le 2 Mai suivant, et le commerce fut rendu libre dans cette immense partie du globe à tous les sujets français.

M. d'Entrecasteaux gouvernait encore l'Ile de France, lorsqu'un événement tragique dont les habitans ont conservé le souvenir, répandit le deuil dans la colonie et jeta le désespoir dans le sein d'un grand nombre de familles. L'île avait plus d'une fois essuyé les désastres que les ouragans traînent ordinairement à leur suite ; mais jamais les conséquences n'en avaient été si funestes et si déchirantes que celles de la tempête qui éclata en 1789, huit jours après le départ des frégates *la Résolution* et *la Vénus* de la rade du Port-Louis, et le jour même où elles venaient d'appareiller de St.-Paul de l'île de Bourbon. D'après les observations dont j'ai eu connaissance, la durée en fut d'environ vingt-trois heures, pendant lesquelles il tomba 104 lignes d'eau de pluie, et le baromètre baissa de 14, 9 lignes ; le mercure était tellement agité dans le tube , que ses oscillations allaient à près de deux lignes ; il s'élevait de sa surface des jets d'une lumière pâle qui remplissait tout le vide du tube. La mer était horrible et monta de plusieurs pieds au-dessus du niveau des plus grandes marées. Une vingtaine d'enfants des familles l s plus recommandables de l'Ile de France s'étaient embarqués sur la *Vénus*, confiés aux soins de M. Tanouarn, capitaine de cette frégate , et devaient se rendre en Europe pour y faire des études classiques , dont l'Ile de France ne pouvait pas encore à cette époque offrir les éléments. *La Vénus* ne reparut pas ; *la Résolution* rentra au bout de quinze jours, après de douloureux efforts , dans la baie du Port-Louis. Ses mâts brisés , son équipage à moitié détruit , épuisé de travaux sans relâche, présentait l'aspect d'une lutte cruelle , d'une longue souffrance , d'un désastre complet, et faisaient pressentir aux colons que la *Vénus* avait été plus malheureuse encore, que leurs enfants ne seraient jamais rendus à leur tendresse.

Le 20 Avril 1789, le voyageur Bartoloméo, revenant de l'Inde, arriva à l'Ile de France sur la frégate *la Calypso*. S'il n'est pas dans toutes ses relations plus exact que dans celles qu'il fait de notre colonie , elles ne méritent pas assurément un bien haut degré de confiance. Il prétend qu'il y existe un volcan brûlant dont les éruptions obscurcissent l'atmosphère et la rendent si chaude et si épaisse , que les asthmatiques peuvent à peine respirer. Ce volcan imaginaire se trouve là fort à propos pour lui servir à l'explication des ouragans qui dévastent fréquemment la colonie. * Il dit aussi que toutes les maisons de campagne portent le nom de *Réduit*.

* On this island there are a great many high mountains and among these a volcano which sometimes darkens the atmosphere by its eruptions and renders it so hot and thick , that asthmatic people can scarcely breathe. Tempests therefore are here very frequent and terrible, as is the case in all countries where there are volcanoes ; for they attract the vapours and inflammable matter with which the clouds are loaded : fire always has a tendency to fire.

Bartolomeo's Voyage to the East Indies p. 437.

Ce fut aussi en cette même année que les ambassadeurs de Typoo , retournant dans l'Inde , abordèrent à l'Ile de France ; ils étaient conduits par le comte de Macnamara , dont le sang devait bientôt arroser cette terre alors paisible et hospitalière, qu'aucun crime politique n'avait encore souillée, qu'aucune convulsion n'avait ébranlée , et que les feux des révolutions qui s'allumaient sourdement s'apprêtaient à embraser.

CHAPITRE XXVI.

Gouvernement de M. de Conway. — Réflexions sur le caractère de cet officier et sur l'expédition de la Cochinchine. — M, d'Entrecasteaux est chargé de la recherche de Lapérouse. — Inutilité de ses efforts ; sa mort. — Conjectures et relations diverses sur le sort de ce célèbre navigateur. — Le lieu de son naufrage récemment découvert. — Episode du comte de Locatel.

Le comte de Conway occupait le gouvernement général des établissemens français dans l'Inde, lorsque les changemens apportés par la Cour de France à la destination de Pondichéry, dont l'importance politique fut restreinte par ces nouvelles dispositions firent transférer le siége du gouvernement à l'Ile de France, où il vint relever le chevalier d'Entrecasteaux le 14 Novembre 1789, et où M. Dupuy, ancien conseiller au Châtelet de Paris, avait remplacé, comme intendant, M. Motais de Narbonne depuis le 17 Août de la même année.

Plusieurs circonstances récentes de la vie politique de M. de Conway avaient fait naître une opinion peu avantageuse de son caractère et de ses talens. Les mémoires de la ville de Pondichéry fournissaient des preuves de l'esprit altier et anti-patriotique de cet officier, à qui l'on reprochait d'avoir fait manquer l'expédition de la Cochinchine, comme celle de Trinquemaley. Le ministère avait fait lui-même une faute inconcevable, en ordonnant que la réunion de l'armement destiné pour la Cochinchine s'opèrerait à Pondichéry, sous les yeux, pour ainsi dire, des Anglais ; au lieu qu'il était si simple et si naturel d'expédier cet armement de l'Ile de France, d'où la nouvelle n'aurait pu parvenir à Madras que long-temps après le départ des vaisseaux destinés pour la Cochinchine. Une circonstance très-heureuse offrait alors aux Français tous les ports et toutes les ressources de ce royaume : le souverain du pays, obligé de fuir devant un usurpateur, avait envoyé en France son fils unique, comme le gage des traités que l'évêque d'Adran, à qui il avait confié le sceau de l'Etat, ferait avec les Français. Une expédition convenablement dirigée aurait fait obtenir des avantages immenses dans un pays qui, indépendamment de la réunion abondante de toutes les productions de la Chine et des Indes, en offrait d'exclusives, propres au commerce, sans parler de ses mines d'or, les plus riches que l'on connaisse ; dans un pays avoisinant des contrées fertiles, non fréquentées par les européens, habité par un peuple belliqueux, renommé dans cette partie de l'Asie par sa bravoure, et qui avait conçu la plus haute idée de la nation française ; dans un pays qui possède des ports excellents et dont la situation dans le voisinage de Canton aurait fourni les moyens d'inquiéter, de troubler ou de ruiner le commerce immense des Anglais à la Chine.

L'Ile de France aurait puissamment contribué à la formation d'un établissement sur ces côtes, et lui aurait fourni les moyens de défense, jusqu'à ce qu'il se fût assez affermi pour n'avoir pas d'inquiétude sur les entreprises de l'ennemi. On aurait trouvé dans cette île, des volontaires, des cafres, des vaisseaux, des munitions pour cette importante opération. Plusieurs négocians patriotes de cette colonie avaient offert à l'évêque d'Adran toutes leurs ressources, pour l'aider dans l'exécution d'un projet qui serait devenu si avantageux à la nation. Pondichéry était loin de pouvoir offrir les mêmes secours.

Le chevalier d'Entrecasteaux se concilia, pendant la courte durée de son administration, l'estime et l'attachement des colons, qui le virent avec regret s'éloigner d'un pays où ses lumières et ses intentions pures avaient maintenu le calme et la prospérité. Cet officier, qui joignait à une grande expérience des connaissances et des talents distingués, fut chargé, à son retour en France, du commandement des deux frégates *la Recherche* et *l'Espérance*, envoyées en 1791, par ordre des Etats-Généraux, à la découverte de Lapérouse qui, après s'être distingué dans la guerre d'Amérique, où il parvint à détruire les établissements anglais de la baie d'Hudson, malgré les obstacles que la mauvaise saison lui opposait dans ces régions glacées, avait été choisi par Louis XVI en 1786, pour aller continuer les découvertes du célèbre Cook, avec les deux frégates *l'Astrolabe* et *la Boussole*.

Cet illustre capitaine, que son noble caractère, son infatigable ardeur, ses talents éprouvés ont rendu recommandable aux yeux de toutes les nations; qui, dans l'un des plus longs voyages de circumnavigation qui aient été entrepris, s'est approché de l'un et de l'autre pôle; dont tous les amis des sciences et de l'humanité ont suivi la trace avec tant d'intérêt, jusqu'au moment où elle disparaît et nous laisse dans une incertitude pénible et douloureuse; qui n'a pas péri tout entier, puisque les relations qu'il a pu faire parvenir à l'Europe forment encore une collection précieuse, et transmettront à la postérité , avec le souvenir de son nom , celui de ses vertus et de ses infortunes ; Lapérouse n'est point un étranger pour les colons de l'Ile de France , où il a fait un assez long séjour ; il y possédait, comme je l'ai déjà dit, une habitation aux Plaines Wilhems et y épousa en 1784 mademoiselle Broudou, qu'il emmena en France à son retour de la Chine, lorsqu'il commandait la frégate *la Seine*. En revenant de son voyage autour du monde il devait, avant de rentrer dans l'Océan Atlantique, attérir au port de l'Ile de France et profiter de cette relâche pour emmener aussi en Europe Mademoiselle Broudou l'aînée. On ne sera donc pas surpris que je m'arrête un instant sur la destinée d'un homme dont les talents ont fait long-temps l'ornement de la société coloniale, qui y a laissé autant d'amis de ses vertus que d'admirateurs de son génie , et qui ne s'en est éloigné que pour aller servir sa patrie et le monde, au prix de ses affections et de son existence.

Le contre-amiral d'Entrecasteaux devait aussi dans cette expédition parcourir les côtes que Lapérouse, à son départ de Botany-Bay avait encore à explorer. Il remplit avec autant de zèle que d'habileté la mission qui lui était confiée ; mais son voyage, aussi intéressant qu'utile pour la géographie et l'hydrographie, resta sans fruit pour ce qui concernait les bâtimens de la Pérouse, dont il ne put retrouver aucune trace ; et il touchait au terme de ses travaux, lorsqu'il mourut du scorbut en Juillet 1793, à l'âge d'environ 54 ans. Le sort de la Pérouse demeura donc tout-à-fait inconnu , malgré toutes les investigations dont il avait été l'objet : le fil était rompu à Botany-Bay. On ne savait s'il avait péri par un naufrage, ou sous les coups de quelque horde barbare, destinée qu'avaient déjà subie quatorze hommes de son équipage, qu'il eut la douleur de perdre à l'Ile de *Mahouana*, dans l'archipel *des Navigateurs*, où ils furent massacrés par les sauvages. Au nombre des victimes se trouvaient le chevalier Fleuriot de l'Anglé, capitaine de *l'Astrolabe*, et le naturaliste La Manon.

Le capitaine Hunter assura que Lapérouse avait fait naufrage par l'effet des calmes et des courants. Dès qu'on apprit à l'Ile de France les prétendues découvertes qu'il avait faites aux îles de l'*Amirauté* sur le naufrage de Lapérouse, le contre-amiral de Saint-Félix expédia le major d'escadre Bolle en Novembre 1791, pour en donner connaissance à M. d'Entrecasteaux au Cap de Bonne-Espérance. Le commodore Billings, dans ses voyages de la mer glaciale, fut étonné de trouver, sur ces bords lointains et déserts, la tombe d'un capitaine anglais avec cette inscription : *Monument érigé en 1787 par Lapérouse* ; spectacle touchant, qui dut causer au commodore Billings une bien douce émotion ! *Illustre et trop malheureux Lapérouse ! s'écrie un littérateur qui rapporte ce fait, qui rendra le même devoir à ta cendre ? Quelle île, quelle terre inconnue la recèle ?* * *Une épitaphe ne sera-t-elle pas au moins le prix de ton courage ? Qu'il serait doux pour les marins, d'honorer ta froide dépouille à trois ou quatre mille lieues de leur patrie, et de verser des larmes d'attendrissement sur la destinée d'un homme qui s'arracha des bras d'une tendre épouse, pour aller tenter de nouvelles découvertes et se perdre au milieu des nations sauvages !* Ce vœu s'est accompli : un cénotaphe a été élevé à la mémoire de Lapérouse et de ses compagnons, sur une plage lointaine, théâtre de leur fin tragique, et ce sont des marins français qui ont eu la satisfaction de rendre cet hommage à leurs compatriotes. Je vais donner sommairement les rapports qui ont été faits sur le sort de Lapérouse, avant de parler de l'expédition du capitaine Dumont d'Urville qui semble avoir décidément levé le voile qui dérobait depuis tant d'années aux yeux du monde, le lieu où ce célèbre navigateur a laissé ses débris.

Le capitaine George Bower a fait dans un procès verbal dressé à Morlaix, la déclaration suivante : *George Bower, commandant l'Albemarle, venant de Bombay à Londres et conduit à Morlaix, interrogé s'il avait eu connaissance de Lapérouse ? A répondu qu'en Décembre 1791, il a aperçu lui-même à*

---

son retour du port Jackson à Bombay, sur la côte de la Nouvelle
Géorgie, ainsi nommée par Shortland, (autrement les îles Salomon de Mendana) des débris du vaisseau de Lapérouse, flottant
sur l'eau ; car il croit qu'ils sont provenus d'un bâtiment de construction française. Il ajoute qu'il n'a pas été à terre, mais que
les naturels du pays sont venus à son bord, qu'il n'a pu comprendre leur langage, mais que par leurs signes il avait appris
qu'un bâtiment avait abordé dans ces parages ; il dit que ces
naturels connaissent l'usage de plusieurs ouvrages en fer, et que
leurs pirogues sont supérieurement travaillées. Lorsque les naturels du pays étaient à son bord, il n'avait eu encore aucune connaissance de ces débris ; mais qu'en suivant la côte, il les aperçut
à l'aide d'un grand feu allumé à terre, le 30 Décembre à minuit.
Selon Bower, les Indiens habitants de cette côte sont d'une
structure robuste et d'un caractère doux ; Bougainville, le lieutenant Shortland, qui avait sous ses ordres l'Alexandre et le
Friendship, Lapérouse et lui George Bower étaient, dit-il, les
seuls européens qui eussent navigué dans ces parages ; il a reconnu en la possession des Indiens des filets de pêche dont les fils
étaient de lin, et dont la maille était de fabrique européenne.
Bower ajoute qu'il a conservé un morceau de filet, par curiosité,
d'après lequel il sera facile de juger que la matière et la main
d'œuvre proviennent d'un vaisseau européen. Le climat de cette
contrée est très-chaud ; les Indiens vont nus, et par leurs signes
on s'est assuré qu'ils avaient vu des vaisseaux. — D'après cet
exposé, il paraissait assez vraisemblable que la Boussole et l'Astrolabe avaient fait naufrage sur les côtes des îles Salomon.
En 1803 on disait avoir eu des nouvelles directes de M. de
Lapérouse ; voici ce qui a été publié à ce sujet :

NOUVELLES DE M. DE LAPÉROUSE

Du 16 Juillet 1803.

Les dernières nouvelles reçues de Batavia contiennent quelques
particularités ignorées sur les suites malheureuses de l'expédition
de M. de Lapérouse.

Un capitaine portugais arrivé de Macao a rapporté que passant par l'Est des Philippines, près d'un rocher aride, au S. E. de l'île de Timor, il avait aperçu sur la plage un homme qui, par ses signaux, implorait du secours ; qu'aussitôt il avait dépêché son canot à terre, et qu'il avait ramené un français nommé Dagelet, *astronome de l'expédition de M. de Lapérouse ; que ledit sieur* Dagelet *avait donné les détails suivants :*

M. de Lapérouse partant de Botany-Bay le........ avec les deux bâtimens sous son commandement, fit route dans le S.-O. de la Nouvelle-Hollande, prolongeant une chaîne de rochers dont le gisement et la situation n'ont point été déterminés par M. Dagelet. La gabare l'Astrolabe *a touché de nuit et s'est perdue : l'équipage a été en partie sauvé ; mais peu de temps après, pressé de faire de l'eau et des vivres, et continuant à parcourir cette chaîne de rochers, M. de Lapérouse a fait la découverte d'une île située, d'après le rapport, dans le Sud de la Nouvelle-Hollande. Cette île peut avoir 12 ou 15 lieues de circonférence. Après en avoir fait le tour, il est entré, avec le seul bâtiment qui lui restait, dans une baie profonde et sûre, où il a pris mouillage. Il y a été bien accueilli, y a trouvé une peuplade hospitalière, des secours en vivres de toute espèce, et a obtenu la permission d'établir des tentes à terre pour y déposer ses malades. Rien n'avait jusqu'alors troublé la bonne intelligence qui régnait entre ses gens et les naturels du pays ; mais par une imprudence du cambusier, le feu ayant pris à bord, le vaisseau fut incendié. Les soins de M. de Lapérouse se portèrent alors à en sauver tout ce qui lui était possible en voiles, cordages, ustensiles, armes et munitions. Son projet était de construire un bâtiment pour porter la nouvelle de son malheur dans quelque colonie européenne ; mais les naturels du pays qui lui laissèrent établir son camp et faire toutes les dispositions pour sa sûreté, s'opposèrent constamment à ce dessein. Il ne lui resta donc plus d'autre espoir que celui que l'incertitude sur son sort déterminerait le gouvernement français à envoyer à sa recherche.*

Cependant les années s'écoulèrent ; nul bâtiment ne parais-

sait : ce fut après avoir passé 12 ans dans cette cruelle attente, qu'enfin il forma de nouveau le projet de construire une embarcation. Ayant donné ordre de couper dans le bois les pièces nécessaires, les naturels du pays regardèrent cet ordre comme un acte d'hostilité de sa part ; bientôt la guerre s'alluma entre les deux partis : obligés d'être toujours sur la défensive, les français ne purent ou n'osèrent exécuter leur projet. M. de Lapérouse tenta plusieurs fois de rallier les esprits, mais sans succès. Enfin après une guerre dans laquelle le peu de munitions qui restaient se trouva bientôt épuisé, les français, accablés par le nombre, cédèrent et furent massacrés ; les indiens incendièrent le camp.

M. Dagelet commandait un petit poste avancé, composé de 17 hommes. Instruit de la défaite totale de M. de Lapérouse et ne pouvant douter du sort qui l'attendait lui et ses compagnons, il abandonna sa petite batterie, et eut le bonheur d'atteindre une anse où se trouvaient quelques canots indiens dont il s'empara. A l'aide de ces frêles nacelles, il gagna le large sans rames, sans instrumens et sans provisions : il eut à lutter contre toutes les horreurs qui précèdent une mort inévitable. Cependant le vent et les courants le jetèrent, après plusieurs jours, sur le rocher aride d'où le navire portugais l'avait tiré ; il y séjourna deux ans, pendant lesquels il eut la douleur de voir périr, l'un après l'autre, les tristes compagnons de ses infortunes ; il fut le seul qui survécut ; encore succomba-t-il le neuvième jour de son arrivée à bord du navire portugais. Sa déclaration a été consignée et ses journaux déposés à Macao par le capitaine portugais. On y trouve déterminées les longitude et latitude de l'île où M. de Lapérouse resta si long-temps. Le gouverneur de cette place a fait parvenir les uns et les autres à Batavia, d'où ils ont été expédiés en France. Ils y ont été compulsés et confrontés avec ceux de M. d'Entrecasteaux par M. Philz, l'un des officiers de cette dernière expédition, et il résulte de cet examen, que la division de M. d'Entrecasteaux a passé dans ses recherches, à une distance de 8 à 10 lieues seulement de l'île où M. de Lapérouse périt ; mais la relation de M. d'Entrecasteaux ne fait pas mention de terres aperçues dans ces parages.

Enfin en Décembre 1827, M. Dumont D'Urville, capitaine de vaisseau, commandant la corvette l'*Astrolabe*, apprit à Hobart-Town que M. Dillon, capitaine d'un petit bâtiment du commerce, avait, par un heureux hasard, trouvé à *Tikopia* des renseignemens certains sur le naufrage de Lapérouse à *Malli-colo*, île que M. D'Urville désigne sous le nom de *Vanikoro*, comme plus conforme à la prononciation des naturels. Le Gouverneur de l'Inde, d'après le rapport fait par M. Dillon à son arrivée à Calcutta, l'avait expédié avec un navire armé aux frais de la Compagnie des Indes, pour visiter le lieu même du naufrage et recueillir les français qui auraient pu survivre à ce désastre. M. Dumont D'Urville s'étant procuré le journal où se trouvait le rapport de M. Dillon, et ayant lu attentivement les détails de sa relation sur la découverte qu'il avait faite à *Tikopia*, y trouva un caractère de sincérité qui lui fit prendre la résolution d'aller constater ce qu'il pouvait y avoir de réel à cet égard. Il renonça donc à ses projets ultérieurs sur la Nouvelle Zélande et fit voile immédiatement pour *Vanikoro*, où se trouvaient en effet des débris que tous les officiers de l'*Astrolabe* n'hésitèrent pas à regarder comme les restes du naufrage de Lapérouse. On parvint à extraire des récifs, après de violents efforts, une ancre de dix-huit cents livres environ ; un canon court en fonte, recouvert de coraux ; un pierrier en bronze et une espingole en cuivre bien conservés, l'un portant sur ses tourillons les numéros 548 d'ordre et 144 de poids ; l'autre les numéros 286 d'ordre et 94 de poids, etc. On avait encore remarqué cinq autres ancres, deux pierriers et d'autres canons à demi-recouverts par les coraux. M. Dumont D'Urville proposa alors aux officiers qui y applaudirent avec enthousiasme, d'élever un cénotaphe à la mémoire de leurs infortunés compatriotes. Ce monument fut placé au milieu d'une touffe de mangliers situés sur le récif ; sa forme était celle d'un prisme quadrangulaire de six pieds sur chaque arête, surmonté par une pyramide quadrangulaire de même dimension. Dans une des traverses fut incrustée une plaque en plomb sur laquelle étaient tracés en gros caractères fortement creusés les mots suivants :

A LA MÉMOIRE

DE LAPEROUSE
ET DE SES COMPAGNONS.

L'ASTROLABE,

14 MARS 1828.

M. Dumont D'Urville, retenu à bord par sa santé, chargea le premier lieutenant M. Jacquinot, de procéder à l'inauguration du mausolée. Cet officier descendit à la tête d'une partie de l'équipage sur le récif; un détachement de dix hommes armés défila par trois fois dans un silence solennel et respectueux autour du monument et fit trois décharges de mousqueterie, tandisque du bord une salve de vingt-un coups de canon faisait retentir les montagnes de Vanikoro. *Quarante ans auparavant*, dit M. Dumont D'Urville, *les échos de ces mêmes montagnes avaient peut-être répété les cris de nos compatriotes expirant sous les coups des sauvages, ou succombant sous les atteintes de la fièvre.*

Après le départ de l'*Astrolabe*, Vanikoro fut visitée par la corvette la *Bayonnaise*, commandée par M. Le Goarant, capitaine de vaisseau. Ce bâtiment faisant partie de la station du Pérou fut expédié de là, lorsqu'on eut appris en France la découverte qu'avait faite le capitaine Dillon, pour rechercher à Vanikoro les traces du naufrage de Lapérouse. A son retour de sa mission, la *Bayonnaise* relâcha à l'Ile de France, où se trouvait alors l'*Astrolabe*, et l'on apprit avec satisfaction que les naturels de Vanikoro avaient respecté le monument consacré à la mémoire de Lapérouse, et qu'ils avaient même fait quelques difficultés, quand les marins de la *Bayonnaise* s'en étaient approchés, pour clouer une médaille de cuivre à côté de celle que M. Dumont D'Urville avait fait encadrer auprès de l'inscription.

Sur la fin du gouvernement de M. d'Entrecasteaux, un duel

qui se termina par un affreux assassinat fit une grande sensation dans la société. Le comte de Locatel, colonel au service du roi de Sardaigne, s'étant vu obligé de quitter la Savoie, par suite de sa vie licencieuse, entreprit de voyager en Asie, et il avait déjà parcouru une partie de l'Inde, lorsqu'il rencontra à Pondichéry une dame de l'Ile de France, dont il devint éperdument amoureux; et oubliant dès lors les voyages qu'il se proposait encore de faire, il ne songea plus qu'à suivre son idole en cette colonie où elle revint bientôt. Le comte de Locatel fut accueilli par les habitants de cette île avec ces prévenances hospitalières qu'ils ont toujours témoignées aux étrangers qui ont visité le pays; mais ses dissipations et les écarts de sa conduite lui firent bientôt du tort dans l'opinion publique, et lui ôtèrent beaucoup de cette considération qu'on lui avait d'abord accordée. Le jeu était l'une de ses passions dominantes, et ceux que le sort favorisait à ses dépens n'étaient plus à ses yeux que des ennemis dont il devait tirer vengeance. Dans une réunion aux casernes, M. Gouy, chirurgien-major au régiment de l'Ile de France, eut le funeste bonheur de gagner plusieurs parties au comte de Locatel, qui en conçut un dépit profond. A ce motif de haine, se joignait, dit-on, un ressentiment de rivalité amoureuse qui le tourmentait depuis quelque tems. Ebranlé par tant de chocs, il lui fallait une explosion : dévoré de la soif de l'argent et du regret d'en avoir tant perdu, brûlé des feux de l'amour, le comte de Locatel se rendit le lendemain matin 20 octobre 1789 chez M. Gouy, qui habitait une petite maison derrière les casernes. Celui-ci, vêtu de sa robe da chambre, était paisiblement à son bureau occupé à écrire, lorsque son domestique vint lui annoncer qu'un *Monsieur* demandait à le voir. D'après le portrait qu'il en fit, M. Gouy reconnut le comte, et répondit de le laisser entrer. M. de Locatel s'approche alors jusqu'au seuil de la porte et là, apercevant son ennemi, l'apostrophe, le menace, le provoque en duel. M. Gouy, calme, maître de son courage, oppose d'abord le sang-froid et la modération à cette scène imprévue, dont il veut réserver le dénouement pour un autre lieu; mais son agresseur insiste; il s'anime, devient plus pressant et agite déjà son épée. M. Gouy, ainsi accablé d'invectives, ne résiste plus à cette continuité; il saisit aussi son épée, sort de son cabinet en pantoufles et s'avance pour croiser le fer. Le duel s'engage aussitôt avec fureur; l'acier heurte l'acier qui résonne, et de ces chocs multipliés jaillissent des gerbes d'étincelles; ce cliquetis d'épées attire l'attention du plus proche voisin, M. Lefaure, qui d'abord ne doute pas que ce ne soit un exercice d'escrime, mais qui, reconnaissant bientôt que c'est un combat sérieux, et ne voyant aucun témoin, s'élance dans la cour, pour tâcher de faire finir ce duel contraire aux usages; ses efforts sont inutiles. Cependant sa présence cause quelque trouble à M. de Locatel, dont l'acharnement paraît se ralentir; M. Gouy en profite pour rompre la mesure et se placer sur un terrain moins désavantageux; mais un caillou se dérobe sous sa mobile chaussure; il chancelle, se découvre, et son lâche adversaire, abusant de cet instant d'embarras, lui saisit la main dont il tenait son épée, et de la sienne le frappe à la poitrine; cette blessure ne lui semble pas suffisante, elle n'a pas assouvi sa rage féroce; il craint qu'elle ne lui assure pas la mort de sa victime; il arrache donc aussitôt de la plaie son glaive assassin, et le replonge tout fumant dans le cœur de l'infortuné Gouy, qu'il laisse alors tomber sur le sable, exhalant son dernier souffle avec les flots de son sang. Un cri d'indignation et d'horreur partit aussitôt des maisons voisines et des fenêtres des casernes, d'où quelques soldats avaient vu le crime. M. de Locatel s'éloigna alors fort agité et ne pouvant réussir à rengaîner son épée ensanglantée.

Le juge royal M. Julien Barbé se transporta chez M. Gouy, où se trouvaient déjà réunis M. de Touffreville, major de place, M. D'Herville, adjudant au régiment de l'Ile de France, M. Quincy, capitaine au régiment de Pondichéry, et plusieurs autres personnes. Toutes les perquisitions de la justice ne purent faire découvrir le comte de Locatel, qui fut condamné par contumace. Voici la sentence définitive du 12 Février 1790, confirmée par arrêt du Conseil Supérieur du 12 Avril suivant :

Déclarons le sieur comte de Locatel dûment atteint et convaincu du crime de meurtre et assassinat commis sur la personne du sieur Gouy, en son vivant chirurgien-major du régiment de l'Ile de France, dans la cour et près de la porte d'entrée de la maisou dudit sieur Gouy ; pour réparation de quoi condamnons ledit sieur comte de Locatel à avoir les bras, jambes, cuisses et reins rompus vifs sur un échafaud qui, pour cet effet, sera dressé à la place des exécutions de cette ville ; ce fait, son corps exposé sur une roue, la face tournée vers le ciel, pour y rester tant qu'il plaira à Dieu lui conserver la vie ; son corps mort porté ensuite au gibet qui sera dressé sur la butte près le chemin de la Grand'Rivière ; ses biens acquis et confisqués au profit du Roi ou de qui il appartiendra ; sur iceux et autres non sujets à confiscation préalablement pris la somme de cinq cents livres d'amende envers le Roi, en cas que confiscation n'ait pas lieu au profit de Sa Majesté, et sera la présente sentence exécutée par effigie en un tableau qui sera attaché, dans la place publique des exécutions, par l'exécuteur de la haute justice, à un poteau qui y sera à cet effet planté.

Fait et jugé en la Chambre Criminelle du siège de la jurisdiction royale, &a.

FIN DE LA TROISIÈME PÉRIODE ET DU PREMIER VOLUME,

ACTE DE PRISE DE POSSESSION DE L'ILE DE FRANCE
DU VINGT SEPTEMBRE 1715.

DE PAR LE ROI.

Nous écuyer Guillaume Dufresne capitaine commandant le vaisseau le Chasseur *et officiers en vertu de la copie de la lettre de Monseigneur le comte de Pontchartrain, ministre et Secrétaire d'Etat à Versailles le* 31 *Octobre* 1714 *qui m'a été fournie à Moka golfe de la Mer Rouge par le S. de La Boissière commandant le vaisseau* l'Auguste *armé par Mrs nos armateurs de St.-Malo subrogés dans les droits et priviléges de la Royalle Compagnie de France du commerce des Indes Orientales collationnée à l'original au dit Moka le* 27 *Juin* 1715, *portant ordre de prendre possession de l'Isle nommée Mauritius, scituée par* 20 *degrés de latitude Sud ; et par septante huit degrés trente minutes de longitude suiuant la carte de Pitre Gooos, laquelle dite carte prend son premier méridien au milieu de l'isle de Ténérif dont je me sers, en cas que la d*ᵉ *isle ne fust point occupée par aucune puissance, et comme nous sommes pleinement informés tant de la part du sieur G. . . . . . .mont capitaine du vaisseau le* Succez *et de ses officiers. . . . . . .a cette isle le septième may dernier et mouillé dans la baye nommée par les Anglois* Browsbay, *autrement nommée par nous baye de la Maison-blanche distante du port ou baye où nous sommes mouillés actuellement d'enuiron une à deux lieues, nommée par la ditte carte des Anglois No Wt harbour, que cette ditte isle et islots estaient inhabités, et pour être encore plus informé du fait j'ay dispersé partie de mon équipage dans tous les endroits qui pourraient estre habités, en outre et afin qu'au cas qu'il y eut quelques habitans sur la d*ᵉ *isle j'ay fait tirer plusieurs coups de canon par distances et différens jours, et après auoir fait toutes les diligences conuenables à ce sujet, estant pleinement informé qu'il n'y a personne dans la d*ᵉ *isle, nous déclarons pour en vertu et exécution de l'ordre de Sa Majesté à tous qu'il appartiendra prendre possession de la d*ᵉ *isle Mauritius et islots, et luy donnons suiuant l'intention de Sa Majesté le nom de l'Isle de France et y auons arboré le pavillon de Sa Majesté auec copie du présent*

acte que nous auons fait septuple à l'isle de France ce 20 Sep-
tembre 1715 et au. . . . . sceau de nos armes fait
contresigner par le s. . . . . . écriuain les jours et an susd. Si-
gné D. . . A. . . R. . . . . . GRANGEMONT, de CHAPDELAINE,
GARNIER, LITANT.

Collationné: DE LA CHAPELLE.

Telle est cette copie, collationnée par le sieur de la CHA-
PELLE, dont j'ai parlé a la page 52; j'en ai suivi exactement
l'orthographe et la ponctuation, laissant même subsister les
fautes, comme dans *Pitre Gooos,* où il y a sans doute un *o* de
trop, etc.

PROCÈS VERBAL D'INSTALLATION DU CHEVALIER DE NYON PREMIER GOUVERNEUR.

. . . . .

d'infanterie . . . .

Compagnie des Indes de. . . . .

nommée l'Isle Maurice . . . . , ...

de la prise de possession fait à. . . . .

par le sieur Dufresne ci-dessus exp . . . .

Septembre 1715 de la dite Isle de F. . . . .

abordé et mis à terre avec le S^r de . . . .

lieutenant de roi, les sieurs de Comm. . . . .

et de Monsy major et capitaine. . . . .

heures du soir où nous avons trouvé le . . . .

major de l'Isle de Bourbon installé depuis . . . .

et demie, par délibération du Conseil de l' . . . .

de Bourbon avec cinq à six habitants e . . . .

nègres, lequel après nous avoir remis le co. . . . .

et communiqué les connaissances qu'il avait . . . .

acquérir des bonnes et mauvaises qualités de. . . . .

de l'Isle de France pendant le séjour et l. . . . .

tournée qu'il a fait dans le port du Nord Oue, ...

dans le pourtour et le centre de la dite isle . . . . , ...

Nous avons fait chanter le TE DEUM *en action de grâce, et afin que le présent acte soit fort et stable, nous l'avons fait enregistrer au greffe de ladite isle. Fait et passé à l'Isle de France le dit jour et an que dessus. —* Le chev^r DE NYON, DE HAUVILLE, GAST DHAUTERIVE, SIMON DE MONSY, DE COMMINGE *et* ST-MARTIN, *greffier.*

Voilà tout ce que j'ai pu déchiffrer de ce procès verbal qui n'a jamais été imprimé ni même copié, et qui se détériore chaque jour davantage. Le papier en est en si mauvais état, qu'à peine peut-on y toucher, sans qu'il s'en détache quelques lambeaux ; c'est ainsi que se sont perdus les passages qui manquent et que j'ai indiqués ci-dessus par des points et des espaces proportionnels. Ce fragment qui

nous res'e servira du moins à faire connaître que le chevalier de Nyon avait été précédé en cette île par un officier et plusieurs habitants envoyés quelque temps auparavant de l'île de Bourbon.

OBSERVATION DE L'AUTEUR.

Le soin et l'attention apportés à la publication de cet ouvrage n'ont pu le garantir tout-à-fait des fautes d'impression ; quelques-unes même sont survenues pendant les tirages ; mais la plupart ayant été aperçues et corrigées presque aussitôt et ne se trouvant pas par conséquent reproduites dans tous les exemplaires, je me suis abstenu de les indiquer, d'autant plus qu'elles ne sont pas de nature à causer la moindre équivoque ; telles sont :

Une lecupidité réel pour *une cupidité réelle* à la dernière ligne de la page 53.

De suite pour *tout de suite* à la 9e. ligne de la page 46.

Zéphirs au lieu de *Zéphyrs* à la 26e. ligne de la page 52.

.De voir tous les prisonniers pour *de les voir tous* à la 33e. ligne de la page 41 et trois lignes après, *des prisonniers* pour *de ces prisonniers.*

Cette mort n'en avait pas au lieu de *cette mort n'avait pas* à la 25e. ligne de la page 121.

Agricoles au lieu de *rurales*, page 223, ligne 29, &c.

La ponctuation a aussi un peu souffert :

A la page 52, ligne 17, la phrase est terminée au mot *arrivée.* Les mots *Sur cette plage* commencent la phrase suivante.

A la page 237 ligne 29, il faut une virgule après *officiers.*

Il serait sans doute superflu de m'étendre davantage sur ce sujet. Les lecteurs qui savent combien il est difficile et rare d'obtenir une correction parfaite, même dans les plus belles éditions, auront sans doute quelque indulgence pour celle-ci, et reconnaîtront qu'il a fallu encore une grande surveillance, pour parvenir au degré de pureté typographique qu'offre ce volume.

TABLE

DES MATIÈRES.

TROISIÈME PÉRIODE.
1764.—1790.

GOUVERNEMENT ROYAL.